W0373662

ANNA SAVAS

FORBIDDEN LOVE STORY

im.press

© privat

Anna Savas wurde 1993 in Herne geboren und studierte Komparatistik und Geschichte in Bochum. Schon als junges Mädchen entdeckte sie ihre Liebe zu Büchern und dem Verfassen eigener Geschichten, die immer länger wurden, bis schließlich ihr erster Roman entstand. Mit dem Schreiben bringt sie Ordnung in ihr Gedankenchaos, daher würde sie das Haus nie ohne ihr kleines Notizbuch verlassen.

KAPITEL 1

»Was?« Meine Stimme konnte sich in erstaunliche Höhen schrauben, ich war selbst ein bisschen überrascht. Die Gäste an den Tischen neben uns schauten mich empört an. Mum dagegen blieb völlig ungerührt, griff nur nach ihrer Tasse und nippte an dem Tee.

»Bitte benimm dich, Vesper, und schrei hier nicht so rum«, sagte sie nur und warf mir einen missbilligenden Blick zu.

Ich verdrehte genervt die Augen. Immer musste ich mich benehmen. Meistens tat ich das sogar. Aber jetzt gerade in diesem Augenblick war das vollkommen unmöglich.

»Du willst heiraten! Und ich bin die Letzte, die das erfährt«, zischte ich, noch unentschlossen, ob ich verletzt oder wütend sein sollte. Wütend war ich auf jeden Fall und verletzt auch. Mir war klar, dass es in den letzten Jahren nicht immer einfach gewesen war zwischen Mum und mir, aber ihrer eigenen Tochter zuletzt von ihrer bevorstehenden Hochzeit zu erzählen, war nicht besonders … nett.

»Ich weiß, dass ich heiraten werde. Und du weigerst dich, mich zu besuchen, seit ich bei George eingezogen bin. Du kennst ihn nicht einmal richtig und seine Tochter auch nicht.«

Ich schnaubte nur und antwortete nicht. Sie hatte recht, aber sie wollte einfach nicht verstehen, warum ich sie nicht besuchte.

Dad und sie hatten sich schon scheiden lassen, als ich dreizehn war. Es war keine besonders schöne Zeit gewesen, aber es hatte viele Geschenke gegeben. Von beiden Seiten. Und dann hatte Mum plötzlich beschlossen, sich einen neuen Mann zu suchen. Den sie auch gefunden hatte. George war Anwalt für ich weiß nicht was, irgendwas mit Wirtschaft vermutlich. Auf jeden Fall verdiente er verdammt viel Geld. Als die beiden dann vor einem Jahr beschlossen hatten, dass das zwischen ihnen was Ernstes war, hatte er sich mir kurz vorgestellt, bevor die beiden mich bei Dad abgeladen und eine Weltreise gemacht hatten. Seit einem Jahr wohnte ich jetzt bei Dad und weigerte mich entschieden, wieder bei Mum einzuziehen. Was vor allem daran lag, dass Mum inzwischen bei George wohnte und ich keine Nerven für ihn und seine liebreizende Tochter hatte.

Maggie war Mums neuer Liebling. Vermutlich weil sie Jura studierte und wunderschön war. Ich war zwar auch ganz hübsch, aber ich hatte weder ihre blonden Engelslocken noch ihr zuckersüßes Lächeln. Und ich wollte auf keinen Fall irgendwas studieren, wozu Mum ihre Zustimmung geben würde (das lag aber an den Fächern und nicht daran, dass ich Mum unbedingt ärgern wollte). Maggie hatte überall Topnoten, war Jahrgangsbeste an ihrer Privatschule gewesen und half ehrenamtlich so ziemlich jedem, der Hilfe brauchte. Ich hasste sie aus tiefstem Herzen.

Dabei kannte ich sie nicht mal und mir war klar, dass ich ihr zumindest eine Chance geben sollte. Aber ich hatte Fotos gesehen und Mum erzählte mir jedes Mal, wenn wir uns sahen, wie toll Maggie doch sei. Es war schwierig, da keine Komplexe zu bekommen.

»Weiß John Bescheid?«, fragte ich und starrte in meine Teetasse, um Mum nicht ansehen zu müssen.

»Natürlich weiß John Bescheid. Im Gegensatz zu dir kommt er mich besuchen, wenn er Zeit hat.«

Ein gekränkter Unterton hatte sich in ihre Stimme geschlichen, aber als ich erstaunt aufblickte, sah sie genauso unbeteiligt aus wie immer.

»Ihn hast du ja auch nicht einfach vor die Tür gesetzt, als du für vier Monate abgehauen bist.« Ich zog eine Augenbraue hoch und sah sie herausfordernd an. Eigentlich hatte ich gar nicht vorgehabt mich mit Mum zu streiten, aber jetzt kochte ich innerlich vor Wut und es war mir herzlich egal, ob mich irgendwelche piekfeinen Damen und Herren in diesem dämlichen Café böse anstarrten.

»Ich habe dich nicht vor die Tür gesetzt.« Mum lachte auf, aber ich wusste, wie sie klang, wenn ihr eigentlich gar nicht zum Spaßen zumute war: nämlich genau so. »Du bist für ein paar Monate zu deinem Vater gezogen und ich bin sicher, dass es dir da ziemlich gut ging.«

»Klar. Dad hat ja auch keine neue Freundin. Er war die ganze Zeit bei mir und hat sich immer um mich gekümmert«, erwiderte ich ironisch. Tatsächlich hatte Dad etwa seit einem dreiviertel Jahr eine neue Freundin. Hannah hatte ich schon kennengelernt und sie schien echt nett zu sein. Sie war jung (Gott sei Dank nicht zu jung! Sie musste so Mitte dreißig sein), unglaublich clever und sie arbeitete als freie Journalistin für verschiedene Zeitungen. Damit hatte sie bei mir eigentlich schon gewonnen. Meine ganze Familie bestand nur aus Ärzten und jetzt bald auch aus Anwälten und das nervte ganz gewaltig.

Meine beste Freundin Toni war zuerst fürchterlich verwirrt gewesen, warum ich Dads neue Freundin mochte, Mums neuen Freund dagegen nicht. Für sie bestand darin kein Unterschied. Für mich schon. Denn Mum hatte Dad verlassen und ich erinnerte mich noch ganz genau daran, dass er am Boden zerstört gewesen war, als sie die Scheidung eingereicht hatte. Es war die Hölle gewesen. Eigentlich hatte ich vorgehabt, bei Dad zu bleiben, weil er mich brauchte, aber meine Eltern hatten es mir nicht erlaubt und Dad war allein ausgezogen. Er hatte es zwar nie gesagt, aber ich wusste, dass er einsam gewesen war. Deswegen freute ich mich jetzt, dass er eine neue Freundin hatte. Aber das musste Mum ja nicht unbedingt wissen.

»Richard hat eine neue Freundin?« Kam es mir nur so vor oder war Mum tatsächlich blass geworden? Doch sie fing sich schnell wieder. »Ist auch egal. Ich wollte dich sehen, um dir von der Hochzeit zu erzählen und dich zu bitten, meine Brautjungfer zu werden.«

Meine Augen waren so groß wie Untertassen, als ich sie jetzt anstarrte. »Ich soll deine Brautjungfer werden?« Ich wusste nicht, was ich davon halten sollte, ob ich mich freuen oder … nicht ganz so begeistert sein sollte. Es gab einen Haken an der Sache, das wusste ich. Und er kam auch gleich.

Mum nickte. »Ja, zusammen mit … Maggie.«

Ich hatte das Zögern bemerkt und wusste nicht, was ich davon halten sollte. Mum benahm sich heute irgendwie merkwürdig. Spontan und ohne gründlich darüber nachzudenken sagte ich »Okay«. Einen Sekundenbruchteil später hätte ich mir am liebsten die Zunge abgebissen. Verdammt, was hatte ich mir damit nur wieder eingebrockt? Das war bestimmt keine gute Idee.

Aber Mum strahlte mich an, so glücklich wie schon lange nicht mehr. Und zwar meinetwegen. Nicht wegen George. Oder Maggie. Also zwang ich mich auch zu einem Lächeln und betete, dass ich das irgendwie ertragen würde. Denn jetzt würde ich nicht mehr darum herumkommen, Maggie kennenzulernen.

Bin ich für dich selbstverständlich geworden? Bin ich noch etwas Besonderes für dich? Oder bin ich inzwischen zu etwas Alltäglichem geworden? Dem Mädchen, das du am Wochenende siehst, mit dem du deine Zeit verbringst - während du dich gerade nicht lieber mit deinen Freunden treffen willst?
Hast du manchmal Sehnsucht nach mir? Ich meine, vermisst du mich manchmal? So richtig? Mit Herzklopfen, traurig darüber, dass ich dir noch nicht geschrieben habe? Vermisst du mich so, dass du mich am liebsten bei dir hättest, um mich fest in den Arm zu nehmen und nicht wieder loszulassen?

Frustriert ließ ich den Stift fallen. Das war doch totaler Mist. So was konnte man doch nicht sagen! Und zeigen konnte man das auch keinem. Gott, es war lächerlich! Manchmal war John ein totaler Idiot.

Ich liebte meinen großen Bruder über alles, aber von Jungs hatte er echt keine Ahnung. *Du musst ihm genau sagen, was dich beschäftigt, sonst versteht er es nicht.* An sich kein dummer Gedanke. Eigentlich sogar ziemlich schlau. Ich kannte Tom schon eine Weile und Andeutungen nützten bei ihm nichts. Er verstand es einfach nicht. Jedes Mädchen hätte in sämtliche Sätze, die ich in den letzten Wochen von mir gegeben hatte, schon tausend kryptische Dinge hineininterpretiert, aber wenn ich ihm schrieb, dass *alles okay* war, dann nahm er das einfach so hin, obwohl jedes Kleinkind weiß, dass *alles okay*, eben *nicht* alles okay bedeutet.

Aber Tom war in solchen Dingen etwas eigen. Genauso wie so ziemlich jeder andere Junge, den ich kannte.

Johns Idee war wirklich nicht schlecht gewesen. Aber wenn ich mir so anschaute, was ich da geschrieben hatte, kam ich mir vor wie das dämlichste siebzehnjährige Mädchen der Welt, das dermaßen von seinen Hormonen gesteuert war, dass es keinen klaren Gedanken mehr fassen konnte. Dabei war ich es gar nicht. Ich wollte einfach nur wissen, was Sache war. Tom war nicht so super mitteilsam. Genau genommen musste ich ihm jedes liebevolle Wort aus der Nase ziehen. Was auf Dauer ganz schön nervig war.

Mir war längst klar, dass das mit uns nicht die große Liebe war. Dafür hatten sich die anfänglichen Glücksgefühle zu schnell verflüchtigt. Aber ich hatte mich daran gewöhnt in einer Beziehung zu sein. Jemanden zu haben, der in der Schule stolz seinen Arm um mich legte und lächelte, wenn er mich sah. Ein Freund machte das Leben als Mädchen in der Pubertät um einiges einfacher.

Mir war auch klar, dass das, was ich gerade aufgeschrieben hatte, eher Fragen an mich selbst als an Tom waren. Und ich konnte keine einzige der Fragen so beantworten, wie ich es mir gern gewünscht hätte.

Toll. Ganz toll. Jetzt hatte ich keinen Plan mehr. Ich schaute auf meine Armbanduhr. Kurz vor halb fünf. In weniger als fünf Minuten würde Tom hier auftauchen und ich hatte eigentlich vorgehabt, ihm mal gründlich die Meinung zu sagen. Leichter gesagt als getan. *Das* konnte ich ihm auf keinen Fall sagen. Er würde schon vor Ekel brechen, bevor ich auch nur den ersten Satz vollständig ausgesprochen hätte. Ja, Romantik war nicht so sein Ding.

Wütend riss ich den Zettel aus meinem Collegeblock und knüllte ihn zusammen. Was sollte ich jetzt machen? Tom hatte mir heute Morgen geschrieben, dass er mich im Park treffen wollte, weil wir etwas zu klären hätten. Das war vor meinem mehr oder weniger desaströsen Gespräch mit Mum gewesen. Am liebsten hätte ich ihm danach abgesagt, aber das wäre nicht fair gewesen und es hatte sich wirklich wichtig angehört.

Deshalb saß ich jetzt hier im Park, wartete auf Tom und versuchte, mir zu überlegen, was ich in unserer Beziehung Wichtiges zu klären hatte. Dass es da einiges gab, wusste ich. Ich fraß es schließlich schon seit einiger Zeit in mich hinein. Auch wenn Tom ganz bestimmt nicht meine große Liebe war, aber ich hatte mich nun mal an ihn gewöhnt.

»Vesper.«

Der Klang seiner Stimme ließ mich zusammenzucken. Ich war noch nicht so weit! Noch komplett unvorbereitet. Langsam hob ich den Kopf und sah in sein lächelndes Gesicht. Er sah gut aus. Wie immer. Die dunklen Haare perfekt gestylt und unter seiner Lederjacke trug er einen grünen Pulli, der das Grün seiner Augen betonte. Er war der beliebteste Junge der Schule und ich sollte eigentlich sterben vor Glück, dass er ausgerechnet mit mir zusammen sein wollte. Dummerweise tat ich das nicht.

Tom lächelte mich an, doch in seinen Augen flackerte es und auf einmal wusste ich, dass irgendwas nicht stimmte. Trotzdem zwang ich mich zu lächeln, aufzustehen und ihm einen Kuss auf die Lippen zu drücken. Den er nicht erwiderte.

»Hi«, sagte ich möglichst unbekümmert. Ich tat ahnungslos, obwohl ich genau wusste, dass hier gleich etwas gehörig schieflaufen würde.

»Wir müssen reden.«

Er sagte es ganz ernst und ich wusste sofort, was das bedeutete. Immerhin hatte ich mehr als genug Filme geguckt und Bücher gelesen. Ich hätte das Ganze also erheblich verkürzen können. Stattdessen ließ ich mich zurück auf die Bank fallen, auf der ich die letzte halbe Stunde gesessen und versucht hatte, aufzuschreiben, was ich Tom zu sagen hatte.

Ich suchte nach einer Antwort, aber Tom sprach gleich weiter.

»Weißt du noch, wie ich dir am Samstag gesagt habe, dass ich keine Zeit habe, um mich mit dir zu treffen, weil ich zum Training muss?«, fragte er. Natürlich wusste ich das noch. Seitdem waren erst drei Tage vergangen. Ich sagte nichts, sondern nickte nur.

»Ich hatte kein Training«, fuhr Tom fort. Er wollte es offensichtlich so schnell wie möglich hinter sich bringen. »Ich war bei Sonia.«

»Ja und?«, fragte ich. Meine Stimme war kalt wie Eis. Natürlich wusste ich längst, was das bedeutete. Aber ich wollte es von ihm hören.

Tom wand sich unbehaglich. »Vesper ... bitte zwing mich nicht, das auszusprechen.« Flehentlich sah er mich an. Aber ich – das Mädchen, das gerade noch der Meinung gewesen war, dass Tom auf keinen Fall seine große Liebe wäre (später würde ich mich auch wieder daran erinnern und auch wissen, dass ich damit Recht gehabt hatte) – fühlte mich plötzlich, als würde mir jemand mit voller Wucht in den Magen schlagen. Ich konnte Tom nur mit großen Augen anstarren. In der Hoffnung, dass er mir nicht gleich sagen würde, dass er bei ihr gewesen war, um mit ihr zu schlafen. Dass es nur Sex gewesen war. Dass er nur mit ihr geschlafen hatte, weil ich noch nicht bereit dazu gewesen war.

Doch er sagte genau das. Ziemlich wörtlich sogar. Danach sah er mich eine Weile schweigend an und wartete auf eine Erwiderung. Aber ich war wie betäubt.

Nachdem wir uns eine Weile angeschwiegen hatten, stand Tom auf, sagte, dass es ihm leid täte, und ging.

Er kam nur ein paar Schritte weit, bevor ich aus meiner Erstarrung erwachte. Rasende Wut überkam mich. Nicht, weil Tom mit mir Schluss gemacht hatte. Das hatte ich kommen sehen und wenn er es nicht getan hätte, hätte ich es bald getan. Nein, ich war sauer, weil er mich betrogen hatte. Und das nicht, weil ich nicht mit ihm schlafen wollte. Sondern weil es für ihn der einfachste Weg war, um mich abzuservieren. Und weil meine Prüderie ihm eine gute Erklärung für seine Freunde liefern würde, warum er es nicht mehr ertragen hätte, mit mir zusammen zu sein. Sie würden ihn alle bemitleiden und fragen, warum er sich auch ausgerechnet mich ausgesucht hatte. Und ich wäre dann das Mädchen, das sich von Tom Willis hatte abservieren lassen. Ich wäre damit zwar nicht die Erste, aber das konnte ich nicht zulassen.

Ich warf meine Handtasche nach ihm. Ich war jedoch eine ziemlich miserable Werferin und die Wahrscheinlichkeit ihn zu treffen, war verschwindend gering.

In derselben Sekunde, in der meine Handtasche Tom an der Schulter traf und er empört aufschrie, schrie auch ich, allerdings mehr aus unbändiger Freude darüber, dass ich ihn tatsächlich getroffen hatte, und ich hatte nicht die Spur eines schlechten Gewissens. Obwohl meine Tasche ziemlich schwer war. Ich hatte immer ein Buch und eine volle Wasserflasche dabei. Und dieses Mal war es ein wirklich dickes Buch.

Aber er hatte mit Sonia geschlafen. Der blond gefärbten, blauäugigen Tussi mit den Riesentitten, die sie ohne Zweifel nur ihren Push-up-BHs zu verdanken hatte. Oder einem plastischen Chirurgen. So sicher waren wir uns da in der Schule nicht.

»Du Arsch!«, schrie ich. Es war ein befreiendes Gefühl. »Du bist ein riesengroßes, verlogenes Arschloch!«

Ich marschierte wütend auf ihn zu. Tom starrte mich aus großen Augen an. Er kannte es nicht von mir, dass ich schrie. Nicht von mir. Vesper. Das Mädchen, das in der Schule zwar als Eisprinzessin bekannt war, zu ihm aber immer nur lieb und nett gewesen war. Vesper, die Musterschülerin. Drauf geschissen. Lieb sein war ätzend. Dieser Zorn war ja so viel besser.

Würde Mum mich so sehen, sie wäre zutiefst entsetzt. Aber ich fühlte mich erstaunlich gut. Trotz der Wut. Oder vielleicht gerade deswegen.

»Nur damit das klar ist! Ich mache gerade mit dir Schluss, du kleine Mistkröte! Wage es ja nicht, in der Schule herumzuerzählen, dass du mir den Laufpass gegeben hättest, weil ich eine frigide Kuh bin! Denk nicht mal dran! Und guck nicht so dämlich, ich weiß ganz genau, dass du das so vorhast! Aber das mache ich nicht mit! Von dir lasse ich mir nicht das Herz brechen!«

Ich stieß ihm meinen Zeigefinger gegen die Brust. Zuckte er tatsächlich zusammen oder bildete ich mir das nur ein? Ich griff nach meiner Tasche, die noch auf dem Boden lag, wirbelte herum und warf mir die Haare über die Schulter, bevor ich davonstolzierte. Ein perfekter Abgang. Zumindest so lange, bis ich in die nächste Seitenstraße abbog und unerklärlicherweise – Tom war ja nicht meine große Liebe – in Tränen ausbrach.

Ich weinte nicht. Nie. Nicht seit diesem einen Tag nach der Scheidung meiner Eltern. Ich erinnerte mich ganz genau an das letzte Mal.

Ich war vierzehn gewesen, es war nur wenige Monate nach Dads Auszug gewesen. Ich hatte bei einem Theaterstück in der Schule mitgespielt und war gut gewesen. Wirklich gut. Das Schauspielern hatte mir immer schon gelegen, aber es war etwas anderes, eine Hauptrolle zu spielen und darin wirklich gut zu sein. Mum und Dad hatte das aber nicht interessiert. Sie hatten sich gestritten. Worüber weiß ich nicht mehr. Aber es war laut gewesen. So laut, dass sämtliche meiner Klassenkameraden und ihrer Eltern es mitbekommen hatten. Noch nie im Leben war mir etwas so peinlich gewesen. Ich war heulend weggerannt und Mums und Dads Entschuldigungen waren an mir abgeprallt. Die nächsten Tage in der Schule waren furchtbar gewesen. Alle hatten über meine Familie getuschelt und gelacht. Ich hatte mich geschämt und ich hatte angefangen meine Mitschüler zu hassen. Weil Mum und Dad aber immer noch versucht hatten, sich bei mir zu entschuldigen und alles zu tun, damit ich ihnen verzieh, hatte ich so lange auf sie eingeredet, bis ich die Schule wechseln durfte.

Meine beste Freundin Toni war nach der Primary School auf eine andere Schule gekommen als ich. Meine Eltern waren damals der Ansicht gewesen, dass es unserem Lerneifer helfen würde, wenn wir nicht zusammen in einer Klasse säßen. Also hatte ich nach diesem Debakel die Schule gewechselt und danach alles dafür getan, dass niemand mich je wieder weinen sehen würde. In der Schule nannten sie mich Eisprinzessin. Am Anfang hatte es mich gestört. Aber dann hatte ich begriffen, dass es das Beste war, was mir hatte passieren können. So konnte mir niemand mehr wehtun. Außer Toni ließ ich niemanden näher als unbedingt nötig an mich heran.

Aber jetzt, jetzt heulte ich. Weil ich meine eigenen Regeln gebrochen hatte. Weil ich Tom an mich herangelassen hatte. Ich heulte, weil ich schon wieder verlassen worden war. Nach Mum und John war jetzt Tom an der Reihe. Meine Reaktion war immer die gleiche gewesen. Einer nach dem anderen ging. Oder entschied sich für jemand anderen. Mum für George und Tom für Sonia. Wann würde das endlich aufhören?

Ich heulte, bis mir alles wehtat, und als die Tränen endlich aufhörten, fiel mir auf, dass ich meinen Schal auf der Bank im Park liegen gelassen hatte. Schniefend wischte ich mir die Tränen vom Gesicht und machte mich auf den Rückweg. Hoffentlich war Tom schon weg!

War er tatsächlich. Stattdessen sah ich einen jungen Mann, der vor der Bank stand und meinen Schal in der Hand hielt. Ich rannte los. Mum würde mich umbringen, wenn ich diesen verdammten Schal verlieren würde. Oder wenn ich zuließe, dass ihn jemand klaute.

»Hey, das ist meiner!«, rief ich keuchend, als ich bei der Bank ankam. Ich machte mir keine Gedanken darüber, wer da gerade im Begriff war, meinen Schal mitzunehmen. Hätte ich aber tun sollen. Das wurde mir in dem Moment klar, als er sich umdrehte und ich in ein umwerfendes Gesicht blickte.

Scheiße! Ich sah aus wie eine Heulsuse und vor mir stand ein Kerl, der besser aussah als jeder andere, den ich bisher gesehen hatte. Sämtliche Schauspieler meiner Lieblingsfilme und –serien eingeschlossen. Und das waren einige. Mist!

Seine verstrubbelten blonden Locken fielen ihm wirr in die Stirn und seine Augen waren leuchtend grün.

»Ich weiß. Eigentlich wollte ich dir nachlaufen, um ihn dir zurückzugeben.«

Das Lächeln, das sich auf seinem Gesicht ausbreitete – mein Gott, diese Lippen! -, war genauso atemberaubend wie seine Augen. Es zauberte süße Grübchen in seine Wangen. Obwohl er nicht süß war. Nein. Ganz bestimmt nicht. Dieser Kerl, der ein paar Jahre älter sein musste als ich, war ziemlich sexy mit den hohen Wangenknochen in seinem ausdrucksstarken Gesicht und dem Dreitagebart, der ihn verwegen aussehen ließ.

»Du bist ja ziemlich schnell verschwunden«, ergänzte er.

Er grinste immer noch und mir wurde mit einem Schlag klar, wie ich gerade aussah. Verquollen, verheult, fleckig im Gesicht. Es gab Mädchen, die noch hübsch und entzückend aussahen, wenn sie weinten. Ich gehörte sicher nicht dazu.

Wie erwartet lief ich auf der Stelle feuerrot an. Und das Rot, das mein Gesicht gerade zum Leuchten brachte, passte fatalerweise überhaupt nicht zu dem Rot meiner Haare.

Er richtete sich auf und ich schluckte. Er war sehr viel größer, als ich gedacht hatte. Ich reichte ihm gerade einmal bis zur Schulter, obwohl ich selbst auch nicht unbedingt klein war.

Erst als er mit der Hand vor meinem Gesicht herumwedelte, wurde mir siedend heiß bewusst, dass ich einen wildfremden Typen mit großen Augen anstarrte, als hätte ich noch nie ein männliches Wesen gesehen. Obwohl gerade eines mit mir Schluss gemacht hatte. Fehlte nur noch, dass ich sabberte.

»Ähm, ja, das war ... also ... ich ...«

Stammelnd brach ich ab. Es hatte ohnehin keinen Zweck, irgendwas zu erklären. Das machte die Situation nicht besser. Also griff ich nach meinem Schal, den er immer noch in der Hand hielt, aber er ließ ihn nicht los.

Ärgerlich sah ich ihn an. »Ich dachte, du wolltest mir meinen Schal zurückgeben?«, fragte ich, zickiger als ich es beabsichtigt hatte.

Aber heute war einfach nicht mein Tag. Erst das Gespräch mit Mum, dann die Trennung von Tom und jetzt dieser Kerl, der einfach viel zu gut aussah. Er grinste immer noch und ließ sich von meinem Tonfall nicht einschüchtern. Hatte ich auch nicht wirklich erwartet. Nicht, wenn ich so grauenvoll verheult aussah wie jetzt gerade.

»Ja.« Er ließ den Schal so abrupt los, dass ich einen Schritt zurückstolperte. »Ich wollte nur fragen, ob es dir gut geht.«

»Weil ich gerade so wahnsinnig gut aussehe oder was?«, gab ich mürrisch zurück.

Was für eine dämliche Frage. Er musste doch mitbekommen haben, was los war. Immerhin hatte er gewusst, dass der Schal mir gehörte.

»Nein, weil du gerade so wahnsinnig verheult aussiehst.« Er wiederholte fast wörtlich, was ich gerade gesagt hatte, und ich verdrehte unwillkürlich die Augen. Er hielt sich wohl für wahnsinnig witzig.

Er lächelte immer noch und allmählich ging mir sein Grinsen auf die Nerven.

»Vielen Dank. Das hab ich noch gar nicht mitbekommen«, erwiderte ich sarkastisch.

»Dann ist es ja gut, dass ich dir das sage.« Sein Lächeln erlosch, die Grübchen verschwanden und einen kurzen irrationalen Moment lang war ich irgendwie enttäuscht. »Nein, mal ehrlich, ist alles okay? Ich hab mitbekommen ... na ja, eigentlich hat's der ganze Park mitbekommen, dass ...«

»Ich weiß«, unterbrach ich ihn scharf. »Aber weißt du was, es ist mir ziemlich egal. Also danke, dass du mir den Schal hinterhertragen wolltest.«

Ich wandte mich ab und nahm den zweiten perfekten Abgang in Angriff, als seine Stimme mich aufhielt. Sogar ohne hinzusehen, wusste ich, dass er schon wieder grinste.

»Dein Wurf war übrigens echt gut. Du musst nur noch ein bisschen besser zielen.«

Mein ganzes Gesicht lief wieder flammend rot an, aber dieses Mal sah er es zum Glück nicht. Hastig machte ich, dass ich wegkam.

Was für ein beschissener Tag!

***

Ich überlegte nach Hause zu gehen, aber ich wollte Dad nicht sehen. Er würde sofort merken, dass etwas nicht stimmte, und ich wollte nicht darüber reden, was passiert war. Also fuhr ich zu John. Mein Bruder war einundzwanzig und hatte inzwischen eine eigene Wohnung. Sein Glück war mein Pech. Zu zweit war es zu Hause lustig gewesen. Aber dann war Dad ausgezogen, als Nächstes John und nachdem Mum mich bei Dad abgeladen und ich mich nach ihrer Rückkehr geweigert hatte, wieder bei ihr einzuziehen, waren Dad und ich jetzt alleine.

Es war gar nicht so schlimm, wie ich gedacht hatte, aber ich hatte immer das Gefühl, als wäre das Haus, in dem Dad und ich wohnten, zu leer. Zwar war Hannah öfter bei uns, aber das war nicht das Gleiche. Mein Bruder fehlte mir.

Ich wollte einfach nur einen entspannten Abend mit John verbringen, nachdem der Tag so fürchterlich begonnen hatte. Einen Film gucken, Pizza bestellen und den Rest meiner Familie für ein paar Stunden vergessen.

Dummerweise hatte ich nicht daran gedacht, dass meine Eltern mich gut kannten. Als John seine Wohnungstür öffnete, hörte ich aus der Küche schon Dads Stimme. Ich verzog das Gesicht. *Was ist los?*, formte ich mit den Lippen, aber John zuckte nur mit den Schultern und runzelte die Stirn. Er sah besorgt aus, was ich nicht von ihm kannte. Und das war es, was mir Sorgen bereitete. John sorgte sich sonst um gar nichts. Er war der entspannteste Mensch, den ich kannte.

Er packte mich am Arm und zog mich rein, bevor ich wieder abhauen konnte. Ihm war klar, dass das meine erste Reaktion gewesen wäre. Seufzend trottete ich hinter ihm her in die Küche.

»Vesper, da bist du ja endlich. Ich wusste, dass du zu John kommen würdest.«

»Tja, anscheinend bin ich nicht halb so undurchschaubar, wie ich dachte«, erwiderte ich trocken und ließ mich auf einen Stuhl fallen.

Dad lächelte, aber es wirkte gezwungen. Er war nervös.

»Dad, was ist los?« John setzte sich neben mich und stützte die Unterarme auf den Tisch. Das liebte ich an meinem Bruder. Er kam immer gleich zur Sache.

»Ich weiß, dass das gerade kein guter Augenblick ist, um euch das zu sagen. Immerhin wird eure Mutter bald heiraten. Aber ich will, dass ihr es so früh wie möglich erfahrt. Damit ihr euch darauf vorbereiten könnt.«

Ich versteifte mich. Das klang nicht gut.

Dann ließ Dad die Bombe platzen. John und ich saßen da und starrten ihn aus großen Augen an. Wir wurden beide kreidebleich und schienen unsere Stimmen verloren zu haben.

Das durfte doch nicht wahr sein. Ich hätte nicht gedacht, dass dieser Tag noch schlimmer hätte werden können. Konnte er aber.

John war der Erste von uns, der das Schweigen brach. »Was hast du gesagt?« Seine Stimme klang belegt.

»Hannah ist schwanger«, wiederholte Dad.

Meine Welt brach an nur einem Tag komplett auseinander.

KAPITEL 2

Die Tür knallte so laut hinter mir zu, dass ich zusammenzuckte. Aber ich war so sauer, dass es mich nicht wirklich interessierte, ob Dad sich deswegen wieder aufregen würde. Hinter mir ging die Haustür wieder auf und Dad betrat unser Zuhause.

Wir waren nicht mehr lange bei John geblieben. Mein Bruder hatte uns nicht direkt vor die Tür gesetzt, aber er hatte gesagt, er habe noch etwas vor und müsse los. Sein Blick war dabei abwesend gewesen und ich hatte gewusst, dass er Dad loswerden wollte, um über alles nachzudenken. Das wollte ich auch. Am liebsten wäre ich bei John geblieben, aber ich konnte ihm seine Ausrede nicht versauen. Außerdem konnte John am besten alleine nachdenken.

»Vesper, jetzt warte doch mal.«

Wütend fuhr ich herum. »Worauf soll ich warten? Darauf, dass ihr endgültig alles kaputtmacht? Hättest du nicht noch ein paar Wochen warten können? Mum hat mir *heute* gesagt, dass sie heiratet! Und rate mal: Als ich mich heute Nachmittag mit Tom getroffen habe, haben wir Schluss gemacht!«

Dad schaute mich aus traurigen Augen an, aber ich war noch nicht fertig. »Und am Wochenende muss ich zu Mum und ihrem Verlobten, um Maggie kennenzulernen, die kleine, perfekte Tochter. Ich habe die Schnauze voll, Dad!«

Ich wartete nicht ab, was er dazu zu sagen hatte – zweifellos nichts, was ich hören wollte sondern rannte die Treppe hoch in mein Zimmer und warf mich auf mein Bett.

Mir war klar, dass ich mich gerade wie das typische pubertäre Mädchen benahm. Etwas, das ich eigentlich nicht sein wollte und normalerweise auch nicht war, aber im Augenblick konnte ich einfach nicht anders. Ich war so unfassbar sauer. Es war so unfair. Total unfair. Nie fragte mich jemand nach meiner Meinung. Was ich wollte, war völlig egal. Hauptsache, alle anderen waren glücklich.

Ich benahm mich melodramatisch, ja. Und ich wusste auch, dass meine Eltern sich sehr wohl Gedanken um mich machten und wollten, dass ich glücklich war. Ich wollte auch, dass sie glücklich waren, immerhin waren sie meine Eltern und ich liebte sie. Aber das jetzt musste doch nicht alles auf einmal kommen. Es war einfach zu viel.

Die vertraute Umgebung meines Zimmers beruhigte mich langsam. Das sanfte helle Blau meiner Wände in Kombination mit den weißen Möbeln hatte ich schon immer geliebt, aber erst seit ich wirklich bei Dad wohnte, fühlte ich mich hier richtig zu Hause. Meine Bücher hatten mir gefehlt, aber jetzt waren alle da, standen ordentlich nach Autor sortiert in den Bücherregalen, die zwei Wände meines Zimmers belegten. Wenn ich die Lichterkette, die über meinem Bett hing, angemacht hätte, wäre es richtig gemütlich gewesen. Aber ich hatte keine Lust auf Gemütlichkeit. Ich brauchte jemanden zum Reden.

Ich kramte in meiner Tasche nach meinem Handy und drückte auf die Eins. Die Kurzwahl für Tonis Nummer. Sie ging nach dem zweiten Klingeln dran.

»Meine Mum heiratet, Dads Freundin ist schwanger und Tom hat mich mit Sonia betrogen«, sagte ich ohne Begrüßung.

»Oh! Scheiße! Wir treffen uns in einer Stunde bei Onkel Marty.«

»Danke!«

Ich legte auf, schwang meine Beine aus dem Bett und stand auf. Schnell zog ich mich um. Mir war nicht nach fröhlichen Farben, also zog ich eine schwarze Jeans, einen dunkelgrauen dicken Wollpulli und schwarze Sneakers an. Ich kämmte mir die Haare und überlegte, ob ich mich schminken sollte. Ein Blick in den Spiegel zeigte mir, dass ich keine große Wahl hatte. Ich war noch blasser als sonst und die Wimperntusche würde ein bisschen helfen, dass meine Augen nicht mehr ganz so verheult aussähen. Hoffentlich.

Als ich nach unten kam, hörte ich Dads Stimme und wusste, dass er mit Hannah telefonierte. Wahrscheinlich erzählte er ihr, wie furchtbar ich mich benommen hatte. Ich schickte ihm eine Nachricht, dass ich mich mit Toni treffen wollte, weil ich keine Nerven dazu hatte, mit ihm zu reden, schlüpfte dann in meinen Mantel und machte mich auf den Weg.

Ich zitterte, als ich durch die Straßen lief. Es wurde langsam wirklich kalt. Ich zog meinen Schal halb über mein Gesicht und kuschelte mich tiefer in meinen Mantel. Mit dem Bus hätte ich nur ein paar Minuten für den Weg gebraucht, aber mir war nicht danach, mich in einen stickigen Bus zu setzen. Die frische Luft tat dem Chaos in meinem Kopf gut. Meine Wut kühlte langsam ab. Als ich die vertrauten Lichter sah, stahl sich sogar ein kleines Lächeln auf mein Gesicht. Tonis Onkel Marty hatte einen Laden, den er als Bistro bezeichnete. Eigentlich war es eine Mischung aus Café und Pub, was *Toni's Place* zu etwas ganz Besonderem machte. Toni war unfassbar stolz darauf, dass ihr Onkel seinen Laden nach ihr benannt hatte und das konnte sie auch sein. *Toni's Place* war seit seiner Gründung vor zehn Jahren zu einer Institution geworden. Und immer brechend voll.

Ich betrat das Lokal und sofort schlug mir der vertraute Geruch einer Mischung aus Kaffee, Bier und Hamburgern entgegen. Es war laut, wie immer, aber nicht so laut, dass man sich nicht mehr hätte unterhalten können.

»Hey, Vesper!« Marty hatte mich entdeckt. Er stand hinter der Theke und schenkte mir ein breites Grinsen. Er war Mitte Vierzig mit verstrubbelten dunklen Haaren, sah aber deutlich jünger aus. Ich liebte ihn wie einen eigenen Onkel. Was vermutlich daran lag, dass ich genauso mit ihm aufgewachsen war wie mit dem Rest von Tonis Familie. Ich hatte einen Großteil meiner Kindheit mit ihnen verbracht. Wahrscheinlich war ich öfter mit Toni und ihren Eltern im Urlaub gewesen als mit meinen eigenen. Tja, wenn man Eltern hatte, die dafür lebten, Menschen zu retten, musste man als Kind damit leben, dass ein Familienurlaub nicht ganz oben auf ihrer Prioritätenliste stand.

Marty deutete auf den runden Tisch in der Ecke, der vor einem großen Bücherregal aus dunklem Holz stand. Zum Glück war ein Tisch frei. Noch dazu einer, an dem Toni und ich während der letzten Jahre sehr oft gesessen hatten. Wir hatten hier gelernt, Hausaufgaben gemacht oder einfach nur geredet. Wir liebten diesen Platz in der Ecke, mit dem Bücherregal im Rücken und ein wenig abseits von den anderen Tischen. Nachmittags war es deutlich ruhiger, aber jetzt am Abend war der Laden gut besucht. Ich quetschte mich zwischen den Tischen hindurch zu unserem Platz, ließ mich auf den Stuhl fallen und seufzte zufrieden. Ich fühlte mich sofort besser. Ich zog meinen Mantel aus, wickelte mir den Schal vom Hals und sah überrascht auf, als eine Tasse heiße Schokolade mit Sahne vor mir auf dem Tisch abgestellt wurde.

Marty stand neben dem Tisch und zwinkerte mir verschwörerisch zu. »Toni hat angerufen und gesagt, dass du was Süßes brauchst. Ich soll dir ausrichten, dass sie gleich da ist.«

Der Kloß, der mir plötzlich im Hals steckte, trieb mir Tränen in die Augen. Ich schluckte sie hinunter. Ich wollte heute nicht mehr weinen. Ich wollte diesen Tag nur irgendwie so zu Ende bringen, dass ich in ein paar Stunden einfach ins Bett fallen und sofort schlafen könnte.

Marty legte mir nochmal aufmunternd seine Hand auf die Schulter und kehrte zurück zu seinem Tresen. Ich nippte an meiner Schokolade und der süße und zugleich etwas bittere Geschmack von dunkler Schokolade entfaltete sich auf meiner Zunge. Genießerisch schloss ich die Augen. Als ich sie wieder öffnete, hätte ich beinahe laut aufgeschrien.

Ein grinsendes Jungengesicht war vor mir aufgetaucht. Der Junge aus dem Park, der jetzt noch umwerfender aussah als vor ein paar Stunden. Seine Haare waren furchtbar verstrubbelt und ich fragte mich unwillkürlich, ob das Absicht war oder ob der Wind sein Haar so zerzaust hatte. Er schob den Stuhl zurück, der eigentlich für Toni bestimmt war, und setzte sich.

»Bitte, setz dich doch! Tu dir keinen Zwang an!«, sagte ich, noch immer völlig überrumpelt, aber bemüht meine Fassung wiederzuerlangen, und sein Grinsen wurde breiter.

Ich gab mir alle Mühe, mein Gesicht so ausdruckslos wie möglich aussehen zu lassen.

»Ich hätte nicht gedacht, dass wir uns so schnell wiedersehen«, sagte er laut, damit ich ihn über den Lärm hinweg verstehen konnte.

Ich zog eine Augenbraue hoch und konnte mir ein Grinsen kaum verkneifen, als ich sah, wie seine Pupillen sich eine Winzigkeit weiteten. Der Trick funktionierte einfach jedes Mal. »Ich hätte nicht gedacht, dass wir uns überhaupt wiedersehen«, gab ich trocken zurück und legte meine Unterarme auf die Tischplatte, nachdem ich meine Tasse abgestellt hatte. Seine Augen zuckten. Er schien jede meiner Bewegungen genau zu beobachten. Sein Gesicht schien nur noch aus seinem Lächeln zu bestehen.

»Geht's dir besser? Du siehst auf jeden Fall so aus.«

Das hatte er doch jetzt nicht wirklich gesagt, oder?

»Na, vielen Dank auch!«

»Gern geschehen! Also, was machst du hier so ganz allein? Ich bin mit einem Freund hier. Wenn du willst, kannst du dich zu uns setzen.«

Mir war klar, dass ich ihn vollkommen irritiert anstarrte, aber ich konnte einfach nichts dagegen tun.

»Mal ganz abgesehen davon, dass ich noch nicht einmal deinen Namen kenne, bin ich selbst verabredet.«

»Aber doch wohl hoffentlich nicht mit diesem Idioten, dem du deine Tasche hinterhergeworfen hast.«

Jetzt war es an ihm, die Augenbrauen hochzuziehen. Das Lächeln, das an seinen Lippen zu kleben schien, wirkte jetzt etwas gezwungener als noch gerade eben.

Ich schüttelte den Kopf und hatte keine Ahnung, was ich von all dem halten sollte. Was wollte er von mir?

»Nein. Ich bin mit einer Freundin verabredet.« Und warum erzählte ich ihm das? Es ging ihn doch überhaupt nichts an, mit wem ich mich hier traf. Doch ich merkte, wie sich ein zaghaftes Kribbeln in meinem Körper ausbreitete, das ich mit aller Kraft zu unterdrücken versuchte.

Sein Lächeln wurde wieder breiter. Er wirkte erleichtert. »Ich bin Alex«, stellte er sich endlich vor. »Und du?«, fragte er, als ich nicht antwortete, sondern ihn nur stumm ansah.

Ich versuchte in seinem Gesicht zu lesen, aber er hatte den gleichen undurchschaubaren Ausdruck in den Augen, den ich in den letzten Jahren ziemlich oft bei mir selbst im Spiegel gesehen hatte.

»Vesper.«

Alex blickte mich fragend an. Ich seufzte lautlos. Es gab genau zwei Möglichkeiten, was er jetzt sagen könnte.

»Wie die große Liebe von James Bond?«

Ich nickte. Das war zwar immer noch nicht toll, aber immerhin besser, als nach einem Motorroller benannt zu sein. Außerdem hätte ich dann einen gravierenden Rechtschreibfehler in meinem Namen gehabt. So oder so gab es mit Sicherheit bessere Namen, aber mein Dad war nun mal ein riesiger Fan von Ian Fleming. Man musste dankbar ein, dass John nicht James genannt worden war.

Alex öffnete den Mund, um etwas zu sagen, aber eine energische Stimme ließ uns beide herumfahren.

»Also echt jetzt. Ich hab mich so beeilt und dann überlässt du meinen Platz einfach irgendeinem Typen.«

Toni stand vor dem Tisch, die Hände in die Taille gestemmt, und schaute Alex und mich mit gespielter Empörung an.

Ein erleichtertes Lächeln breitete sich auf meinem Gesicht aus. Na endlich.

Toni warf mir einen verschwörerischen Blick zu, dann grinste sie. »Und wer ist dein neuer Freund?«, fragte sie, zog einen freien Stuhl vom Nebentisch heran und ließ sich darauf fallen.

»Alex«, erwiderte ich und stellte ihm Toni vor.

»Seid ihr beiden Schwestern?«, fragte er und wir warfen uns unwillkürlich einen wissenden Blick zu. Seit Toni und ich uns kannten, wurden wir für Schwestern gehalten. Was auch kein Wunder war. Wir sahen uns wirklich verdammt ähnlich.

In der ersten Klasse waren wir uns zum ersten Mal begegnet und hatten uns misstrauisch beäugt. Wir saßen einander gegenüber und es war fast, als würden wir in einen Spiegel schauen. Tonis Haare waren genauso kupferrot und lockig wie meine eigenen, ihre Haut genauso porzellanweiß und die Wangen übersät von Sommersprossen. Nur ihre Augen waren nicht so hellblau wie meine, sondern etwas dunkler. Wir waren gleich groß und gleich schwer, hatten sogar die gleiche Figur. Nur unsere Gesichtsform war etwas anders. Meine Wangenknochen waren ausgeprägter, dafür hatte Toni vollere

Lippen. Ihr Kinn lief spitzer zu als meins, aber wenn sie lächelte, zeigten sich auf ihren Wangen Grübchen.

Sogar unsere Mimik und Gestik passte sich im Laufe der Zeit an, sodass wir jetzt noch häufiger für Schwestern gehalten wurden als früher. Inzwischen sahen wir uns nicht mehr ganz so ähnlich. Was hauptsächlich daran lag, dass Toni ihre Locken bis zum Kinn gekürzt hatte, während meine eigenen, nicht mehr ganz so lockig, bis zur Taille reichten.

»Nein, wir sind nur beste Freundinnen«, antwortete Toni und schenkte Alex ihr bezauberndes Lächeln. Ein unerwarteter Stich durchzuckte mich, als ich sah, wie er ihr Lächeln erwiderte. Toni strich sich eine Haarsträhne hinters Ohr und wandte sich mir zu. Sie sah mich aus ihren blauen Augen an, in denen Dutzende unbeantwortete Fragen standen. Ich zuckte mit den Schultern. Sie wusste sofort, was ich meinte. Mir ging es nicht gut, aber gut genug. Die Ablenkung durch Alex war eine willkommene Abwechslung und auch das wusste Toni sofort. Wir verstanden uns ohne Worte.

»Wie ich sehe, hat Marty dich schon versorgt«, sagte sie, griff nach meiner Tasse und trank einen Schluck von meiner Schokolade.

Ich wollte etwas antworten, aber eine Stimme kam mir zuvor. »Alex, kommst du irgendwann auch wieder zurück oder soll ich den Abend doch alleine verbringen?«

Toni und ich drehten uns um. Hinter uns stand ein weiterer junger Mann, der genauso gut aussah wie Alex. Er starrte Toni und mich mit großen Augen an. Toni drehte sich auf ihrem Stuhl und schlug ihre langen Beine übereinander. Sein Blick heftete sich auf ihre hohen Schuhe und wanderte dann über die Lederhose wieder hoch zu ihrem Gesicht. Ich sah, wie sein Gesicht rot anlief, und ich konnte es ihm nicht einmal verübeln. Toni sah absolut umwerfend aus. Schon immer hatte sie genau gewusst, wie sie andere Leute, insbesondere das männliche Geschlecht, um den kleinen Finger wickeln konnte. Sie klimperte mit ihren langen Wimpern und ich sah, wie er noch eine Spur röter wurde.

Ich lächelte. Wenn Toni jetzt ihre Angel auswarf, hatte der Typ keine Chance mehr. Ich drehte mich zu Alex um, der mich betrachtete. Er wirkte nicht ertappt und ausnahmsweise fiel es mir schwer, seinen Blick zu erwidern. Für gewöhnlich reichte es, eine Augenbraue zu heben und den Mund eine Winzigkeit herablassend zu verziehen, damit alle wegsahen. Aber in dem Moment konnte ich nur zurückstarren.

»Alex, was ist jetzt?« Die Stimme seines Freundes ließ uns beide herumfahren. Grinsend stand er vor uns, aber er wirkte nicht halb so selbstsicher, wie er es gerne gehabt hätte. Sein Blick richtete sich immer wieder für den Bruchteil einer Sekunde auf Toni.

»Ich würde vorschlagen, du holst unser Zeug und setzt dich zu uns! Unser Tisch wird sowieso gerade von anderen übernommen.«

Tatsächlich stand eine Gruppe Mädchen vor dem freien Tisch. Sie saßen nur deshalb noch nicht, weil noch zwei Mäntel über den Stuhllehnen lagen.

Offensichtlich hatten Toni und ich kein Mitspracherecht. Toni sah allerdings nicht so aus, als würde ihr das besonders viel ausmachen.

Ich dagegen wusste noch nicht, was ich von der ganzen Sache halten sollte. Eigentlich hatte ich geplant, Toni alles ganz ausführlich zu erzählen. Daraus würde jetzt wohl nichts werden. Ich würde meine Probleme mit Sicherheit nicht vor zwei Jungen ausbreiten, die ich nicht kannte. Andererseits würde mir die Ablenkung guttun und wenn ich ehrlich war, gefiel es mir, wie Alex mich ansah.

Die Trennung von Tom schien plötzlich schon Wochen und nicht erst Stunden her zu sein.

Der Blick von Alex' Freund löste sich nur widerstrebend von Toni, er war aber nur einen Augenblick später mit ihren Mänteln wieder zurück und setzte sich neben Toni, nachdem er sich einen freien Stuhl herangezogen hatte.

»Wie heißt du eigentlich?«, fragte ich ihn. Ich wollte wenigstens seinen Namen wissen, wenn er sich schon selbst einlud. Sein Blick war noch immer auf Toni geheftet, als er sich als Paul vorstellte.

»Okay, Jungs. Wir müssen uns mal ganz kurz die Nase pudern gehen.« Toni stand auf und zog mich hoch. »Ich hätte gerne eine Cola, falls ihr was bestellt!« Sie griff nach meiner Hand und führte mich durch die Menge in die Damentoilette.

Toni warf einen kurzen Blick in den Spiegel, bevor sie sich mir zuwandte. Ich musste lächeln. Sie hatte immer noch den gleichen Tick wie als kleines Mädchen: Sie musste in jeden Spiegel gucken. Früher hatte sie sich allerdings immer selbst Grimassen geschnitten. Jetzt überprüfte sie, ob ihr Make-up noch in Ordnung war.

Ich folgte ihrem Beispiel, hauptsächlich um ihrem abwartenden Blick auszuweichen. Mein Make-up war noch immer tadellos, aber meine Augen kamen mir seltsam vor. Sie leuchteten durch den schwarzen Eyeliner noch heller als sonst. Ausnahmsweise war ich einmal fest davon überzeugt, dass ich selbst genauso gut aussah wie meine beste Freundin. »Vesper.« Der auffordernde Ton in ihrer Stimme entging mir nicht, doch ich ließ mir Zeit, wischte mir einen Fleck unter dem Auge weg, der gar nicht da war, und drehte mich erst dann wieder zu ihr um.

»Was ist hier los?« Toni hatte die Arme vor der Brust verschränkt und sah mich abwartend an.

Ich tat ahnungslos und warf ihr einen unschuldigen Blick zu. Aber ich hätte mir denken können, dass das bei Toni nicht funktionierte. Sie kannte mich besser als jeder andere Mensch auf der Welt. Also erzählte ich ihr, wie ich Alex kennengelernt hatte und dass er zufällig auch hier aufgetaucht war und wohl beschlossen hatte, uns heute Abend Gesellschaft zu leisten.

Toni schüttelte ungläubig den Kopf. »Das kann doch nicht wahr sein! Heute Nachmittag hast du Tom abserviert, den beliebtesten Jungen der Schule, und jetzt hast du gleich den Nächsten an der Angel. Und ganz ehrlich? Der ist noch heißer als Tom.« Sie grinste und ihre Augen funkelten übermütig.

Ich musste ihr Recht geben. Alex sah wirklich um Längen besser aus als Tom, aber das lag vor allem an dem Funkeln in seinen Augen und an seinem atemberaubenden Lächeln. Vielleicht fand ich Alex auch nur deshalb so anziehend, weil ich ihn, im Gegensatz zu den meisten Typen, nicht sofort durchschauen konnte.

Jungen zu durchschauen war in der Regel einfach. Oft reichte ein Blick aus, um zu wissen, was sie wollten. Bei Alex war das anders. Mir war klar, dass er irgendwas an mir interessant finden musste, sonst würde er nicht jetzt bei uns am Tisch sitzen. Aber ich konnte beim besten Willen nicht sagen, was es war. Alex konnte mit seinem Aussehen und seinem Charme doch sicher jedes Mädchen um den kleinen Finger wickeln.

»Toni, ich bin nicht daran interessiert, etwas Neues anzufangen.« Ach, war ich nicht? Das war mir gerade eben auch noch ganz anders vorgekommen. Doch ich hörte mich sagen: »Ich bin gerade gründlich kuriert worden. Ich habe ewig gebraucht, um mich auf Tom einzulassen und du weißt, dass du es warst, die mich dazu überredet hat, es wenigstens zu versuchen. Und jetzt siehst du, was daraus geworden ist.«

Toni lachte nur. »Ach komm, Süße, du weißt, dass ich dich nicht groß überreden musste. Nach dem ersten Date warst du genauso verzaubert von Tom wie alle anderen.«

War ich nicht. Und Toni wusste das. Sie ignorierte die Tatsache nur gerne, weil sich so ihre Geschichte von Toms und meiner Verkupplung besser machte. Neun Monate war es jetzt her, dass Tom und ich uns zum ersten Mal getroffen hatten. Das erste Date war nicht gerade eine Katastrophe gewesen, aber auch nicht absolut genial, sodass ich mich direkt unsterblich in Tom verliebt hätte. Aber die Sache war die: Tom war einer der beliebtesten Jungen der Schule und Toni und ich gehörten zu den beliebtesten Mädchen, was hauptsächlich daran lag, dass wir uns meistens von den anderen fernhielten. Irgendwie schien unsere Unnahbarkeit ziemlich anziehend auf andere Mädchen zu wirken. Als meinten sie, unbedingt mit uns befreundet sein zu müssen, nur weil wir nicht alles daransetzten, ihre Freundinnen zu werden.

Auf jeden Fall ließ es sich dann kaum vermeiden, mich noch einmal mit Tom zu treffen. Es wurde von Mal zu Mal besser. Wir verstanden uns gut, hatten allerdings verschiedene Interessen. Ich konnte absolut nichts mit Sport anfangen, insbesondere nicht mit Golf, und Tom hatte kein Interesse an Büchern. Aber zumindest hatten wir doch genug gemeinsam, damit wir miteinander reden konnten. Das war doch die Hauptsache, oder? Er war ein Scheidungskind wie ich und er hatte verstanden, warum die Beziehung zu meinen Eltern so schwierig war. Eine Zeit lang hatte ich das Gefühl gehabt, dass er die Leere in meinem Innern füllen könnte, einfach weil er für mich da war und mich zum Lachen brachte. Als Tom mich dann zum ersten Mal geküsst hatte, hatte ich für einen Moment alles vergessen. Ich hatte mich fallen lassen und war aufgefangen worden. Tom hatte mir geholfen, die Trennung meiner Eltern zu vergessen und zu ignorieren, dass Mum mich einfach bei Dad abgeladen hatte.

Nach den ersten Wochen hatte ich jedoch gemerkt, dass ich nicht in Tom verliebt war. Ich mochte ihn, aber etwas hatte mir gefehlt. Vielleicht war es Leidenschaft gewesen. Aber ich hatte mich mit Tom wohlgefühlt und das hatte gereicht. Wir hatten Spaß gehabt. Zumindest bis heute. Bis er mit Sonia geschlafen hatte. Na ja und bis ich mich entschlossen hatte, dass Spaß allein eben doch nicht reichte.

Aber Alex ... Alex war anders. Möglicherweise lag es daran, dass er älter war als ich und dass er mir deshalb so anders erschien als die Jungen, die ich kannte. Etwas war zwischen uns. Etwas, das ich nicht direkt benennen konnte. War es rein körperliche Anziehungskraft? Aber was es auch war, ich wollte mehr davon. Hatte ich nicht gerade eben erst noch gesagt, dass ich keine Nerven für etwas Neues hatte? Was war nur los mit mir?!

»Vesper, hörst du mir überhaupt zu? Hey!« Toni schnippte mit den Fingern vor meinem Gesicht und riss mich aus meinen Gedanken. Sie seufzte. »Natürlich nicht. Hör mal, wenn du willst, schicke ich die beiden weg, aber Paul ist ziemlich süß und ich brauche unbedingt Ablenkung. Das mit Mike ist schon so lange her.«

Ich schnaubte. Es war gerade mal sieben Wochen her, dass Toni Mike abserviert hatte. Nicht dass ich mich nicht darüber gefreut hätte. Mike war ein Arsch. Aber Toni war nicht wie ich. Während ich mich schwer damit tat, Menschen an mich heranzulassen, schien sie es nur darauf anzulegen, sich immer wieder neu zu verlieben. Wir hatten vor einiger Zeit mal darüber geredet und ich hatte sie gefragt, ob sie schon einmal so richtig verliebt gewesen sei.

Toni hatte einen Moment darüber nachdenken müssen. Sie war meinem Blick ausgewichen, als sie geantwortet hatte: »Nein. So richtig verliebt war ich noch nie. Ich glaube, ich verliebe mich in dieses Gefühl, das das Neue in mir auslöst. Weißt du, was ich meine?«

Ich hatte genickt, aber noch einen Moment gebraucht, bis ich sie tatsächlich verstanden hatte. Toni war verliebt in das Verliebt-Sein. Ich hoffte nur, dass sie endlich einmal jemanden finden würde, der es verdiente, dass sie ihm ihr Herz schenkte.

Ich winkte ab. »Nein, ist schon gut. Die beiden scheinen echt nett zu sein und ich hab auch ein bisschen Ablenkung bitter nötig.« Toni strahlte und ich wusste ganz genau, was sie wollte, also sagte ich: »Auch wenn ich nicht vorhabe, was mit Alex anzufangen.«

Ich sah sie warnend an. Sie sollte bloß nicht versuchen, mich mit Alex zu verkuppeln. Aber Toni ignorierte ganz gerne, was ich wollte. Nur zu meinem Besten natürlich. Meistens hatte sie sogar recht, auch wenn ich das nur ungerne zugab.

»Na los, lass uns wieder zurückgehen. Die beiden fragen sich bestimmt schon, was wir so lange hier drin machen. Wenn sie überhaupt noch da sind.«

Ich drehte mich um, um zurückzugehen, aber Toni hielt mich fest.

»Geht's dir gut?«, fragte sie, jetzt nicht mehr lächelnd, sondern voller Sorge.

Ich zuckte mit den Schultern und setzte ein Lächeln auf. Kein Lächeln, das Toni normalerweise von mir zu sehen bekam. Es war eiskalt. Das reichte ihr als Antwort.

»Wenn du in den Krieg ziehst, komme ich mit.« Sie verschränkte ihre Finger mit meinen und schenkte mir ein grimmiges Lächeln. Sie war wirklich wie eine Schwester.

KAPITEL 3

Alex und Paul saßen erstaunlicherweise noch an unserem Tisch, als wir zurückkehrten. Ich hatte irgendwie damit gerechnet, dass sie es sattgehabt hätten, auf uns zu warten. Stattdessen blickten sie auf, als wir uns wieder auf unsere Stühle fallen ließen. Alex schenkte mir sein atemberaubendes Lächeln und das Eis, in das sich mein Herz gerade verwandeln wollte, begann wieder zu aufzutauen. Sein Blick war wissend. Ich schluckte. Es war, als könnte er in mich hineinsehen und jedes meiner Geheimnisse ergründen. Aber das war unmöglich. Er konnte nichts über mich wissen.

Abgesehen davon, dass Tom und ich uns nicht gerade freundschaftlich getrennt hatten.

Toni und Paul begannen, sich angeregt zu unterhalten. Toni unterstrich wie üblich jedes Wort mit ausholenden Gesten. Worüber sie redeten, wusste ich nicht. Ich konnte sie zwar hören, aber ich konnte nicht zuhören. In Momenten wie diesen beneidete ich Toni um ihr Talent, mit allen Menschen sofort reden zu können.

Je länger Alex mich ansah, desto nervöser wurde ich. Und ich wurde nie nervös in Gegenwart von Jungen. John hatte mich als großer Bruder ganz gut darauf vorbereitet. Ich war mit ihm und einem Haufen seiner Freunde groß geworden. Ich wusste, wie Jungs tickten und wie sie sich benahmen, wenn sie ein Mädchen mochten.

Leider schien dieses Mal alles anders zu sein.

»Warum schaust du mich so an?«, fragte ich und war ziemlich stolz, dass meine Stimme meine Nervosität nicht preisgab. Ich hätte mir die Frage am liebsten verkniffen. Eigentlich hätte er als Erstes etwas sagen sollen. Aber jetzt war es zu spät. Es gab kein Zurück mehr.

»Deine Augen. Könnten ein bisschen freundlicher sein.« Sein Lächeln blitzte wieder auf. Er lächelte ziemlich oft.

»Ich schaue immer freundlich«, entgegnete ich spitz. Das war gelogen. Ich schaute im Moment tatsächlich nicht besonders freundlich.

Alex lachte. Ein schönes Lachen. Sowieso hatte er eine ziemlich schöne Stimme. Tief und ein bisschen rau, aber nicht so tief, dass es unangenehm gewesen wäre.

»Irgendwie glaube ich dir nicht. Vielleicht weil ich gesehen habe, wie du mit Taschen um dich schmeißt.«

»Das war Notwehr«, erwiderte ich und gab mir alle Mühe, nicht meine Arme vor der Brust zu verschränken. Stattdessen lehnte ich mich betont lässig zurück und schlug die Beine übereinander.

»Das war ein Angriff. Noch dazu ein ziemlich gut platzierter. Obwohl ich glaube, dass das Zufall und keine Absicht war.«

»Vor ein paar Stunden hast du noch gesagt, dass ich besser zielen müsste. Fällt dir nichts Neues ein?« Ich legte einen leicht herablassenden Ton in meine Stimme, nicht zu viel, aber doch genug, damit es ihm auf jeden Fall auffiel. Das hatte ich die letzten Jahre perfektioniert, der Scheidung meiner Eltern sei Dank. Herablassung war eine gute Waffe.

»Du hast nicht viel Erfahrung mit Trennungen, oder?«, fragte er.

Das hatte ich jetzt davon. Ihm war was Neues eingefallen.

»Ich hab nicht viel Erfahrung damit, betrogen zu werden«, gab ich zurück und stöhnte im nächsten Moment innerlich auf. Was war denn nur in mich gefahren? Wie kam ich dazu, ihm das zu sagen? Wie kam ich dazu, das überhaupt laut auszusprechen?

Alex sah mich einen Moment lang erstaunt an, sagte aber nichts dazu, dass Tom mich betrogen hatte. Er legte den Kopf schief, sodass ihm ein paar Haarsträhnen ins Gesicht fielen. Es juckte mich in den Fingern, ihm die Haare zurückzustreichen. Ich musste mich beinahe zwingen, meine Hände auf die Tischplatte zu legen.

»Lässt du mich in deine Handtasche gucken?« Abrupt wechselte er das Thema.

»Was? Warum?« Ich war zu erstaunt, um meine Stimme gleichgültig und uninteressiert klingen zu lassen.

»Ich habe gelernt, dass der Inhalt einer Handtasche viel über seine Besitzerin aussagt.«

Alex klang fröhlich und ungezwungen. Einen Augenblick lang sah ich ihn fassungslos an. Er meinte es tatsächlich ernst. Und ich ... ich dachte ernsthaft darüber nach. Einfach nur, um zu sehen, was er glaubte über mich herausfinden zu können. Ich hatte nicht besonders viel in meiner Handtasche.

Ich nahm sie vom Boden hoch und reichte sie ihm. Er wirkte überrascht, aber dann lächelte er wieder. Mein Gott, wie konnte man so oft lächeln?

Er öffnete langsam den Reißverschluss meiner Tasche. So langsam, dass mir unerwartet ziemlich heiß wurde. Scheiße, was hatte ich mir da nur eingebrockt?!

Alex sah mich an, während er in meine Handtasche griff, als Erstes mein Smartphone rausnahm und auf den Tisch legte.

Tonis Blick ruhte auf mir. Aber ich starrte weiter Alex an und Toni wandte sich schließlich wieder ihrem Gespräch mit Paul zu.

Als Nächstes landeten Lippenstift, Portemonnaie und Kaugummis auf dem Tisch. Viel war nicht mehr in meiner Handtasche. Das Parfum, das ich immer trug, folgte und schließlich zog Alex das Buch aus der Tasche, das ich im Moment überall mit hinnahm. Ich war dankbar, dass es *Eine Geschichte aus Zwei Städten* von Charles Dickens war und nicht einer der üblichen Romane, die ich sonst las. Eigentlich las ich alles außer Krimis. Ich fand es ziemlich gruselig, auf welche kranken Ideen manche Autoren kommen konnten. Aber sonst war ich nicht pingelig, was Bücher anging. Liebesromane, historische Romane und Jugendromane fanden sich genauso in meinem Bücherregal wie Fantasyromane. Und einige Klassiker. Zwischendurch schadete es einfach nicht, sich ein bisschen weiterzubilden. Und die meisten »literarischen« Bücher waren sogar ziemlich gut, wenn man erst mal damit angefangen hatte. Musste ja niemand wissen, dass ich *Eine Geschichte aus zwei Städten* vor allem deshalb las, weil es in einem Fantasyjugendroman aufgetaucht war und ich unbedingt verstehen wollte, worüber die Figuren des Buches die ganze Zeit redeten.

»Das hab ich auch gelesen«, sagte Alex. Seine Lippen zuckten, aber dieses Mal lächelte er nicht. »Ganz schön tragisch, das Ganze.«

»Verrat mir bloß nicht das Ende, ich bin noch nicht ganz fertig.«

Unruhig fing ich an, mit dem rechten Bein zu wippen, eine unglaublich nervige Angewohnheit, von der ich geglaubt hatte, sie mir schon vor einiger Zeit abgewöhnt zu haben. Ich zwang mich, damit aufzuhören.

»Keine Sorge, es wird dir gefallen.«

»Woher willst du das wissen?«

»Ich weiß es. Es geht um Liebe und Aufopferung. Eine herzergreifende Geschichte, wenn man nicht zu genau darüber nachdenkt.«

»Und ich sehe so aus, als würde mir das gefallen?«

Jetzt lächelte er wieder. »Nein. Du siehst aus, als wäre dir das scheißegal, aber ich glaube du bist nicht ansatzweise so kalt, wie du tust. Und ich glaube, du bist ein Mädchen, das ziemlich genau über Bücher nachdenkt. Immerhin legst du Zettel zwischen die Seiten. Zuerst dachte ich, es wären Lesezeichen. Aber dafür sind es zu viele Zettel. Also ist es wahrscheinlicher, dass du damit Seiten markierst, die dir gefallen oder die du dir noch einmal anschauen möchtest. Am Ende kannst du dich wahrscheinlich nicht halb so gut mit Lucy identifizieren, wie du jetzt glaubst. Und das ist es, was dir gefallen wird. Davon bin ich überzeugt.«

Ich lachte auf. Ich gab mir alle Mühe, kalt zu sein. Aber bei Alex fiel mir das ziemlich schwer. Er durchschaute mich ziemlich schnell. Etwas zu schnell, wie ich fand. Das mit den Zetteln in meinem Buch hatte er gut beobachtet. Den meisten fiel es nicht auf. Und wenn doch, interessierte es sie nicht besonders.

Ich lehnte mich nach vorne und stützte die Unterarme auf der Tischplatte ab. Alex tat es mir gleich und ich fragte mich unwillkürlich, ob das eine instinktive Reaktion auf meine Bewegung war oder ob er genau wusste, welche Wirkung das auf mich hatte. Mir wurde noch heißer als vorhin. Aber ich ließ mir nichts anmerken. Auch nicht von der Neugierde, die mich gepackt hatte. Ich wollte unbedingt wissen, was Alex meinte. Ich musste dieses Buch zu Ende lesen.

Das Lächeln, das sich auf meinem Gesicht ausbreitete, ließ das seinige verblassen. »Du hast doch keine Ahnung, Alex. Du kennst mich nicht. Du weißt nicht, wer ich bin.« Meine Stimme war leise und sanft, ein krasser Gegensatz zu meinem Blick und dem eiskalten Lächeln. Seine Augen weiteten sich. Jetzt hatte ich ihn da, wo ich ihn haben wollte. Entweder gab er auf oder er hatte den Mut weiterzumachen. Ich wusste nicht, worauf ich hoffte.

»Richtig. Weiß ich nicht. Aber das könnte ich ja noch rauskriegen.«

Das schrille Klingeln meines Handys verhinderte, dass ich antworten konnte. Ich sah Dads Foto auf dem Display und seufzte. Wenn ich nicht ranging, würde er hierherkommen, um mit mir zu reden. Es wäre ja nicht das erste Mal.

»Was ist?«, fragte ich nicht besonders freundlich, als ich abnahm.

»Du weißt, dass du morgen Schule hast?« Wie immer hielt Dad sich nicht mit unnützem Geplänkel auf.

»Ja, weiß ich. Ich komme gleich.« Ich seufzte. Wie schön wäre es, wenn heute Wochenende wäre.

Nachdem ich aufgelegt und mein ganzes Zeug zurück in meine Tasche gelegt hatte, drehte ich mich zu Toni und Paul um. Die beiden hatten die Köpfe zusammengesteckt und kicherten vor sich hin. Ich räusperte mich. Toni bemerkte mich nicht. Oder sie ignorierte mich. Hätte ich an ihrer Stelle wahrscheinlich auch getan.

»Toni, ich muss los. Dad hat angerufen. Und ich schätze, heute ist kein guter Tag, um einen noch größeren Streit mit ihm anzufangen.«

Toni drehte sich zu mir um. Ihre Augen strahlten. Sie sah aus, als hätte sie sich schon jetzt bis über beide Ohren in Paul verknallt.

»Oh, okay. Soll ich dich nach Hause fahren?«

Im Gegensatz zu mir war Toni schon achtzehn und hatte neben dem Führerschein auch ein eigenes Auto. Ich schüttelte den Kopf. Das würde ich ihr jetzt nicht versauen.

»Nein, schon gut. Alex bringt mich nach Hause.«

Ich konnte seine Verblüffung förmlich spüren. Zufriedenheit erfüllte mich. Er glaubte, er hätte mich schon durchschaut, aber darauf konnte er lange warten. Ich stand auf und schlüpfte in meinen Mantel.

»Okay, dann sehen wir uns morgen.«

Toni zwinkerte mir zu. Morgen würde ich mir eine Menge anhören müssen.

Toni's Place hatte sich inzwischen weiter gefüllt, sodass ich etwas Mühe hatte, nach draußen zu gelangen. Alex folgte mir, ohne dass ich ihn dazu hätte auffordern müssen. Er war neugierig. Genau wie ich.

»Wie kommst du darauf, dass ich dich nach Hause bringen würde?« Er hatte mich eingeholt und stapfte neben mir durch die Kälte.

Schweigend sah ich ihn an, bis er sich die Antwort selbst gab. »Du hast recht, ich hätte dich nicht alleine durch die dunklen Straßen laufen lassen.«

»Ich bin schon öfter durch dunkle Straßen gelaufen. Mir passiert nichts. Ich brauche keinen Aufpasser.«

»Warum soll ich dann mitkommen?«

»Toni und Paul brauchten etwas Privatsphäre. Du musst mich nicht nach Hause bringen. Ich wollte nur, dass die beiden ihre Ruhe haben. Wir hätten da nur gestört.«

»Du bist eine gute Freundin.«

Zugegeben, ich war etwas verletzt darüber, wie überrascht er klang. »Ich hab doch gesagt, du hast keine Ahnung, wer ich bin.«

»Das gilt auch für dich. Ich könnte ein Mörder oder Vergewaltiger sein, der nur darauf gewartet hat, dass du so naiv bist, ihn aufzufordern, dich nach Hause zu bringen.« Alex lächelte zwar, aber sein Tonfall war ernst. Ich wusste genau, worauf er hinauswollte.

»Keine Sorge, ich vertrau dir nicht. Außerdem bin ich schnell und ich kann echt laut schreien.«

»Du vertraust niemandem, oder?«

Er legte den Kopf schräg und sah mich aus seinen grünen Augen mit einem so durchdringenden Blick an, dass ich mich unwillkürlich fester in meinen Mantel zurückzog, um mich vor seinem Blick zu schützen. Nur dass es nichts nützte. In einem Mantel konnte man sich nicht verstecken, wenn man nicht für total übergeschnappt gehalten werden wollte.

Ich antwortete nicht und lief los, ohne mich nach ihm umzusehen. Erst einen Augenblick später, in dem ich unwillkürlich den Atem angehalten hatte, hörte ich seine Schritte hinter mir.

Wir liefen stumm nebeneinander her und ich stellte erstaunt fest, dass es sich gut anfühlte, einfach mal nicht reden zu müssen. Seine Schritte passten sich meinen an. Wir wurden beide immer langsamer, je näher wir unserem Ziel kamen. Nur dass er nicht wusste, wo wir hinmussten. Aber schließlich standen wir vor der Tür unseres Hauses. Ich spürte eine seltsame Enttäuschung in mir aufsteigen.

Es war schwierig, den Schlüssel im Dunklen in den Tiefen meiner Handtasche zu finden. Als ich ihn endlich in der Hand hielt und wieder aufblickte, sah ich nur Alex' Augen in der Dunkelheit.

»Du bist niemand, der Eselsohren in Bücher macht, um Stellen zu markieren, oder?«, griff er das Thema von unserer Unterhaltung in *Toni's Place* wieder auf. Ich musste mir ein Lächeln verkneifen. Er wollte noch nicht gehen.

»O Gott, nein! Ich hasse Eselsohren! Ich werde nie verstehen, wie jemand so etwas machen kann!«

»Ich mache das manchmal.« Alex rieb sich verlegen die Nase.

»Nein!«, stieß ich hervor, bevor ich begriff, was das bedeutete. »Du liest?«

»Ja, ich lese«, erwiderte er, offenbar amüsiert über meinen überraschten Tonfall.

»Das ist toll!« Das kam jetzt begeisterter heraus, als es vermutlich angebracht war, und viel begeisterter, als gerade ich klingen sollte. Aber ich kannte kaum einen Jungen, der gerne etwas las außer seinen aktuellen WhatsApp-Nachrichten, und wenn es etwas gab, womit man mich begeistern und beeindrucken konnte, dann waren es Bücher.

»Und was liest du so?«

»Eigentlich alles. Ich bin nicht so pingelig. Nur Liebesromane sind nicht so ganz mein Ding.« Er schenkte mir ein schiefes Lächeln und mein Herz machte einen Satz.

»Welches ist dein Lieblingsbuch?« Es war mir egal, wie neugierig ich klang und dass meine Frage überhaupt nicht zu dem Mädchen passte, das ich ihm an diesem Abend präsentiert hatte. Ich wollte mehr wissen.

»Eigentlich habe ich kein Lieblingsbuch. Aber wenn ich mich entscheiden müsste, würde ich mich für *Harry Potter* entscheiden. Alle sieben. Oh ... oder die *Herr der Ringe*-Trilogie. Tolkien war ein Genie! Außerdem lese ich gerne die Bücher von Dan Brown oder Hemingway. Wie gesagt, ich kann mich schlecht festlegen.«

Ich seufzte verzückt. Das war zu schön, um wahr zu sein. Die *Harry Potter*-Reihe gehörte auch zu meinen Favoriten. Und Tolkiens Werke standen noch ungelesen in meinem Regal. Vielleicht sollte ich mich doch einmal daran wagen. Mit Krimis und Thrillern dagegen konnte ich nicht viel anfangen und von Hemingway hatte ich *Der alte Mann und das Meer* im Englischunterricht in der Schule gelesen. Es war nicht ganz mein Fall gewesen.

»Und dein Lieblingsbuch?«

Ich musste einen Moment darüber nachdenken. »Ich kann mich nicht festlegen. Ich liebe die Bücher von Jane Austen und Charles Dickens, obwohl du das ja schon weißt! Und *Das Schicksal ist ein mieser Verräter*! Das Buch ist unfassbar toll! Aber wahrscheinlich kennst du die Bücher gar nicht.« Ich strich mir eine Locke hinters Ohr und Alex schüttelte den Kopf.

»Nein, das stimmt, die kenne ich wirklich nicht. Obwohl ich zumindest *Stolz und Vorurteil* als Film in der Schule gesehen habe. Vielleicht sollte ich es auch mal lesen.«

»Solltest du!«, erwiderte ich entschieden. Dann schwiegen wir und sahen uns einfach nur an.

»Also«, setzte er zögernd an. »Musst du nicht rein? Ich dachte, dein Dad würde auf dich warten.«

Ich zuckte zusammen. Meinen Dad hatte ich total vergessen. »Ja, sollte ich wohl«, antwortete ich widerstrebend.

»War schön, dich wiederzusehen!«

Ich konnte den Ton in seiner Stimme nicht ganz deuten, aber wenn ich hätte raten müssen, hätte ich vermutet, er klänge irgendwie traurig.

Ich hätte ihn nach seiner Handynummer fragen können, danach, ob wir uns wiedersehen sollten, aber ich brachte kein Wort über die Lippen. Mal ganz davon abgesehen, dass er auch nicht fragte. Irgendwie hatte ich aber auch das Gefühl, dass das alles kaputtgemacht hätte. Nicht dass da viel gewesen wäre, was hätte kaputtgehen können, aber es fühlte sich falsch an zu fragen. Und Abschiede lagen mir nicht besonders.

Es war offensichtlich, dass er über das Gleiche nachdachte wie ich. Sein Blick war auf meine Lippen gerichtet. Und ehe ich wusste, was ich tat, lehnte ich mich schon nach vorne und küsste ihn.

Später wusste ich nicht, was mich da geritten hatte, aber er umfasste mein Gesicht mit beiden Händen und erwiderte heftig meinen Kuss.

Urplötzlich wurde mir so heiß, als wäre ein Streichholz in meinem Inneren in Flammen aufgegangen. In mir pochte und summte alles, ein Gefühl, das genauso süchtig machte, wie es unerträglich war.

Seine Lippen forderten alles und nichts, überließen mir die Kontrolle. Und ich übernahm sie. Meine Hände fuhren durch seine Haare. Sie waren weich und schlangen sich wie von selbst um meine Finger. Mein Mund öffnete sich von ganz allein und als unsere Zungen sich zaghaft berührten, spürte ich, wie Alex zusammenzuckte, nur um mich einen Sekundenbruchteil später so fest an sich zu ziehen, dass es beinahe wehtat. Meine Tasche fiel zu Boden, der Schlüssel folgte klappernd, aber das kümmerte uns nicht. Wir stolperten zurück, ohne uns voneinander zu lösen, bis die Hauswand in meinem Rücken uns aufhielt. Seine Hände öffneten die Knöpfe meines Mantels, legten sich um meine Taille und hoben mich hoch. Meine Beine schlangen sich ganz automatisch um seine Hüften und verknoteten sich hinter seinem Rücken. Als seine Finger kalt auf die erhitzte Haut meines Bauchs trafen, keuchte ich auf. Alex presste sich unwillkürlich enger an mich und ich spürte, wie sehr er mich wollte. Genauso sehr wie ich ihn. In diesem Augenblick war alles egal, außer dem Gefühl, das Alex' Lippen und Finger in mir auslösten. Und mit einem Mal, zum allerersten Mal, wollte ich mehr. Ich wollte alles.

Ich wusste nicht, wie lange wir so dastanden – ich an die Wand gepresst, meine Beine um Alex geschlungen – und uns küssten, aber das Feuer schien mich langsam zu verzehren und mir war klar, dass ich aufhören musste, wenn ich nicht verbrennen wollte.

Schwer atmend löste ich mich von Alex. Meine Beine zitterten, als ich sie wieder auf festem Boden abstellte. Alex lehnte seine Stirn gegen meine. Unser Atem vermischte sich. Wir hatten beide die Augen geschlossen.

»Ich hab doch gesagt, du hast keine Ahnung, wer ich bin«, flüsterte ich mit bebender Stimme.

Dann riss ich mich los, hob Schlüssel und Tasche vom Boden auf, schloss hastig mit zitternden Händen die Tür auf und floh vor dem, was auch immer da gerade geschehen war.

KAPITEL 4

Ich konnte nicht schlafen. In vier Stunden klingelte mein Wecker und ich musste aufstehen, aber es gelang mir einfach nicht, mich zu beruhigen. Meine Bettdecke war plötzlich viel zu schwer und zu warm und ich strampelte sie ungehalten weg. In meinem Zimmer war es zwar nicht kalt, eigentlich war es recht warm, aber die Hitze traf mich trotzdem wie ein Schlag. Mir war so furchtbar heiß. Ich konnte nicht aufhören an Alex zu denken. An seine Lippen auf meinem Mund, seine Hände an meinem Gesicht.

Wir hatten tatsächlich nicht einmal unsere Handynummern ausgetauscht. Wahrscheinlich würde ich ihn nie wiedersehen. So oft konnte uns der Zufall auch nicht zusammenführen. Schon die Tatsache, dass wir uns zweimal an einem Tag in einer Stadt wie London begegnet waren, erschien mir unwahrscheinlich genug. Eine Mischung aus Erleichterung und Enttäuschung machte sich in mir breit. So unvorstellbar es war – immerhin kannte ich Alex gerade mal gefühlte zwei Sekunden – ich mochte ihn. Irgendwie. Nein, nicht irgendwie. Ich mochte ihn sehr. Und ich wollte ihn gerne wiedersehen.

Alex hatte behauptet, ich sei kalt. Dass ich nicht der freundlichste und zugänglichste Mensch war, war schon lange klar. Ich hatte mir wirklich Mühe gegeben, nicht nett zu sein. Am Anfang. Später war es einfacher geworden.

Ich konnte mich nicht daran erinnern, ob ich mir fest vorgenommen hatte, ein eiskaltes Miststück zu werden oder ob der Prozess schleichend gewesen war. Es hatte mit der Scheidung meiner Eltern und dem Wechsel an Tonis Schule angefangen. Um die Menschen fernzuhalten und zu verhindern, gedemütigt und ausgelacht zu werden, musste man entweder seltsam oder zickig sein. Ich hatte mich für zickig entschieden. Hauptsächlich deshalb, weil ich nicht wusste, wie man seltsam wurde. Aber mit Beginn der Pubertät wurde so ziemlich jedes Mädchen zickig. Ich stellte da keine Ausnahme dar. Ich hatte das Ganze lediglich noch ein bisschen weiter ausgereizt als nötig.

Also ja, Alex hatte recht. Ich war kalt. Kalt und gemein, wenn es sein musste. Ich hatte gelernt alles zu tun, um nicht verletzt zu werden.

Heute war ich verletzt worden. Deshalb hatte ich auch geweint. Ich hasste es zu weinen und ich hasste mich dafür, dass ich vor Tom geweint hatte und dass Alex es mir angesehen hatte. Wenn Mum mir nicht von ihrer Hochzeit erzählt hätte, wäre das mit Sicherheit nicht passiert. Dann hätte ich nur meine Tasche nach Tom geworfen.

Eine halbe Stunde, bevor mein Wecker klingelte, schlief ich doch noch ein. Dementsprechend erschöpft und mies gelaunt war ich, als ich mich gleich wieder aus dem Bett quälte.

***

Die Tischplatte fühlte sich hart an unter meiner Stirn. Ich war so unglaublich müde. Dabei hatte der Unterricht noch gar nicht begonnen. Das quietschende Geräusch von Stuhlbeinen, die über den Boden gezogen wurden, ließ mich aufschauen. Toni setzte sich neben mich. Sie strahlte. Ich dagegen sah nur dank meines ziemlich gründlichen Make-ups nicht aus wie der Tod höchstpersönlich. Meine Augen waren absichtlich dunkel geschminkt, damit die Ringe unter meinen Augen, die schon fast violett waren, nicht so deutlich zu sehen waren. So sah ich beinahe lebendig aus. Lebendig und ziemlich ungehalten.

In die Schule zu gehen, wenn man sich frisch von seinem Freund getrennt hatte, war keine schöne Angelegenheit. Vor allem dann nicht, wenn man im Mittelpunkt des allgemeinen Interesses stand. Auf unsere Privatschule gingen einfach nicht genug Schüler, als dass nicht jeder jeden gekannt hätte. Klatsch und Tratsch war einfach immer interessant, da war es eigentlich egal, um wen es ging, und ich wusste, dass alle nur darauf warteten, dass Tom und ich uns auf dem Flur begegnen würden. Lange würde es nicht mehr dauern. Ich hoffte, ich hatte noch Zeit bis zum Mittagessen. Vielleicht könnte ich bis dahin ein paar Minuten schlafen.

Toni neben mir rutschte aufgeregt auf ihrem Stuhl hin und her. Sie wartete darauf, dass ich sie fragte, wie es gestern gelaufen war. Wäre ich nicht so furchtbar müde gewesen, hätte ich sie sofort ausgefragt, als sie sich neben mich gesetzt hatte. Aber ich konnte mich kaum darauf konzentrieren, wach zu bleiben. Mein Gehirn war noch nicht bereit nachzudenken und zu arbeiten.

»Schieß los!«, forderte ich Toni mit einem erschöpften Lächeln auf und Toni begann zu erzählen.

Paul war anscheinend ihr neuer Seelenverwandter, sie hatten ihre Handynummern ausgetauscht und sich gleich fürs Wochenende verabredet. Hoffentlich würde sie es dieses Mal länger mit einem Jungen aushalten. Paul schien nett zu sein, auch wenn ich kaum mehr als drei Worte mit ihm gewechselt hatte. Er war auf jeden Fall eine erhebliche Verbesserung zu Mike, dem elendigen Mistkerl. Aber das war ehrlich gesagt auch nicht allzu schwierig. Mike hatte neben Toni noch zwei andere Mädchen von verschiedenen Schulen getroffen. Zum Glück war Toni ihn wieder los. So sehr ich Toni liebte, sie hatte einen miserablen Geschmack, was Jungen betraf, und ich hoffte, dass sie vielleicht endlich jemanden gefunden hatte, der sie wirklich verdiente, sie nicht nur ausnutzte und ihr wehtat.

Dann kam mir ein Gedanke und ich setzte mich ruckartig auf. Wenn Toni mit Paul ausging und wenn aus den beiden etwas würde, dann würde ich vermutlich nicht darum herumkommen, Alex wieder zu begegnen. Toni liebte Doppeldates und Paul und Alex schienen wirklich gute Freunde zu sein. Also war das Szenario gar nicht so unwahrscheinlich.

Mein Herz klopfte plötzlich viel zu schnell, das Blut rauschte in meinen Ohren und mir wurde schwindelig. Hastig schob ich den Gedanken an Alex beiseite. Es würde nichts Gutes dabei rauskommen, wenn wir uns wiedersahen.

»Paul ist echt süß.« Ein verträumtes Lächeln breitete sich auf ihrem Gesicht aus. Ich konnte die Hoffnung in ihren Augen sehen. Doch weder sie noch ich sagten etwas. Dass es dieses Mal vielleicht klappen könnte. Dafür war es noch zu früh.

Ich schloss kurz die Augen und schickte ein stilles Stoßgebet in den Himmel, dass Paul Toni bitte, bitte nicht wehtun würde.

»Und du bist gut zu Hause angekommen?« Toni klang beiläufig. Zu beiläufig.

Ich öffnete die Augen, streckte mich ausgiebig und gähnte, bevor ich antwortete. »Ja. Alex hat mich vor der Tür abgeladen und dann bin ich ins Bett gegangen. *Alleine!*«, fügte ich hinzu, als ich in Tonis leuchtende Augen blickte. Sie brauchte mir gar nichts unterstellen. Zwischen Alex und mir war … fast nichts gewesen. Na ja, je nachdem wie man *fast nichts* definierte.

Ich wusste nicht, warum ich sie anlog, aber ich konnte ihr einfach nichts von dem Kuss erzählen. Denn dann wäre es wahr geworden. Zu wahr. So wahr, dass ich es nicht ertragen könnte.

»Warum denn? Ihr zwei wart echt süß zusammen.«

Ich verdrehte die Augen. »Toni! Tom und ich haben uns gestern erst getrennt. Außerdem ist Alex nicht mein Typ. Zu sehr von sich überzeugt.«

»Ja, klar.« Toni lachte laut auf. »Er ist genau dein Typ und das weißt du!«

Unser Gespräch wurde zum Glück unterbrochen, als unser Mathelehrer Mr Mitchell den Klassenraum betrat und uns zur Ordnung rief.

Den Rest der Stunde verbrachte ich damit, unnütze Gleichungen zu lösen, die ich ohnehin nie wieder im Leben brauchen würde. Nach der Mathestunde und zwei weiteren Stunden, in denen wir englische Lyrik und französische Vokabeln durchkauten, machten Toni und ich uns auf den Weg in die Mensa.

Uns erwartete ein Meer aus dunkelblauen Schuluniformen und großen Augen, die uns entgegenblickten. Ich brauchte nicht einmal hinzusehen, um zu wissen, dass Tom an seinem üblichen Platz vor dem großen Fenster saß. Da, wo ich die letzten Monate auch gesessen hatte.

Mir war der Appetit vergangen, noch bevor ich die Mensa betreten hatte. Deshalb holte ich mir nur einen Apfel und eine Flasche Wasser und setzte mich an den Tisch in der Mitte der Mensa, der erstaunlicherweise noch unbesetzt war. Zwei Minuten später setzte Toni sich zu mir. Sie sah nicht gerade begeistert auf ihren Teller hinunter und ich konnte es ihr nicht verdenken. Die undefinierbare Masse aus Nudeln und Gemüse sah ziemlich zerkocht aus.

»Das ist widerlich.« Sie stocherte mit der Gabel darin herum und ich biss grinsend in meinen Apfel. Ich hatte immer noch keinen Hunger, aber ich musste etwas essen, sonst würde ich den Tag nicht überstehen.

Ich zog mein Handy aus der Tasche, sicher, dass ich keine neuen Nachrichten haben würde. Von wem auch? Es gab niemanden, der mir schreiben würde.

Ich irrte mich. Mein Handy zeigte eine neue Nachricht von John an und als ich sie gelesen hatte, verging mir nochmal der Appetit. Ich ließ den Apfel sinken.

»Was ist los?«, fragte Toni. Die Stirn konzentriert in Falten gelegt pickte sie sich eine Nudel von ihrem Teller, die nicht allzu matschig war.

»Mum hat John und mich für Sonntagabend zum Essen eingeladen. Es geht um die Hochzeit. Und wie es aussieht, kann ich mich dieses Mal nicht davor drücken. John holt mich um sieben zu Hause ab. Wenn ich nicht da bin, bekomme ich Hausarrest. Das soll er mir von Mum und Dad ausrichten.« Zornig pfefferte ich mein Handy zurück in meine Tasche. »Sie kann mich noch nicht einmal selbst einladen. Sie schickt meinen Bruder vor.«

»Soll ich mitkommen?« Toni sah auf und blickte mich fragend an. Ich schüttelte den Kopf und seufzte.

»Das ist lieb von dir. Aber da muss ich allein durch.«

Toni wandte sich wieder ihrem Teller und ich mich meinem Apfel zu, aber ich konnte nichts mehr essen.

»Vesper.« Eine atemlose Stimme ließ mich aufblicken. Hinter Toni stand Mandy, ein Mädchen, das glaubte, mit allen an dieser Schule befreundet zu sein, den meisten aber nur mit ihrem geheuchelten Interesse auf die Nerven ging. Sie schrieb für die Schülerzeitung und ihr vorgebliches Mitgefühl diente ihr lediglich dazu, die Klatschspalte der Schülerzeitung mit dem neuesten Tratsch zu füllen.

»Was ist?«, gab ich nicht besonders freundlich zurück.

Mandy zuckte nicht einmal mit der Wimper, sondern sah mich nur aus großen, traurigen Augen an. »Ich hab das mit dir und Tom gehört. Brauchst du irgendwas? Kann ich dir irgendwie helfen?«

»Sehe ich aus, als bräuchte ich irgendwas?« Ich musste mir große Mühe geben, sie nicht zu sehr anzublaffen. Mandy druckste und stammelte etwas verlegen vor sich hin, während ich sie nur ausdruckslos ansah. Sie hätte ahnen können, dass sie von mir nicht unbedingt eine herzliche Erwiderung auf so eine abgrundtief dämliche Frage zu erwarten hatte.

»Hau ab, Mandy«, sagte ich und ersparte es ihr damit, eine Antwort auf meine Frage finden zu müssen.

Geknickt verschwand sie und setzte sich wieder an ihren Tisch. Vielleicht hätte es mir leidgetan, wie ich mit ihr geredet hatte, wenn sie nicht so eine fürchterliche Nervensäge gewesen wäre, die der Meinung war, sich ungestraft in jedermanns Angelegenheiten einmischen zu können.

»Du weißt schon, dass sie jetzt vermutlich einen Artikel über dich schreibt und darüber, dass du Tom gar nicht verdient hattest und so.« Toni hatte es aufgegeben, auf ihrem Teller nach etwas annähernd Genießbarem zu suchen und legte die Gabel auf ihr Tablett.

»Ja, ich weiß.« Ich zuckte mit den Schultern. »Aber das hätte sie doch so oder so getan, auch wenn ich mit ihr geredet und ihr mein Herz ausgeschüttet hätte.

»Na ja, immerhin ist sie ja auch schon seit einer Ewigkeit in Tom verknallt.«

»Tja, die beiden hätten sich auf jeden Fall verdient!«

»Das stimmt!« Toni kicherte und schob das Tablett angeekelt von sich weg. »Das ist echt widerlich!«

Als es schließlich zur nächsten Stunde schellte, hatte ich noch keinen Blick auf Tom geworfen und ich hatte auch nicht vor, es zu tun. Stattdessen warf ich den Rest meines Apfels in den Mülleimer und ging mit Toni an meiner Seite aus der Mensa, ohne auch nur einen meiner Mitschüler eines Blickes zu würdigen. Das half, wenn man in Ruhe gelassen werden wollte.

Als ich mich am Nachmittag auf den Weg nach Hause machte, war meine Laune schon etwas besser. Toni hatte mir noch erzählt, dass Tom sie im Physikunterricht auf mich angesprochen hatte. Er wollte wissen, wie es mir ginge, hatte sie gesagt und sie hatte ihn daraufhin gefragt, wie oft er denn mit Sonia geschlafen hätte, als wir noch zusammen gewesen wären. So laut, dass der ganze Kurs es mitbekommen hatte. Inklusive Mandy, der Klatschtante, die hinter ihnen gesessen und die Ohren gespitzt hatte. Jetzt konnte sie in ihrem Artikel zumindest keine Lügen über mich verbreiten. Zumindest keine großen.

Ich fühlte mich nicht besser, weil jetzt die ganze Schule wusste, dass Tom mich betrogen hatte, sondern weil jetzt alle wussten, dass Tom nicht mit mir Schluss gemacht hatte, weil ich noch nicht bereit gewesen war, mit ihm zu schlafen. Obwohl es egal gewesen wäre. So oder so stand Tom als Arschloch da und Toni war echt die beste Freundin der Welt.

Es war kalt, aber die Sonne schien und ich überlegte, ob ich laufen gehen sollte. Ich war kein großer Sportfan. Schulsport fand ich fürchterlich, denn abgesehen davon, dass ich in den meisten Sportarten, die wir im Unterricht über uns ergehen lassen mussten, eine Niete war, sah ich auch keinen großen Sinn und Zweck hinter einem Unterricht, an dem jedes Mal die Hälfte aller Mädchen nicht teilnahm, weil sie angeblich ihre Tage hatten. Wir alle könnten unsere Zeit so viel besser nutzen, fand ich.

Laufen dagegen mochte ich. In meinem Tempo. Mit meiner Musik. In der Schule machten wir zwar auch Leichtathletik, aber das Laufen dort bestand vor allem darin, unendlich viele Runden in einer absurd geringen Zeit um ein und denselben Platz zu rennen, was ungefähr so viel Spaß machte wie eine Behandlung beim Zahnarzt. Mit dem Laufen – meinem Laufen – hatte ich angefangen, als ich mit dem Tanzen aufgehört hatte.

Als kleines Mädchen hatte ich angefangen, Ballett zu tanzen. Das war eine Sache zwischen Mum und mir gewesen. Schon immer. Sie hatte Ballett geliebt, wäre selbst gern eine professionelle Tänzerin geworden, wenn sie sich nicht am Knie verletzt hätte. Sie war unglaublich gut gewesen. Früher hatte sie mir immer davon erzählt, wie toll das Tanzen gewesen war. Wie viel Spaß es gemacht hatte und wie anstrengend es gewesen war. Die Musik, die fließenden und zugleich unglaublich präzisen Bewegungen. Die Körperbeherrschung. Als ich alt genug gewesen war, hatte ich Mum und Dad angebettelt, dass ich auch tanzen dürfte. Mum war begeistert gewesen. Dad auch, solange ich nicht plante, Mums Traum, Tänzerin zu werden, in die Realität umzusetzen. Ich wollte keine Ballerina werden. Es zog mich zu Musicals. Auch die Schauspielerei entdeckte ich in der Schule für mich und als Kind hatte ich auch eine schöne Stimme gehabt. Ob das immer noch so war, wusste ich nicht. Aber das Tanzen, ja, das Tanzen war immer mein Leben gewesen. Ich hatte mit Leidenschaft getanzt, war immer voller Vorfreude zum Training gegangen. Die Disziplin, die nötig war, um wirklich gut zu sein, hatte mich als Kind unter Kontrolle gehalten und sie hatte dafür gesorgt, dass ich kein totaler Wildfang wurde.

Aber mit der Scheidung meiner Eltern und den Streitereien mit Mum verlor ich die Leidenschaft. Das, was mich früher mit Mum verbunden hatte, was wir beide geliebt hatten, kettete mich nun an sie. Also hatte ich von einem Tag auf den anderen aufgehört zu tanzen und sowohl Mums Überredungskünste als auch die meiner Tanzlehrerin und meiner Freundinnen dort konnten mich nicht davon überzeugen, wieder anzufangen.

Ich wollte nur weglaufen. Weg von Mum und Dad, weg von dem, was Mum und ich geliebt hatten. Also hatte ich mit dem Laufen angefangen. Es hatte mir geholfen, das Denken zu vermeiden. Alles, was für mich beim Laufen zählte, war, einen Fuß vor den anderen zu setzen. Schritt um Schritt, gleichmäßig zu atmen, den Puls hochzutreiben und am Ende außer Atem und mit zitternden Beinen das Ziel zu erreichen.

Zu Hause zog ich mich um und machte mich auf den Weg. Ich hatte keine Ahnung, wann Dad nach Hause kommen und ob er Hannah mitbringen würde, aber ich hatte nicht vor, abzuwarten und es herauszufinden.

Die ersten Schritte fielen mir immer am schwersten, aber sobald ich erst einmal losgelaufen war, wurde es besser. Die Musik dröhnte in meinen Ohren, ich wurde schneller. Ich lief in Richtung Kensington Gardens. Es war ein ganzes Stück bis dahin, aber der Park war wunderschön, sogar im Winter. Dort konnte ich so laufen, wie ich wollte. An den Straßen war es mir zu laut, der Verkehr störte, ständig musste man anhalten, weil die Ampeln rot waren. Im Park war man frei.

Ich hatte verschiedene Strecken, die ich abwechselnd lief, aber heute konnte ich mich für keine entscheiden. Also lief ich einfach drauflos, um aus meiner Gedankenspirale herauszukommen.

Mein Kopf war voll und chaotisch. Mum, Dad, Maggie, Hannah, das Baby und allen voran Alex spukten mir darin herum. Ich konnte nicht aufhören an ihn zu denken. An sein Lächeln, seine Augen, wie er mit mir geredet hatte, seinen Humor und an seine Lippen. Immer wieder musste ich an seine Lippen denken, daran, wie hungrig er meinen Kuss erwidert hatte, und ich fragte mich, ob ich ihn je wiedersehen würde.

Ich lief an einigen Jungen vorbei, die auf einer Wiese Fußball spielten. Sie mussten in meinem Alter sein. Ich spürte, dass sie mich ansahen, dabei war an meinem Outfit nichts Attraktives. Das Sweatshirt, das ich über mein Thermoshirt gezogen hatte, war zwei Nummern zu groß und meine Haare waren zu einem unordentlichen Pferdeschwanz gebunden. Vermutlich war es das Rot meiner Haare, das in der Sonne aufleuchtete. Was es auch war, irgendwas zog ihre Aufmerksamkeit auf mich. Vielleicht war es auch nur ein Zufall.

Gedankenversunken lief ich den Weg runter und einen Moment später traf mich etwas hart am Kopf.

Ich fiel um, einfach so, und verlor das Bewusstsein. Als ich wieder zu mir kam, lag ich auf dem Boden, die Bäume über mir drehten sich. Zuerst sehr schnell, dann wieder langsamer. Ein Gesicht schob sich über mich. Es war irgendwie vertraut, aber erkennen konnte ich es trotzdem nicht. Ich hörte Stimmen. Viele Stimmen, die wirr durcheinanderredeten, aber ich verstand nichts.

Als mein Blick endlich aufklarte, sah ich, wer sich da mit besorgten Augen über mich beugte. Alex. Das durfte doch nicht wahr sein.

Ich stöhnte auf und wollte mich aufrichten, doch mir wurde so schwindelig, dass ich mich sofort wieder zurücksinken ließ.

»Vesper? Hörst du mich, kannst du mich verstehen?« Seine Stimme klang irgendwie verzerrt.

»Was machst du hier? Verfolgst du mich?« Auch meine eigene Stimme klang seltsam undeutlich, aber zumindest brachte ich einen vernünftigen

Satz zustande, das war schon viel wert. Ob ich eine Gehirnerschütterung hatte? Ich versuchte, mich an die Symptome zu erinnern. Dad war Neurochirurg, ich sollte das eigentlich wissen, aber es fiel mir beim besten Willen nicht ein.

Ich hörte ein sanftes, erleichtertes Lachen.

»Nein, ich verfolge dich nicht. Ich war laufen, als ich gesehen hab, wie du einen Fußball gegen den Kopf bekommen hast und umgekippt bist. Da dachte ich, ich schau mal nach dir.«

Ich streckte eine Hand nach ihm aus. »Hilf mir hoch.«

»Meinst du nicht, dass wir warten sollten? Die Jungs haben schon einen Krankenwagen gerufen.«

Ich schüttelte langsam und bedächtig den Kopf. Das funktionierte ganz gut. Mir wurde nicht wieder schwindelig. »Mir geht's gut, und wenn das so bleiben soll, hilf mir aufzustehen.«

»Na, wenn du schon wieder zickig wirst, kann es dir tatsächlich nicht allzu schlecht gehen.« Ich sah, dass Alex grinste. Er griff nach meiner Hand und legte mir einen Arm in den Rücken. »Aber langsam«, mahnte er, richtete mich behutsam auf und zog mich dann – meiner Meinung nach viel zu langsam – auf die Füße. Ich war zwar noch ein wenig wackelig auf den Beinen, im Großen und Ganzen konnte ich aber stehen und schwindelig wurde mir auch nicht.

Erst jetzt wurde mir bewusst, dass Alex und ich nicht allein waren. Hinter ihm stand eine Gruppe Jungs, die mich ziemlich verlegen anstarrten, und eine junge Mutter mit Kinderwagen, die fragte, ob bei uns alles in Ordnung sei, und sich erst wieder auf den Weg machte, als sie sah, dass ich ohne Probleme stehen konnte.

»Alles okay?« Alex legte einen Finger unter mein Kinn und hob es an.

»Ja, mir geht's gut.« Ich zwang mich zu lächeln. Dann hörte ich die Sirenen. »Ihr habt nicht wirklich einen Krankenwagen gerufen, oder?«, fragte ich, bemüht, mir den Schock nicht anmerken zu lassen.

»Du warst bewusstlos. Es war sehr vernünftig, dass sie einen Krankenwagen gerufen haben.«

»Ich kann nicht ins Krankenhaus. Meine Eltern sind Ärzte. Wenn sie mich in ihre Krankenhäuser bringen, dann ist die Hölle los. Dad kann mich zu

Hause untersuchen. Bitte, ich will nicht ins Krankenhaus! Sorg dafür, dass sie mich nicht mitnehmen!«

Meine Finger hatten sich instinktiv in Alex' Pullover gekrallt, während ich flehentlich zu ihm hochsah. Meine Panik musste mir mehr als deutlich ins Gesicht geschrieben stehen, denn Alex löste meine Hände sanft von seinem Pullover, vergewisserte sich, dass ich stehen konnte, und ging dann zu den Sanitätern, die auf uns zukamen. Er redete auf sie ein, deutete hin und wieder auf mich und kam schließlich doch mit ihnen zurück.

»Ihre Eltern sind Ärzte?«, fragte die junge Frau, die mir prüfend in die Augen sah und meinen Puls checkte.

Ich nickte. »Mein Dad ist Neurochirurg. Er kümmert sich um mich. Ich muss nur nach Hause.«

Sie nickte. »Ihr Freund hat schon gesagt, dass er Sie fährt. Wenn er Sie sofort nach Hause bringt, geht das in Ordnung. Aber Sie sollten sich schonen.«

Ich bedankte mich bei ihr und wandte mich Alex zu, der wartend an der Seite stand und mich beobachtete. Als die Sanitäter gegangen waren, fragte ich: »Du bringst mich also nach Hause?«

»Na ja, ich kann dich ja schlecht laufen lassen. Mein Auto steht gleich am Ausgang des Parks.«

»Du bist zum Joggen mit dem Auto hergefahren?« Ich lachte auf. Alex zuckte nur mit den Schultern und grinste.

»Ich laufe halt lieber durch den Park als durch die Stadt.« Er tippte mich an. »Außerdem wärst du ganz schön arm dran, wenn ich nicht mit dem Auto da wäre. Denn dann hättest du mich nicht dazu überreden können, dich nicht in den Krankenwagen zu setzen und ins Krankenhaus bringen zu lassen. Du bist nur noch hier, weil ich mit dem Auto hier bin.«

»Danke.« Ich lächelte zu ihm hoch und wurde rot, als Alex mich überrascht ansah.

»Bist du sicher, dass du dich nicht ernsthaft verletzt hast? So nett warst du gestern nicht.«

Als Antwort warf ich ihm einen vernichtenden Blick zu, doch Alex lachte nur und ich musste mir mit aller Macht ein weiteres Lächeln verkneifen.

Sein Auto stand tatsächlich nicht allzu weit entfernt. Nachdem wir ein paar Minuten darin gesessen hatten und schließlich die Heizung ansprang, merkte ich, wie sehr ich fror. Ich begann am ganzen Körper unkontrolliert zu zittern. Ich musste wirklich länger auf dem Boden gelegen haben.

Alex griff wortlos hinter sich und reichte mir eine Sweatshirtjacke, die ich über meinen Pullover zog und mich tief hineinkuschelte. Sein Geruch stieg mir in die Nase. Er duftete fantastisch. Erschöpft lehnte ich mich an die Fensterscheibe.

»Geht's dir wirklich gut?«

Ich blinzelte zu Alex hinüber und lächelte träge. »Ja. Ich bin nur müde. War ein langer Tag.« Unwillkürlich schossen mir Tom und Mandy und all die anderen in der Schule durch den Kopf, die nur auf den großen Knall warteten. Ich fürchtete, er würde nicht mehr allzu lange auf sich warten lassen. Auch wenn ich keine Lust hatte, ihn auszulösen.

Als Alex den Wagen direkt vor unserer Haustür parkte, wurde mir klar, dass er sich die Adresse gemerkt hatte. Gestern Abend war es dunkel und spät gewesen, aber er hatte sich meine Adresse gemerkt.

Er sah mir meine Überraschung an, sagte aber nichts, sondern stieg aus und half mir aus dem Wagen, auch wenn ich ihm hunderttausendfach versicherte, dass ich keine Hilfe bräuchte. Meine Hand lag in seiner, bis wir vor der Haustür standen. Er ließ mich erst los, als ich in der winzig kleinen Hosentasche meiner Laufhose nach meinem Schlüssel griff und die Tür aufmachte.

»Ich würde ja fragen, ob du mit reinkommst, aber ich fürchte, ich muss ganz dringend unter die Dusche und ...«

»Ist nicht schlimm, ich muss ohnehin los. Ich hab noch was zu tun.«

Urplötzlich war sein Gesicht abweisend. Er wirkte aufgebracht. Verunsichert sah ich ihn an.

»Also dann«, sagte ich.

»Also dann«, erwiderte Alex und das Lächeln tauchte so plötzlich wieder auf seinem Gesicht auf, das mir der Atem stockte und mein Herz stolperte.

Das wäre der Moment gewesen, in dem er sich hätte abwenden und gehen müssen und in dem ich durch die geöffnete Haustür in mein Zuhause hätte treten müssen, um duschen zu gehen, dann Toni anzurufen und ihr zu erzählen, was passiert war.

Ich wusste nicht, wer von uns beiden den ersten Schritt machte. Aber plötzlich lag Alex' Hand in meinem Nacken und unsere Lippen suchten und fanden sich. Wir küssten uns, küssten uns, küssten uns und dann ... dann riss Alex sich mit einem Ruck los. Er war kreidebleich.

»Tut ... tut mir leid. Ich muss ... ich muss weg.«

Er stammelte. Ich hatte ihn noch nie stammeln hören. Nicht dass ich ihn lange genug gekannt hätte, um das sagen zu können. Aber es passte nicht zu ihm. Die Unsicherheit und der Schock, der sich in seinen Augen widerspiegelte, wirkten in seinem Gesicht irgendwie nicht richtig.

Meine Hand fiel kraftlos hinunter, als Alex sich von mir löste, einige Schritte zurückstolperte, mich dabei aber nicht aus den Augen ließ. Er drehte sich um, hastete zurück zu seinem Auto und stieg ein. Die Autotür schlug mit einem Knall hinter ihm zu und ich zuckte unwillkürlich zusammen. Der Motor startete und dann war er weg.

Ich ging langsam ins Haus.

Das war ja grandios gelaufen.

Alex machte etwas mit mir. Etwas, das ich weder einordnen noch kontrollieren konnte. Ich hatte keine Ahnung, was das zwischen uns war. War da überhaupt etwas? Wir kannten uns ja nicht einmal. Wir hatten uns dreimal getroffen, zweimal geküsst, einmal war ich abgehauen, einmal er. Würde es ein nächstes Mal geben? Keine Ahnung.

Ich ging nach oben ins Bad, stellte die Dusche an, aber erst als ich mich aus meinen Klamotten schälte, um unter das heiße Wasser zu steigen, fiel mir auf, dass ich noch immer Alex' Jacke trug.

Ich drückte meine Nase in den weichen Stoff, atmete tief ein und versuchte zu verstehen, was hier vor sich ging. Doch ich kam zu keinem einleuchtenden Ergebnis.

KAPITEL 5

Ich war gerade nach unten gegangen, um mir etwas zu trinken zu holen, und stand in der Küche vor dem Schrank, als Dad nach Hause kam.

»Hallo, Vesper«, begrüßte er mich.

»Hi, Dad.« Ich drehte mich zu ihm um und sein Blick, eben noch erfreut, wurde besorgt. Mit zwei großen Schritten stand er vor mir, nahm mein Gesicht in beide Hände und musterte mich prüfend.

»Was ist passiert?«

»Gar nichts. Mir geht's gut.« Ich entzog mich ihm und wollte die Küche verlassen, doch Dad hielt mich auf.

»Was ist passiert?«, wiederholte er, dieses Mal schärfer.

»Ich war laufen und habe einen Ball gegen den Kopf bekommen.« Ich erzählte ihm widerwillig, was passiert war.

»Du verlierst das Bewusstsein und lässt dich nicht ins Krankenhaus bringen?!« Dad bekam einen roten Kopf.

Ich wich seinem Blick aus. »Ich habe gesagt, du kümmerst dich um mich.«

Dad schnaubte. »Wir wissen beide, dass du mir nicht mal davon erzählt hättest, wenn ich nicht diesen riesigen Bluterguss auf deiner Schläfe gesehen hätte!«

Ja, den blauen Fleck hatte ich auch gesehen, allerdings hatte ich gehofft, dass Dad ihn nicht bemerken würde. Zu dumm, dass ich zu faul gewesen war, ihn einfach zu überschminken.

»Komm mit!«, forderte Dad mich auf und holte den Autoschlüssel wieder aus der Tasche seines Mantels.

»Dad, mir geht es gut. Wirklich!«, protestierte ich.

»Das entscheide ich, nicht du, junges Fräulein!«

»Siehst du, das ist genau der Grund, warum ich *nicht* …«

Dad reichte mir meine Jacke und sah mich auffordernd an. »Los, jetzt. Wenn du Medizin studiert hast und Ärztin bist, kannst du darüber entscheiden, ob du dich ins Krankenhaus einliefern lässt oder nicht. Bis dahin tue ich das!«

Seufzend gab ich mich geschlagen und ließ mich von Dad ins Krankenhaus fahren. Dad kannte jeden in diesem Krankenhaus, alle Ärzte, alle Schwestern und alle Pfleger. Infolgedessen wurden wir von allen Seiten begrüßt und mit Blick auf den Bluterguss in meinem Gesicht beunruhigt gefragt, was passiert war. Und weil Dad nun einmal Neurochirurg war und weil er mich liebte, dauerten nicht nur die Flurgespräche, sondern auch die anschließenden Untersuchungen ewig.

Neben einem Gleichgewichtstest steckte Dad mich ins MRT. Ich musste stillliegen und hatte dementsprechend keine Chance, als Dad über das Mikrofon im angrenzenden Raum anfing, mit mir zu reden.

»Weißt du, du kannst nicht für immer sauer auf mich sein, Vesper.«

Konnte ich nicht, aber ich war versucht, es auszuprobieren. Es war ziemlich unfair von ihm, so über mich herzufallen. Ich hatte den Verdacht, dass er mich unter anderem auch deshalb hier herumliegen ließ, weil ich weder weglaufen noch antworten konnte.

»Ich weiß, dass im Moment nichts so läuft, wie du es gerne hättest, aber ich möchte mit dir darüber reden. Du kannst dir Zeit lassen. Wenn du so weit bist, bin ich da, Schatz.«

Unwillkürlich schossen mir Tränen in die Augen, die sich trotz aller Mühe nicht zurückdrängen ließen.

Als wir das Krankenhaus schließlich verließen, war Dad bestätigt worden, was ich schon die ganze Zeit gewusst hatte: Mir ging es gut. Nicht einmal eine Gehirnerschütterung hatte ich. Ich war kerngesund. Todmüde, aber fit.

Dankenswerterweise schien Dad tatsächlich nicht vorzuhaben, mich zu drängen. Er umarmte mich einmal kurz, als wir zu Hause ankamen, dann ließ er mich nach oben auf mein Zimmer gehen.

***

Toni kam am Abend zu mir. Sie brachte Eis und DVDs mit. Es war unser übliches Ritual, wenn eine von uns viel zu erzählen hatte. Wir legten *Wie ein ein-*

ziger Tag ein. Einen der Filme, die wir schon so oft gesehen hatten, dass wir sie mitsprechen konnten. Dann machten wir eine Packung Eis auf, nahmen uns jede einen Löffel und legten los.

Toni erzählte zuerst. Paul schickte ihr schon den ganzen Tag Nachrichten und brachte sie damit zum Lachen. Sie zeigte mir die Nachrichten, die Selfies, die ein verschlafener Paul ihr aus seinen Vorlesungen geschickt hatte, und ich musste lächeln. Er schien wirklich lieb zu sein. Dass er Toni den ganzen Tag über nicht nur Nachrichten, sondern auch Fotos schickte, sahen wir beide als gutes Zeichen.

»Er ist wirklich lieb.« Toni hatte ganz rote Wangen bekommen, während sie erzählte.

»Und ihr trefft euch am Wochenende?«

Sie nickte. »Paul muss diese Woche noch einiges für die Uni machen, weil er bald Klausuren schreibt.«

»Was studiert er eigentlich?«

»Maschinenbau. Er hat heute versucht mir zu erklären, worum es in einem seiner Physikkurse geht, und ich hab kein Wort verstanden. Dabei habe ich immer gedacht, ich wäre gut in Naturwissenschaften.«

»Bist du doch auch! Du studierst nur noch nicht drei Jahre Maschinenbau!«

»Werde ich auch nicht! Andererseits«, ein schelmisches Lächeln spielte um ihre Lippen, »könnte Paul dann mit mir lernen.«

Ich sah sie zweifelnd an, aber Toni lachte nur fröhlich. »Nein, wir wissen beide, dass wir wohl bessere Sachen zu tun hätten, als zu lernen«, kicherte sie.

»Ich muss dir was erzählen«, platzte es aus mir heraus. »Alex hat mich geküsst.«

»Was?« Toni setzte sich mit einem Ruck kerzengerade hin, während ich mich tiefer in die Sofakissen kuschelte.

»Gestern Abend, als Alex mich nach Hause gebracht hat.« Das Blut stieg mir in die Wangen.

»Warum hast du mir das nicht gesagt?« Ich hörte den verletzten Unterton in Tonis Stimme und sah sie entschuldigend an.

»Es tut mir leid! Ich weiß nicht, warum nicht. Ich hätte nie damit gerechnet, dass ich Alex je wiedersehen würde. Und ich wusste einfach nicht, was dieser Kuss zu bedeuten hatte.«

»Moment mal. Wenn du mir das dann jetzt erzählst ... Hast du Alex schon wiedergesehen?«

Inzwischen glühte mein Gesicht. »Die Kurzfassung? Ich war im Park laufen, habe einen Ball gegen den Kopf bekommen, bin in Ohnmacht gefallen und Alex war da, als ich wieder aufgewacht bin. Oh, und dann hat er mich nach Hause gebracht und wir haben uns wieder geküsst.«

Toni sah mich einen Augenblick lang entgeistert an, dann brach sie in schallendes Gelächter aus.

»Das ist nicht witzig!«, sagte ich pikiert.

»Doch, ist es! Komm schon, gib es zu! Du findest es auch witzig! Hast du deshalb diesen hässlichen Fleck im Gesicht? Ich wollte dich schon die ganze Zeit danach fragen.«

»Das war dieser dämliche Ball«, gab ich zurück und musste dann auch lachen. Ein bisschen witzig war es vielleicht doch.

»Was soll ich jetzt machen?«, fragte ich, nachdem wir uns wieder beruhigt hatten. Ich schob mir den nächsten Löffel Eiscreme in den Mund, während auf dem Fernsehbildschirm Ryan Gosling Rachel McAdams seine ewige Liebe erklärte.

»Na, was schon?! Du schnappst ihn dir!«

»Wie denn? Ich hab seine Nummer nicht und ich will ihm auch nicht schreiben. Oder ihn anrufen.« Oder wollte ich das doch? Ich brauchte einen Augenblick, um mich zu sammeln und meine Gedanken zu ordnen, bis mir klar wurde, dass ich sehr wohl mit Alex schreiben und telefonieren wollte. Sofern er sich zuerst meldete. O Gott, diese verdammten Hormone machten mich wahnsinnig. Alex brachte mich durcheinander. Er machte mir meine Eisprinzessinnenmasche kaputt.

»Ich könnte Paul deine Nummer geben, der sie dann Alex geben könnte«, schlug Toni grinsend vor.

»Nein! Wag es ja nicht! Untersteh dich!« Ich musste lachen, als ich in Tonis amüsiertes Gesicht blickte. Ich hätte wissen können, dass sie mir das nicht antun würde.

»Also irgendeinen Plan überlegen wir uns. Stell dir doch mal vor, wie toll das wäre, wenn das mit Paul und mir klappen würde und mit Alex und dir. Wir könnten uns öfter zu viert treffen. Dann hätte ich endlich mal einen Freund, den du auch magst, und ich bin sicher, Alex ist toll.«

»Toni, übertreib nicht. Ich glaube nicht, dass das mit Alex und mir was wird. Außerdem kann ich doch nicht gleich wieder was Neues anfangen. Tom und ich haben gerade erst Schluss gemacht.«

Toni wischte meinen Einwand mit einer Handbewegung fort. »Tom ist ein Arsch. Vergiss ihn. Ich glaube, Alex ist das Beste, was dir nach Tom passieren kann.«

»Und warum ist er dann heute einfach abgehauen? Und hat sich entschuldigt? Wofür hat er sich entschuldigt? Für den Kuss?«

»Keine Ahnung. Vielleicht dafür, dass er losmusste. Du hast doch gesagt, er hatte noch etwas zu tun. Vielleicht hat er sich von dir losgerissen, weil das der letzte Moment war, in dem ihm das noch möglich war, und er sonst über dich hergefallen wäre, weil er die Kontrolle über sich selbst verloren hätte.«

Toni riss die Augen auf und machte eine melodramatische Handbewegung, während ihre Stimme einige Oktaven höher schoss. Sie meinte es nicht ernst, dass wusste ich, aber die Vorstellung war witzig. Auf jeden Fall war sie besser, als sich vorzustellen, dass er sich für den Kuss entschuldigt hatte.

»Toni, er ist kein Vampir, der nach meinem Blut giert!«, erwiderte ich lachend.

»Ja, weiß ich doch. Aber stell dir nur mal vor, es wäre so, wie ich gesagt habe!«

Ich musste zugeben, dass diese Idee einiges für sich hatte. Ich grübelte weiter vor mich hin, während Toni fröhlich verschiedene Vermutungen von sich gab und wir schließlich *Ritter aus Leidenschaft* ansahen. Irgendwann beschlossen wir, dass es Zeit war, ins Bett zu gehen. Immerhin hatten wir am nächsten Tag Schule.

Ich war froh, dass Toni bei mir blieb. Das Haus war leer. Dad war zu Hannah gefahren und würde die Nacht bei ihr verbringen und ich wollte nicht allein sein. Mein Kopf war zu voll, um allein zu sein. Wenn Toni nach Hause gefahren wäre, wäre mein Kopf geplatzt, weil das Chaos in ihm so gewaltig war.

Aber mit meiner besten Freundin an meiner Seite schlief ich schnell ein und auch unangenehme Träume blieben aus.

***

Der Sonntagabend kam schneller als gedacht. Alex hatte ich seit Donnerstag nicht mehr gesehen und ich war gleichzeitig froh und furchtbar enttäuscht darüber. Doch jetzt gab es Wichtigeres als Alex. Jetzt musste ich mich auf das Treffen mit dem einen neuen Teil meiner Familie vorbereiten.

Der Plan war ziemlich einfach. Das perfekte Outfit finden, umwerfend aussehen und Mum und ihre neue Familie in den Wahnsinn treiben. Doch der Inhalt meines Kleiderschranks war ernüchternd. Das Problem war nicht, dass ich zu wenig Klamotten beziehungsweise nichts Passendes besessen hätte. In meinem Schrank hingen vielmehr zu viele Sachen, um eine vernünftige Entscheidung treffen zu können. Ich hatte genau zwei Möglichkeiten. Entweder ein Outfit, das meiner Mum gefiel, oder eines, das sie mit ziemlicher Sicherheit sehr sauer machen würde. Leider war es für Letzteres viel zu kalt.

Schlussendlich entschied ich mich für einen übergroßen, dicken Strickpullover, der genauso hellblau war wie meine Augen. Er war so lang, dass ich ihn ohne weiteres als Kleid tragen konnte. Eigentlich musste man so einen Pulli entweder mit einer Leggins oder einer sehr engen Jeans kombinieren, doch ich zog stattdessen eine blickdichte schwarze Strumpfhose und flache, schwarze Overkneestiefel an. Ich flocht meine Haare zu einem lockeren Fischgrätenzopf und frischte mein Make-up auf.

Wahrscheinlich würde meine Mutter sich furchtbar über den Pullover aufregen, aber als ich in den Spiegel schaute, war ich ziemlich zufrieden mit mir. Ich wollte anders aussehen als die perfekte Maggie und das Ziel hatte ich ganz eindeutig erreicht. Brav war anders.

Ich musste nicht lange warten, bis John kam, um mich abzuholen. Er zog beide Augenbrauen hoch, als er mich von oben bis unten musterte, aber ich sah ihm an, dass er sich mit Mühe ein Grinsen verkniff. »Du willst es Mum wirklich viel schwieriger machen als nötig, oder?«

Ich zuckte mit den Schultern und schlüpfte in meinen Mantel. »Nein. Sie macht es mir schließlich auch nicht besonders einfach.« Energisch schob ich ihn aus der Tür. »Na los, lass es uns hinter uns bringen.«

»Ich wollte eigentlich noch kurz mit Dad reden«, warf John ein, ließ sich aber von mir zum Auto schieben.

»Dad ist nicht da. Wahrscheinlich ist er bei Hannah.« Meine Stimme klang unwillkürlich kälter, als ich ihren Namen aussprach.

John nickte nur. Wir dachten beide das Gleiche. Dad und Hannah hatten eine Menge zu bereden. Wegen des Babys. Traurigkeit erfüllte mich. Bis vor Kurzem hatte ich Hannah tatsächlich gerngehabt. Jetzt krempelte sie mein Leben genauso um wie Mum und ihr Verlobter. In Zukunft würde sich alles nur noch um Hochzeiten und Babys drehen. Es war zum Kotzen. Eigentlich hätten unsere Eltern aus dem Alter längst raus sein müssen.

John und ich hatten beide keine Lust zu reden. Der Gedanke an Hannah und unser zukünftiges Geschwisterchen hatte meine ohnehin schon schlechte Laune endgültig in den Keller gehen lassen. Ich war mir sicher, dass es bei meinem Bruder nicht anders war, denn John stellte das Radio an und wir fuhren in Begleitung eines viel zu fröhlichen Katy-Perry-Songs – den Titel kannte ich nicht – zu Mum und ihrer neuen Familie.

Als wir ewig lange an ein und derselben Ampel warten mussten, drehte John sich zu mir und sah mich besorgt an. »Alles okay mit dir?«

Ich zuckte mit den Schultern und strich mir eine Locke aus der Stirn. »Es geht. Ich kann doch eh nichts dran ändern, also was soll's.« John wusste, dass ich log. Er kannte mich einfach zu gut.

»Hast du mit Tom darüber geredet?«

Ich lachte auf, überrascht darüber, wie verbittert meine Stimme klang. »Wir haben Schluss gemacht. Er hat mit Sonia geschlafen.«

John zuckte merklich zusammen und ich fühlte mich gleich besser. Es tat gut, das Mitgefühl meines Bruders zu haben.

»Tom ist ein Idiot«, sagte er, seine Stimme zitterte vor unterdrückter Wut. Dann wandte er den Blick wieder der Straße zu und fuhr weiter. Ich hatte gar nicht gemerkt, dass die Ampel grün geworden war.

Die Straßen waren jetzt leider nicht mehr sehr voll und so erreichten wir unser Ziel viel zu schnell. Ich hatte keine Ahnung, wo wir waren. In diesem Stadtteil war ich noch nie gewesen. Und da hatte ich immer gedacht, mein Dad würde viel Geld verdienen. Aber Mums Neuer musste wirklich mehr als einfach nur reich sein. Mit großen Augen starrte ich aus dem Autofenster.

Das Haus war genauso riesig, wie ich erwartet hatte, allerdings deutlich weniger protzig. Eigentlich sah es ganz hübsch aus. Auf jeden Fall sehr viel hübscher, als ich jemals zugeben würde.

Neben mir hörte ich meinen Bruder lachen. »Man gewöhnt sich dran. Von innen sieht alles gar nicht so riesig aus. Der Garten ist viel größer.«

Das glaubte ich John sofort. Schon der Vorgarten war imposant und erstaunlich grün dafür, dass Spätherbst war. Hier hatte ein Gärtner viel zu tun, damit der Garten so gut aussah. Was dem Vorgarten im Gegensatz zu seinen Nachbarn fehlte, waren Figuren aus Buchsbaum oder kleine entzückende Springbrunnen. Das machte mir Mums Verlobten George etwas sympathischer. Ich war ihm zwar schon einmal kurz begegnet, aber das war schon Monate her und ich konnte mich nicht einmal mehr richtig an ihn erinnern.

Noch immer lachend stieg John aus. Fasziniert sah ich ihm nach. Manchmal wünschte ich, ich wäre mehr wie er.

Wir sahen uns überhaupt nicht ähnlich. John sah aus wie mein Dad, ich dagegen wie meine Mum. Nur meine roten Haare hatte ich von der Familie meines Vaters. Davon waren Dad und John glücklicherweise verschont geblieben. John war so blond wie meine Eltern. Er hatte Dads sanfte braune Augen und sein einnehmendes Lächeln. Seit er studierte, kleidete er sich manchmal sogar wie Dad. So wie heute. Er trug eine dunkle Hose und ein weißes Hemd unter einem grauen Wollpullover, eine Kombination, die ich schon sehr oft bei Dad gesehen hatte. Wahrscheinlich wusste John nicht einmal, wie ähnlich er Dad inzwischen war, aber mir entging es nicht.

»Vesper, jetzt komm schon!« Er war stehen geblieben und wartete auf mich. Unmotiviert stieg ich aus dem Auto und folgte ihm. Er legte einen Arm um meine Schultern und schob mich zur Tür. Er klopfte mit einem verschnörkelten Türklopfer, der fast etwas zu kitschig war, und gemeinsam warteten wir darauf, dass uns jemand reinlassen würde.

Mum strahlte uns an, als sie die Tür öffnete. Sie umarmte uns beide so fest, dass ich ihre Freude förmlich spüren konnte. Dann zog sie uns ins Haus und nahm uns unsere Mäntel ab. Ihr Lächeln verrutschte nur ganz kurz, als sie mein Outfit sah. Sie fing sich schnell wieder.

»Schön, dass du endlich gekommen bist«, sagte Mum leise und nahm mich nochmal in den Arm. Dann wandte sie sich auch an meinen Bruder. »George wartet schon im Wohnzimmer auf uns.«

Sie führte uns durch einen hellen Flur in ein geschmackvoll eingerichtetes Esszimmer. Es war riesig. Was zum einen daran lag, dass es in das Wohnzimmer überging, und zum anderen daran, dass ein wirklich großer Esstisch in diesem Raum Platz gefunden hatte. Es passten mit Sicherheit sechzehn Personen an den Tisch. Gedeckt war an diesem Abend jedoch nur für sechs.

George saß im Wohnzimmer, das in warmen Farben gehalten war: rote Wände und dunkles Holz. Das Sofa und die Sessel sahen so gemütlich aus, dass ich mich am liebsten gleich hätte hineinfallen lassen. Die Regale an den Wänden waren mit Büchern gefüllt. Ich musste mich mühsam davon abhalten, mir sofort alle Titel anzusehen und zu versuchen, daraus zu schließen, was George für ein Mensch war. Ich entdeckte einige historische Romane von Ken Follett und ziemlich viele Bücher von Stephen King. Ich nahm mir vor, mir die Regale irgendwann genauer anzuschauen.

Als George uns sah, schenkte er uns ein strahlendes Lächeln, das es mir schwer machte, ihn nicht zu mögen. Dabei wollte ich das nicht. Seinetwegen hatte Mum mich bei Dad gelassen. Aber er sah ohne Zweifel einnehmend aus. Braune Haare, durch die sich erste graue Strähnen zogen, braune Augen, die fröhlich leuchteten, und obwohl er genauso alt war wie Mum, sah er gut aus. Wäre mein Dad nicht gewesen, hätte ich vielleicht sogar verstehen können, dass Mum sich in ihn verliebt hatte. Die Freundlichkeit quoll ihm förmlich aus jeder Pore. Er sah aus wie ein menschgewordener Teddybär.

Er umarmte mich, bevor ich zurückweichen konnte, dann reichte er John seine Hand. »Schön, dass ihr endlich hier seid. Wir haben schon auf euch gewartet!«

»Der Verkehr war schuld. Tut uns leid!«, entschuldigte John sich und lächelte George so nett an, dass ich wusste, dass er ihn mochte. Was die ganze Sache nicht einfacher machte. Ich wünschte, ich hätte wenigstens meinen Bruder auf meiner Seite.

»Ist doch nicht schlimm. Maggie müsste gleich da sein. Sie ist noch oben.«

Wie aufs Stichwort hörte ich Schritte und dann betrat das schönste Mädchen, das ich je gesehen hatte, das Esszimmer. Ich hatte schon ein Foto von ihr gesehen, aber das kam nicht einmal im Ansatz an ihre Erscheinung heran. Die blonden Haare fielen in sanften Wellen über ihren Rücken. Sie sah aus wie eine Puppe. Mit heller, zarter Haut, blauen Augen und so zierlich wie eine Ballerina. Im Gegensatz zu meinem Pulloverkleid trug Maggie einen knielangen dunkelblauen Faltenrock und eine cremefarbene Bluse, deren Kragen aus zwei langen Bändern bestand, die zu einer Schleife gebunden waren. Alles an ihr, inklusive ihrem Lächeln, schien zu leuchten. Maggie wollte mich umarmen, aber dieses Mal war ich vorbereitet und wich schnell genug zurück. Für einen Moment entglitt ihr das perfekte Lächeln, aber dann strahlte sie mich an, reichte mir ihre Hand, hauchte ein »Hi, freut mich, dich endlich kennenzulernen!«, und wandte sich John zu. Die Veränderung, die mit ihr und John vorging, als sie einander umarmten, geschah so plötzlich, als würde man eine Lampe anknipsen. Ihr Lächeln wurde weicher und John sah auch nicht aus, als wäre die Umarmung eine Zumutung für ihn.

Mir fiel ein, dass die beiden sich schon länger kannten. John hatte mir erzählt, dass sie sich ein paar Mal in der Uni begegnet waren und dass sie sich gut verstanden hatten. Genauso plötzlich wie das Licht angeknipst worden war, erlosch es auch wieder, als sie sich voneinander lösten. Maggie trat hastig einen Schritt zurück und lief dann in den Flur.

George forderte uns auf, hinüber ins Esszimmer zu gehen und im Flur hörte ich Maggie nach jemandem durchs Haus rufen.

Als ich mich auf den Stuhl fallen ließ, den George mir zurechtrückte, hörte ich Schritte auf der Treppe. Ich erstarrte, als Maggie mit ihrem Begleiter hereinkam. Auch er blieb wie angewurzelt stehen, als sein Blick auf mich fiel. Sein geschocktes Gesicht wurde kreidebleich.

»Das ist Alex«, sagte sie fröhlich.

Alex.

Es musste unzählige Alex' und Alexanders in ganz London geben, aber vor mir stand ausgerechnet jener, den ich vor ein paar Tagen noch geküsst hatte. Der Alex, der ganz offensichtlich Maggies fester Freund war.

KAPITEL 6

Ich war in der Hölle. In meiner ganz persönlichen Hölle. Wir saßen an diesem riesengroßen Esstisch, sechs Leute, von denen mindestens zwei am liebsten ganz woanders gewesen wären. Ich war eine davon. Alex der andere, zumindest wenn ich danach ging, wie er ausgesehen hatte, als er mich erkannt hatte.

Lustlos stocherte ich in meinem Gemüse. Der Appetit war mir vergangen. Glücklicherweise hatten wir die Vorspeise schon hinter uns. Dennoch fürchtete ich, dass sich dieser Abend noch lange hinziehen würde.

Mum sah glücklich und zufrieden aus. Genau wie George und Maggie. John schien nicht ganz so glücklich zu sein wie die anderen, aber er hatte dennoch deutlich bessere Laune als ich. Wie es Alex ging, konnte ich nicht sagen. Ich ignorierte ihn genau seit dem Moment, als wir uns beide gerade so weit gefangen hatten, um uns einander vorzustellen und so zu tun, als wären wir uns noch nie im Leben begegnet.

Seitdem hatten wir es tunlichst vermieden, uns anzusehen. Was vermutlich auch besser war. Denn tief in meinem Innern kochte ich vor Wut.

Nur das glückliche Gesicht meiner Mutter hielt mich davon ab loszuschreien.

»Und Vesper, wie geht es Tom?«, richtete sie das Wort an mich.

Ich zwang mich ruhig zu bleiben, erwiderte kühl Mums Blick und stellte mir vor, wie ihr das Lächeln gleich von den Lippen fallen würde. Eigentlich wollte ich sagen, dass Tom und ich uns getrennt hatten. Heraus kam aber: »Ganz gut, denke ich. Er hatte auch endlich den Sex, auf den er seit Monaten gewartet hat.«

George schnappte nach Luft und John prustete in sein Glas, während Mum vergeblich um Fassung rang. Ich spürte, dass Alex mich ansah, aber mein Blick war auf Maggie gerichtet, auf deren Wangen sich hektische rote Flecken abzeichneten. Sie wirkte irgendwie überfordert. Oder abgestoßen. Genau konnte ich das nicht sagen. Ich kannte sie nicht genug, um sie zu durchschauen. Aber so wie sie aussah, lief ihr Abend ganz offensichtlich nicht so wie geplant. Tja, meiner auch nicht.

»Vesper!«, stieß Mum hervor, als sie schließlich ihre Stimme wiedergefunden hatte.

Ich winkte ab und tat gelassener, als ich es tatsächlich war. Was zum Teufel tat ich hier?! »Keine Sorge, Mum. Er hat nicht mit mir geschlafen, sondern mit Sonia. Wir haben letzte Woche Schluss gemacht. Ich bin immer noch so jungfräulich, wie du es gerne hättest.« Jetzt konnte ich nicht mehr anders. Ich warf Alex einen herausfordernden Blick zu und musste mir ein triumphierendes Grinsen verkneifen, als sein Gesicht sich feuerrot verfärbte.

Mum jedoch atmete sichtlich erleichtert einmal tief durch. Dann musterte sie mich ungehalten. »Ich will so etwas nicht während des Essens hören, Vesper.«

Ich zuckte mit den Schultern. »Du hast gefragt.«

Mum wurde blass. Wenn sie wütend war, wurde sie immer weiß wie eine Wand. Sie würde jeden Moment explodieren. Doch da legte George seine Hand auf Mums und von einer Sekunde auf die nächste war sie vollkommen entspannt. George wandte sich an mich, freundlich lächelnd, und so wie es aussah, gar nicht schockiert von meinem Verhalten. Oder er hatte ein erstaunliches Talent dafür, sich nichts anmerken zu lassen. In jedem Fall schien Mum ihn gut auf mich vorbereitet zu haben.

»Claire hat mir von Tom erzählt. Tut mir leid, dass er sich als so ein Idiot herausgestellt hat«, sagte er mitfühlend. Überrascht erwiderte ich seinen Blick.

»Ja, mir auch.« Ich hatte auf einmal einen Kloß im Hals. Meine Gefühle waren in Aufruhr und das gefiel mir nicht. Alles lief anders als geplant. George war viel zu nett, um ihn nicht zu mögen, und Alex sollte gar nicht hier sein.

»Wie läuft es in der Schule?«, fragte er, vermutlich in der Hoffnung, dass ich bei diesem Thema etwas zugänglicher wäre.

Weit gefehlt. Ich musste meine Fassung zurückgewinnen und das gelang mir am besten, wenn ich wieder in meine Rolle als Eisprinzessin schlüpfte.

Ich legte meine Gabel auf den Teller und verschränkte die Arme vor der Brust. Ohne es zu wollen, sah ich noch einmal zu Alex und mein Blick wurde, wenn überhaupt möglich, noch einige Grade kälter. Alex dagegen wirkte gequält und gleichzeitig überrascht. Sein Blick wanderte von meinen Haaren über mein Gesicht bis zu jenem Teil meines Oberkörpers, den man über den Tisch hinwegsehen konnte. Er hatte wohl geglaubt, ich wäre älter. Kein Mädchen, das noch zur Schule ging.

»Es läuft gut. Vielleicht werde ich dieses Jahr sogar Jahrgangsbeste, aber anstatt stolz zu sein, werden Mum und Dad einmal mehr darüber enttäuscht sein, dass ich nicht Medizin studieren will. So wie sie.«

Ich musste George zugutehalten, dass er nicht hilfesuchend zu Mum sah. Sein Lächeln vertiefte sich sogar noch.

»Das kann ich verstehen. Mir hätte es auch nicht gelegen, mit kranken Menschen zu arbeiten. Ich bin einfach zu sensibel.« Er zwinkerte mir zu. Fast hätte ich gelächelt. Aber nur fast. Bis er weiterredete. »Weißt du schon, was du machen möchtest? Vielleicht wäre Jura ja etwas für dich.«

Ich lachte laut auf. Kalt und hart. »Ich glaube nicht. Ich dachte da eher an Journalismus oder etwas in die Richtung.«

Eigentlich hatte ich das nur gesagt, um Mum zu ärgern, aber in dem Augenblick, in dem ich es aussprach, kam mir der Gedanke, dass das vielleicht gar keine so schlechte Idee war.

»Das klingt auf jeden Fall sehr interessant. Aber falls Jura für dich doch in Frage kommen sollte, sind Maggie und ich sehr gerne bereit, dir alle Fragen zu beantworten, die du hast, nicht wahr, Maggie?«

Maggie schenkte mir ein liebenswürdiges Lächeln und strich sich eine ihrer blonden Strähnen aus der Stirn. »Natürlich. Alex studiert übrigens Wirtschaft, falls du in die Richtung gehen möchtest. Er würde dir mit Sicherheit auch helfen.«

Sie strahlte Alex an, der sich mühsam ein Nicken abrang.

Ich musterte ihn. Er wich meinem Blick nicht aus und ich stellte fest, dass ich irgendwie enttäuscht war. Alex studierte Wirtschaft. Ich hatte wohl gehofft, dass er etwas Interessanteres mit seinem Leben anfangen wollte. Aber vielleicht fand er Wirtschaft ja interessant. Nur weil ich es langweilig fand, mussten das nicht alle anderen auch so sehen. Es gab haufenweise Leute, die Wirtschaft bestimmt superspannend fanden. Hastig schüttelte ich den Gedanken ab. Es ging mich nichts an, was Alex warum tat. Und ich versuchte mir einzureden, dass es mich auch nicht interessierte.

Als ich am nächsten Tag Toni von dem Abend erzählte, konnte ich ihr nicht sagen, warum ich die nächste Frage gestellt hatte. Vielleicht weil ich neugierig gewesen war. Vielleicht aber auch, um mich zu quälen. Und Alex auch.

Ich wandte mich an Maggie und setzte ein zuckersüßes Lächeln auf. »Ihr zwei seid echt süß, wie lange seid ihr schon zusammen?«

Aus dem Augenwinkel sah ich, wie Alex zusammenzuckte. Sein Gesicht nahm eine seltsam grünliche Färbung an und ich musste mir ein fieses Grinsen verkneifen.

Es war nicht fair. Natürlich nicht. Aber ich hatte auch nie behauptet, fair zu sein. Außerdem war ich stinksauer. Vielleicht hatte ich kein Recht dazu. Aber Alex hatte mich zwei Mal geküsst, oder zumindest meinen Kuss erwidert. Er hatte sich für mich interessiert und sich um mich gekümmert, als ich verletzt worden war. Und er hatte kein Sterbenswörtchen über seine bildschöne Freundin fallen lassen, die bald meine Stiefschwester werden würde. Alex hatte gewusst, dass Tom mich betrogen hatte. Er hatte gewusst, dass wir uns deswegen getrennt hatten. Und jetzt machte er mich zu dem Mädchen, das er anstelle seiner Freundin geküsst hatte. Ich war jetzt wie Sonia. O Gott! Wir hatten zwar nicht miteinander geschlafen – nicht so wie Tom mit Sonia –, aber ein Kuss war nicht nichts.

»Sechs Jahre«, erwiderte Maggie und riss mich damit fast vom Stuhl. Sechs Jahre?!

Ich warf Alex einen ungläubigen Blick zu, aber er starrte nur betreten auf seinen Teller. Er war seit sechs Jahren mit seiner Freundin zusammen und küsste ein anderes Mädchen, das er eigentlich gar nicht kannte?!

»Das ist echt toll. Dann wünsche ich euch zwei noch viel Glück«, würgte ich hervor und dieses Mal gelang es mir nicht, meine Stimme so zu verstellen, dass niemand etwas merkte. Alex merkte es. Das spürte ich. Maggie strahlte mich an, aber ihre Augen flackerten und ich hatte das Gefühl, als hätte ich irgendwas verpasst. Irgendwas ziemlich Wichtiges.

Den Rest des Abends drehte sich das Gespräch vor allem um die Hochzeit im Januar und die bevorstehende Weihnachtsfeier in ein paar Wochen.

Alex und ich ignorierten einander, bis es schließlich so spät war, dass John und ich uns auf den Heimweg machten. Immerhin hatte ich morgen Schule.

Mum, George, Maggie und Alex standen brav mit uns im Flur und warteten, bis wir unsere Mäntel angezogen hatten, um sich dann von uns zu verabschieden. Ich wurde von ihnen der Reihe nach umarmt, auch wenn ich mich gerne davor gedrückt hätte. Zum Schluss stand ich vor Alex. Sein Blick war flehentlich. Ich wusste nicht, was er von mir wollte. Dass ich Maggie nichts erzählte oder dass ich die Küsse einfach vergaß?

Es war sein Pech, dass mir egal war, was er wollte. Ich beugte mich vor und umarmte ihn. Die Erinnerung an den Kuss an dem ersten Abend kam mit einem Schlag zurück und mit dieser Erinnerung flammte meine Wut auf ihn erneut auf.

»Fahr zur Hölle!«, flüsterte ich ihm so leise ins Ohr, dass es sonst niemand hören konnte.

***

Später, als ich im Bett lag, wurde mir klar, dass ich unbedingt noch einmal mit Toni über alles reden musste. Nicht nur über diese unglaublichen Küsse und dieses warme, unbekannte Gefühl, dass Alex' Lippen in mir ausgelöst hatten. Ich musste vor allem darüber reden, dass Alex Maggies verdammter Freund war.

Ich stöhnte auf. Das war doch nicht zum Aushalten! Das einzig Positive an der Sache war, dass ich Alex wenigstens nicht oft wiedersehen würde. So oft würde ich Mum und George in Zukunft nicht besuchen.

Das waren ja großartige Aussichten. So viel Positives zu finden, war ja wirklich unfassbar toll.

Unten ging die Haustür auf. Ich hörte Schritte auf der Treppe. Dad war also endlich zu Hause. Wir hatten uns ewig nicht gesehen, weil er im Moment die meisten Abende bei Hannah verbrachte. Lauschend wartete ich darauf, dass er in mein Zimmer kommen und mich danach fragen würde, wie das Essen bei Mum gewesen sei. Doch die Tür öffnete sich nicht. Ich schluckte meine Enttäuschung hinunter und griff nach einem Buch. *Eine Geschichte aus zwei Städten* lag noch in meiner Tasche. Ich hatte das Gefühl, dass ich es nicht würde weiterlesen können, ohne die ganze Zeit an Alex zu denken und an das, was er gesagt hatte. Also nahm ich *Die Tribute von Panem* aus meinem Regal und entfloh in eine Welt, in der die Figuren die Probleme hatten und nicht ich.

Als ich zwei Stunden später wieder Schritte hörte und dann meine Zimmertür geöffnet wurde, tat ich so, als wäre ich über meinem Buch eingeschlafen. Jetzt, wo Dad eingefallen war, dass er immer noch eine Tochter hatte, die bei ihm wohnte, hatte ich keine Lust mehr, mich mit ihm zu unterhalten.

Die Tür fiel mit einem leisen Klicken wieder ins Schloss und ich war auf einmal so müde, dass ich es nicht einmal mehr schaffte, das Licht auszumachen, bevor ich einschlief.

***

Ich bekam keine Gelegenheit, Toni zu erzählen, dass Alex Maggies Freund war. Ich war spät dran und als ich den Klassenraum betrat, hatte der Unterricht schon begonnen. Außerdem war Toni schon von Weitem anzusehen, dass sie unter Strom stand, und ich wollte mir zuerst alles über ihr Date mit Paul anhören, bevor ich ihr meine Geschichte erzählte. Sobald sie mich sah, erblühte ein strahlendes Lächeln auf ihrem Gesicht und ich fühlte mich sofort etwas besser. Toni würde mir den Tag retten.

Ich ließ mich auf meinen Platz neben ihr fallen, ohne mich bei Mrs Miller, unserer Geschichtslehrerin, zu entschuldigen. Mrs Miller sah ganz genauso aus, wie man sich eine Geschichtslehrerin mittleren Alters vorstellte: kleines, spitzes, irgendwie mäuschenhaftes Gesicht, ein Twinset von einer undefinierbaren bräunlichen Farbe und dünne fisselige Haare, die genau die gleiche seltsame Farbe hatten wie ihr Kostüm. Sie war ganz nett, hatte allerdings überhaupt kein Durchsetzungsvermögen, da nützte es auch nichts, dass sie praktisch alles über die Geschichte Großbritanniens wusste.

Ich hatte meine Jacke noch nicht ausgezogen, als Toni schon anfing mir flüsternd zu erzählen, dass sie sich Samstagabend mit Paul getroffen hatte. Ich stöhnte innerlich. Ich konnte ihr unmöglich die Wahrheit über Alex sagen, wenn sie gerade dabei war, sich in seinen Freund zu verknallen. Und sie war dabei. Voll und ganz und bis über beide Ohren.

»Er ist so süß«, schwärmte sie, nachdem sie mir haarklein erzählt hatte, was Paul alles gesagt und gemacht hatte. Paul war ein wahrer Gentleman gewesen, hatte ihr weiße Rosen mitgebracht und ihr die Türen aufgehalten. Er hatte sie nach Hause gebracht und ihr zum Abschied einen sanften Kuss gegeben, bevor er sich auf seinen Heimweg gemacht hatte. Je mehr Toni erzählte, desto näher kam ich dem Siedepunkt. Ich war nicht böse auf sie, nicht wirklich. Ich war wütend auf die ganze verfahrene Situation, die nur noch komplizierter werden konnte. Einfacher würde es jedenfalls nicht werden, wenn Toni die Wahrheit erführe. Und ganz egal, wie biestig ich war, ich wollte auf keinen Fall, dass meine beste Freundin unglücklich war. Zum Glück hatte ich ihr bei unserem DVD-Abend das Versprechen abgerungen, dass sie Paul absolut nichts von Alex und mir erzählen würde. An dem Abend war ich noch der Meinung gewesen, dass Alex das besser selbst tun sollte. Heute war ich froh darüber, denn wenn sie Paul davon erzählt hätte, hätte es das alles nur noch schwieriger gemacht.

Zum Glück verhinderte Mrs Miller, dass ich meine Wut ungerechtfertigt an Toni ausließ, denn sie hatte ihren ersten und letzten autoritären Moment in diesem Schuljahr und setzte uns ohne Vorwarnung auseinander.

Toni und ich sahen uns nach dieser ersten Stunde erst in der Mittagspause wieder. Sie hatte sich etwas beruhigt, war aber immer noch so überdreht und glücklich, dass ich es einfach nicht übers Herz brachte, ihr von Alex zu erzählen. Ich war immer noch genervt, aber das lag wirklich nicht an Toni, sondern an all dem, was in den letzten Tagen in meinem Leben so gründlich schiefgelaufen war.

Ein Teil davon steuerte geradewegs auf den Tisch zu, an dem ich saß und auf Toni wartete, die noch in der Schlange vor der Essensausgabe stand. Tom sah gut aus, wie immer, und verdammt selbstsicher, auch wie immer.

Ich spürte, wie die Gespräche in der Cafeteria unwillkürlich leiser wurden und bemüht unauffällige Blicke sich auf uns richteten.

Unwillkürlich drückte ich meinen Rücken durch und blickte ihm mit einer Mischung aus betonter Langeweile und Eiseskälte entgegen. Ich hatte nicht vor, Tom irgendeinen Grund zu geben zu glauben, ich würde ihm nachtrauern. Lässig und vollkommen entspannt ließ er sich mir gegenüber auf den Stuhl fallen und streckte mir eine Hand entgegen, ließ sie aber sofort wieder sinken, als ich meine linke Augenbraue hob und meinen Mund so verzog, dass es eher einem Zähnefletschen glich als einem Lächeln.

»Geht's dir gut?«, fragte er und wich meinem Blick aus. Es war ihm offensichtlich unangenehm, mir in die Augen zu schauen.

»Ich glaube nicht, dass dich das noch etwas angeht, Tom«, gab ich zurück und fügte hinzu: »Frag doch Sonia. Ich hab gehört, zwischen euch läuft jetzt was. Also noch mehr als vorletztes Wochenende.« Es war nur eine Vermutung. Eine Idee, die in meinem Kopf aufgeblitzt war und die sich in genau dem Augenblick bewahrheitete, als ich sah, wie Tom dunkelrot anlief.

Stammelnd suchte er nach den richtigen Worten, vermutlich um sich zu entschuldigen, doch ich fuhr ihm unwirsch dazwischen.

»Vergiss es, Tom. Du musst dich nicht bei mir entschuldigen und du musst mir auch nicht sagen, dass du, nur ein paar Tage, nachdem wir Schluss gemacht haben, schon wieder mit Sonia geschlafen hast oder dass ihr jetzt zusammen seid. Es interessiert mich nicht. Du interessierst mich nicht mehr. Ich will nur, dass du mich in Ruhe lässt! Und ich rate dir, das auch zu tun, sonst mache ich dir das Leben zur Hölle!« Ich funkelte ihn wütend an und als ich mir sicher sein konnte, dass er verstanden hatte, stand ich auf und rauschte aus der Cafeteria.

Ich schrieb Toni eine Nachricht, dass ich die Schule verließ, und stieg in den nächstbesten Bus, der an der Haltestelle hielt. An Tagen wie diesem war Schule einfach überbewertet.

KAPITEL 7

Ich machte einen ersten Zwischenstopp in meiner Lieblingsbuchhandlung. Bezeichnenderweise hieß sie *Dream a Little Dream*. Und träumen konnte man hier tatsächlich hervorragend. Das *Dream* war ein kleiner, niedlicher Laden, bis obenhin vollgestopft mit Büchern. Es war so wenig Platz, dass man nicht viel Zeit hier verbringen konnte, wenn mehrere Kunden da waren. Dafür war es zu eng. Ich hatte trotzdem einen großen Teil der letzten Jahre hier verbracht. Ich liebte diesen Laden.

Ich quetschte mich an einer fülligen älteren Dame vorbei, nickte lächelnd Beth zu, der Besitzerin. Beth war einer der wenigen Menschen, zu denen ich immer nett war. Sie war süß, obwohl sie gut zwanzig Jahre älter war als ich, wahnsinnig freundlich und sie kannte immer das Buch, das ich gerade suchte. Überhaupt wusste sie immer, wie es mir ging. Sie war in den letzten Jahren zu einer Art Tante geworden und sie hatte mir noch nie ein Buch verkauft, das mir nicht gefallen hatte. Heute war allerdings einer von diesen Tagen, an denen ich selbst suchen wollte. Ich wollte nicht mit Beth reden. Ich wollte nur durch die schmalen Gänge streifen, meine Finger über neue und alte Buchrücken wandern lassen und den Geruch nach bedrucktem Papier einsaugen.

Es gab keinen Ort, an dem ich mich im Moment mehr zu Hause gefühlt hätte.

Ich wusste nicht, wie viel Zeit vergangen war, aber irgendwann fiel mir ein Buch in die Hände. Es war, als würde es mich magisch anziehen. Es war eine alte, ledergebundene Ausgabe, so außergewöhnlich, dass man sie kaum anfassen wollte. Aber ich hatte bereits eine Ausgabe dieses Buches, lange nicht so besonders, es lag aber halb gelesen auf meinem Nachttisch. *Eine Geschichte aus zwei Städten.* Ein Buch, das ich wirklich gemocht hatte, bis Alex – ich knirschte unwillkürlich mit den Zähnen, als ich an ihn dachte – mir gesagt hatte, dass es mir gefallen würde und er sich als der Freund meiner zukünftigen Stiefschwester herausgestellt hatte, nachdem wir uns geküsst hatten. Und jetzt war ich wieder genau da angelangt, wo ich nicht sein wollte.

Genervt schob ich das Buch weg, was mir sofort leidtat. Es war wirklich etwas Besonderes.

Seufzend wandte ich mich ab.

»Heute kein Glück gehabt?« Beth tauchte wie aus dem Nichts vor mir auf, ein sanftes Lächeln auf den Lippen.

»Nein, leider nicht. Ich konnte mich nicht richtig konzentrieren.«

»Geht's dir gut?«, fragte sie, schob mich ohne eine Antwort abzuwarten nach hinten in ihr Büro, drückte mich auf ihren Schreibtischstuhl und reichte mir eine Tasse Tee.

Ich schüttelte den Kopf. Beth war eine der Personen, der ich alles erzählen konnte. Und sie kannte weder meine Eltern noch meine Freunde. Kaum war mir der Gedanke gekommen, platzte es auch schon aus mir heraus.

Ich erzählte ihr alles, was in der letzten Zeit bei mir los gewesen war. Als ich schließlich geendet hatte, war es mir nur ein klitzekleines bisschen peinlich, dass ich so viel von Beths Zeit vergeudet hatte.

»Das hört sich ziemlich kompliziert an.« Beth lächelte und reichte mir ein Stück dunkle Schokolade.

»Das ist es auch.« Ich biss von der Schokolade ab und die bittere Süße vertrieb das komische Gefühl in meinem Bauch.

»Was hast du jetzt vor?«

»Ich weiß nicht. Ein Biest sein und alles so gut es geht ignorieren.« Es klang eher wie eine Frage.

»Du bist kein Biest, Vesper. Du bist ein sehr nettes Mädchen.«

Unwillkürlich lachte ich auf. »Nein. Nein, das bin ich nicht. Zu dir bin ich nett. Aber du hast mir auch nie etwas getan.«

Beth sah mich einen Moment lang schweigend an. Ihre kurzen schwarzen Haare fielen wirr in ihre Stirn und ihre dunkelbraunen Augen blickten nachdenklich. »Du weißt, dass du immer zu mir kommen kannst, oder? Ich bin für dich da, Vesper. Wenn du Hilfe brauchst oder einfach mal wegmusst, dann komm in den Laden. Du bist hier immer willkommen.«

Sie lächelte und ich fiel ihr spontan um den Hals, was sich im ersten Moment seltsam anfühlte, weil ich für gewöhnlich keine Menschen umarmte, aber dann legte sie ihre Arme auch um mich und ich ließ mich fallen. Es tat so gut.

Vielleicht war es ja an der Zeit, dass ich meine Eisprinzessinnenmasche ablegte. Und mal wieder nett war. Zumindest zu manchen Leuten. Alex, Tom und ein Großteil meiner Familie waren davon allerdings ausgeschlossen.

***

Ich beschloss, in *Toni's Place* auf meine beste Freundin zu warten. Nachdem ich mich auf meinen üblichen Platz gesetzt hatte und eine dampfende Tasse Cappuccino vor meiner Nase stand, saß ich einen Moment lang unentschlossen da. Was sollte ich jetzt machen? Ich hatte zwar ein Buch mit, aber ich konnte mich nicht aufs Lesen konzentrieren.

Also kramte ich – ich konnte es selbst kaum glauben – mein Mathebuch aus meiner Tasche und machte meine Hausaufgaben.

Mein Nacken begann schon unangenehm zu kribbeln, bevor ich seine Stimme hörte und ihn sah. Es war nur ein Gefühl. Ein ziemlich seltsames Gefühl, das ich nicht zuordnen konnte.

»Vesper«, sagte Alex. Mein Name klang irgendwie anders, wenn er ihn aussprach.

Ich war wie erstarrt. Ich saß da, konnte mich nicht rühren und brauchte einen Augenblick zu lange, um mein geschocktes Gesicht wieder unter Kontrolle zu bringen. Mein kalter Blick fiel nicht so kalt aus wie erwünscht und ich musste wegschauen, damit ich wieder Blut in meine Wangen treiben konnte, um nicht mehr leichenblass zu sein.

»Was willst du hier?«, fragte ich. Immerhin gehörte meine Stimme mir. Scharf und klirrend kalt schnitt sie durch die Stille zwischen uns. Alex fuhr kaum merklich zusammen.

»Darf ich mich setzen?«

»Wenn ich Nein sage, haust du dann wieder ab?« Ich schaute runter auf mein Mathebuch, möglichst gleichgültig, aber ich musste meine Hände unter meine Oberschenkel schieben, weil sie zitterten.

Als Antwort ließ Alex sich auf den Stuhl neben mir fallen.

»Vesper«, sagte er nach einer Weile, in der ich versucht hatte, in meinem Mathebuch zu studieren und Alex zu ignorieren, dessen Blick fest auf mir lag.

»Was?«, erwiderte ich, ohne aufzublicken.

»Ich bin hier, um mit dir zu reden.«

»Dann rede.«

»Kannst du mich wenigstens ansehen?«

Genervt sah ich auf und musste schwer schlucken, als mich ein glühender Blick aus seinen leuchtend grünen Augen traf und sich mir der Magen umdrehte. Plötzlich spürte ich wieder Alex' Lippen auf meinen. Hastig trank ich einen Schluck von meinem Kaffee, um dieses Gefühl wieder loszuwerden. O Scheiße, ich steckte ganz schön in der Klemme.

»Ich weiß nicht, wo ich anfangen soll.« Alex klang hilflos.

Ich sah wieder hinunter auf mein Mathebuch. Mein Herz fing schon allein davon an zu rasen, dass er neben mir saß. Aber dann wurde mir klar, dass ich es ihm zu einfach machte. Er wusste nicht, wo er anfangen sollte? Ich schon.

Mein Blick war giftig, als ich mich ihm zuwandte. »Tja, vielleicht sagst du mir zuerst, warum du mich küsst, obwohl du eine Freundin hast?! Und warum du das tust, obwohl du weißt, dass mein Ex-Freund mich betrogen hat?!«

Alex atmete tief durch. Er wand sich unbehaglich, aber ich hatte nicht vor, ihm zu helfen. Aber dann sagte er: »Ich habe dich nicht geküsst, obwohl ich eine Freundin habe. Maggie und ich sind nicht mehr zusammen.«

Zuerst glaubte ich mich verhört zu haben, aber nachdem Alex es dann noch zweimal wiederholt hatte, fing ich doch an, ihm zu glauben.

»Maggie und ich sind seit ein paar Wochen getrennt«, führte Alex näher aus.

Meine Augen wurden immer größer. Ich suchte nach den richtigen Worten, aber ich hätte in diesem Moment wahrscheinlich nicht einmal mehr meinen Namen sagen können.

Alles, was ich herausbrachte, war ein fassungslos gestammeltes: »Was?«. Nicht besonders clever und vor allem auch nicht so desinteressiert, wie ich es gern gehabt hätte.

»Muss ich das wirklich nochmal wiederholen?«, fragte Alex und verzog das Gesicht.

Ich schüttelte den Kopf und nickte gleichzeitig. In meinem Kopf drehte sich alles. Ich war vollkommen verwirrt. Alex schwieg und ließ mir Zeit, damit ich wieder einen klaren Gedanken fassen konnte.

»Also ihr seid nicht mehr zusammen, aber ihr tut so, als wärt ihr es noch«, sagte ich schließlich langsam.

Alex nickte.

»Warum?«, fragte ich verständnislos.

Er lächelte schief. »Das ist kompliziert.«

»Ich bin nicht doof. Versuch es einfach.«

Alex zog die Augenbrauen hoch und musterte mich pikiert, aber mein giftiger Tonfall tat mir trotzdem nicht leid. Ich war immer noch ganz schön sauer. Und verwirrt. Vor allem verwirrt. »Fang am Anfang an«, schlug ich vor.

Er seufzte, aber dann begann er doch zu erzählen. »Maggie und ich sind zusammen aufgewachsen. Unsere Eltern sind zusammen zum College gegangen und sind seitdem befreundet. Maggies Dad ist mein Patenonkel und meine Mum ist ihre Patentante. Wir sind quasi eine große Familie. Irgendwie war es immer vorgesehen, dass Maggie und ich irgendwann zusammenkommen würden. Wir haben schon als kleine Kinder sehr aneinander gehangen und als wir dann fünfzehn waren, haben wir uns ineinander verliebt. Seitdem sind wir zusammen gewesen. Aber das letzte Jahr war nicht einfach. Ich war eine Weile im Ausland und Maggie und ich haben festgestellt, dass wir zwar immer noch Gefühle füreinander haben, aber nicht mehr so wie früher. Als ich weg war, hab ich sie zwar vermisst und sie mich auch, aber nicht so wie erwartet. Es ist einfach anders geworden. Wir sind nicht mehr wir. Früher haben wir alles zusammen gemacht, aber Maggie ist ganz auf ihr Studium fixiert und ich habe auch andere Interessen. Wir haben uns beide weiterentwickelt. Nur eben in verschiedene Richtungen.«

Alex sprach sehr schnell. Ich war mir nicht sicher, ob er froh darüber war, mir das alles zu erzählen oder ob er es am liebsten verschwiegen hätte.

»Ich meine, wir waren doch erst fünfzehn, als wir zusammengekommen sind. Wir waren noch Kinder und jetzt … jetzt sind wir erwachsen geworden«, beendete Alex seine Ausführungen.

Er zuckte mit den Schultern und flehte mich mit seinem Blick an, ihn zu verstehen. Was ich sogar tat. Ich konnte verstehen, warum die beiden sich getrennt hatten. Vielleicht wäre es mir in der gleichen Situation genauso gegangen und vielleicht hätte ich die gleichen Konsequenzen gezogen.

Was ich nicht verstand, war etwas anderes. »Aber warum tut ihr dann noch so, als wärt ihr noch zusammen? Das ergibt doch überhaupt keinen Sinn.«

»Na ja, vielleicht doch, wenn du mal daran denkst, was es für unsere Familien bedeuten würde. Maggies Dad heiratet. Ich bin sein Patensohn. Wenn wir uns ausgerechnet jetzt offiziell trennen würden, wären unsere Eltern am Boden zerstört. Sie gehen immer noch davon aus, dass Maggie und ich auch irgendwann heiraten.«

»Aber es ist doch nicht so, als hättet ihr euch im Streit getrennt. Ihr versteht euch doch immer noch gut. Das sollten eure Eltern doch akzeptieren können.« Viel Sinn machte das alles meiner Meinung nach nicht.

»Sie werden es akzeptieren. Nach der Hochzeit. Wir wollen es ihnen sagen, wenn George und deine Mum aus den Flitterwochen wieder da sind. Wenn wir es ihnen jetzt sagen, wären sie einerseits enttäuscht, weil doch keine Zusammenführung unserer Familien stattfinden wird. Andererseits würden sie sich Sorgen um uns machen, da könnten wir ihnen noch so oft sagen, dass die Trennung für uns kein Problem ist«, erwiderte Alex und verdrehte die Augen. Er wirkte genervt. Ich wusste nur nicht, ob das an mir lag oder ob es einen anderen Grund dafür gab.

Ich musterte ihn einen Augenblick mit schief gelegtem Kopf und entschied dann, einfach zu raten. »Maggie macht das Ganze mehr aus als dir, oder? Du hättest nicht so ein Problem damit, euren Eltern jetzt schon von der Trennung zu erzählen. Warum machst du da also mit?«

Jetzt war Alex ganz offensichtlich genervt. Oder wütend. Oder beides zusammen. Ehrlich gesagt wirkte er ziemlich angepisst.

»Weil Maggie immer noch meine beste Freundin ist. Wir haben einundzwanzig Jahre unseres Lebens miteinander verbracht. Erst als Freunde, dann als Paar. So einfach lässt sich das alles nicht ausradieren. Es ist schwierig, sich zu trennen, egal ob im Streit oder nicht. Maggie wird immer zu meinem Leben gehören und wenn sie möchte, dass wir unseren Eltern erst nach der Hochzeit die Wahrheit sagen, dann ist das eben so. Es sind ja nicht einmal mehr drei Monate. Darauf kommt es jetzt auch nicht mehr an.«

»Bist du dir da ganz sicher?«, fragte ich, ignorierte Alex' Blick, der mir signalisierte, dass ich die Klappe halten sollte, und fuhr fort: »Denn irgendwie kommt es mir nicht so vor, als wärst du dir sicher. Wenn es dir egal wäre ... wenn die nicht einmal mehr ganz drei Monate dir wirklich nichts ausmachen würden, dann würdest du jetzt nicht hier sitzen und mir das alles erzählen. Das wäre dir dann auch egal.«

Alex funkelte mich aufgebracht an, aber ich hatte nicht vor, mich einschüchtern zu lassen. Erstaunlicherweise war ich selbst inzwischen vollkommen ruhig. Die Tatsache, dass Alex diese drei Monate so aufwühlten, dass es ihm derartig zu schaffen machte, ließ in meinem Bauch ein seltsames Kribbeln hochsteigen. Ich versuchte es zu ignorieren, aber je mehr ich mich dagegen sperrte, desto mehr wurde mir klar, warum Alex hier saß und mir das alles erzählt hatte. Ich bedeutete ihm etwas.

»Warum bist du hier?«, platzte es aus mir heraus, als Alex nichts sagte. Er fuhr sich mit beiden Händen durch die Haare, bis sie in alle Richtungen abstanden, und wich meinem bohrenden Blick aus. Erst jetzt fiel mir auf, dass seine Hände mit grünen und blauen Farbklecksen besprenkelt waren, und ich fragte mich unwillkürlich, was es damit auf sich hatte. Leider war das jedoch nicht der Augenblick, um ihn darauf anzusprechen. Eine seltsame Mischung aus Zorn und Verzweiflung stand ihm ins Gesicht geschrieben.

»Ich weiß nicht, warum ich hier bin. Vielleicht damit du mich nicht für ein Arschloch hältst, das seine Freundin betrügt. So wie dein Ex«, antwortete er und stand auf. »Wie auch immer. Ich muss los. Ich schätze, wir sehen uns.«

Er zauberte etwas auf sein Gesicht, das wohl ein Lächeln sein sollte, und drehte sich um, ohne meine Antwort abzuwarten, aber irgendwas in seiner

Haltung und der Ausdruck auf seinem Gesicht veranlassten mich, ihn aufzuhalten.

»Alex, du bist nicht wie Tom!«, sagte ich leise.

Er drehte sich nicht um. Er ging einfach. Und ich konnte ihm nur hinterhersehen. Was sollte ich auch machen? Alex hatte mir alles erklärt. Schön und gut, das half mir aber auch nicht großartig weiter. Verwirrt war ich trotzdem noch. Und ich wusste nicht, was ich jetzt tun sollte. Ich wusste gar nichts mehr. Ich war nur heilfroh darüber, dass ich Alex nicht mehr oft sehen würde. Wie oft würden wir uns schon zufällig bei Mum treffen? Ich besuchte sie ja kaum und dass Alex zufällig gleichzeitig dort sein würde, war doch sehr unwahrscheinlich. Vor allem, wenn er gar nicht mehr richtig mit Maggie zusammen war.

Es war unwahrscheinlich. Oder?

KAPITEL 8

Es war nicht einfach, Alex aus meinem Kopf zu verbannen. Es war sogar erstaunlich schwer. Also lenkte ich mich ab. Ich machte meine Hausaufgaben super ausführlich, übernahm freiwillig ein Referat und lernte schon für die Klausuren, die wir erst kurz vor Weihnachten schreiben würden. Noch nie im Leben hatte ich so motiviert gelernt. Leider bekam ich so nur eine Woche herum.

Ich hatte Toni die Wahrheit gesagt, allerdings nur, weil sie mir hoch und heilig versprochen hatte, Paul nichts von allem zu erzählen, weil ich nicht wusste, ob Alex seinem Freund von seiner Trennung erzählt hatte. Zuerst war sie empört gewesen, dann hatte sie beschlossen, dass Alex trotzdem der Richtige für mich wäre und dass ich versuchen sollte, ihn davon zu überzeugen, dass ich auch die Richtige für ihn wäre.

Wogegen ich ungefähr fünf Millionen Einwände hatte. Der wichtigste war wohl, dass ich nicht wusste, ob ich Alex überhaupt noch wollte. Okay, unsere Küsse. Ich wollte wieder seine Lippen auf meinen spüren und das trieb mich langsam aber sicher in den Wahnsinn.

***

Ich saß gerade unten im Wohnzimmer an meinen Hausaufgaben, als ich hörte, wie die Haustür aufging. Dad kam heim. Ich sah auf die Uhr. Es war erstaunlich früh. Zu früh. Stirnrunzelnd legte ich mein Zeug zur Seite. Dad wollte irgendwas von mir. Jetzt bereute ich, dass ich mich doch nicht in mein Zimmer zurückgezogen hatte. Aber es war mir heute irgendwie zu klein gewesen. Ich hatte mich eingesperrt gefühlt und war deshalb ins Wohnzimmer ausgewichen.

»Hallo, Vesper.« Beim Klang der sanften Stimme zuckte ich unwillkürlich zusammen. Es war eine weibliche Stimme. Ich fuhr herum und sah Hannah im Türrahmen stehen. Sie lächelte zwar, wirkte aber ziemlich nervös. Trotzdem sah sie wie immer sehr hübsch aus, nein, mehr noch, sie strahlte förmlich. Ihr braunes Haar fiel in sanften Wellen über ihre Schultern und umrahmte ihr schmales Gesicht. Ihre blauen Augen leuchteten. Mir fiel auf, dass sie ihre Hände schützend auf den Bauch gelegt hatte. Der Bauch, in dem mein Bruder oder meine Schwester heranwuchs.

Mir wurde übel. Ich wollte jetzt weder mit Dad noch mit Hannah reden. Ich war einfach noch nicht bereit dafür. Das hätte geplant sein müssen. Ein Treffen, auf das ich mich hätte vorbereiten können. Vorbereitung. Das wäre wichtig gewesen. Ich hätte in meine Rolle schlüpfen können. Aber jetzt in Jogginghose, mit unordentlich hochgebundenen Haaren und Alex' Sweatshirtjacke, in der immer noch sein Geruch hing und von der ich immer noch nicht wusste, warum ich sie eigentlich trug, war ich wirklich alles andere als vorbereitet. In diesem Moment war ich einfach nur ein unsicheres siebzehnjähriges Mädchen, das nicht halb so erwachsen war, wie es gerne sein wollte.

Hinter Hannah trat Dad ins Wohnzimmer und legte ihr einen Arm um die Schulter.

»Es ist Freitagabend, was macht ihr hier? Habt ihr nichts zu tun?«, fragte ich so unbeteiligt wie möglich, aber das mulmige Gefühl in meinem Bauch blieb.

Und es wurde noch schlimmer, als Dad sagte: »Wir sind hier, weil wir mit dir reden möchten.«

»Könnt ihr euch dann vielleicht setzen?« Ich ließ mich in die weichen Kissen zurücksinken, griff mir eins und klammerte mich daran fest. Ich bohrte meine Finger fest in den Stoff, damit Dad und Hannah nicht sahen, wie sehr meine Hände zitterten. Die beiden setzten sich, tauschten dabei aber so vielsagende Blicke, dass ich kurz davor war auszurasten. Ich wollte wissen, was los war. Sofort.

»Wir wissen, dass es für dich im Moment nicht leicht ist. Wegen der Hochzeit und ... des Babys«, begann Dad stockend. Er sah hilflos aus, unsicher, ängstlich. So hatte ich Dad noch nie gesehen. Dann wurde mir klar, dass es meinetwegen so war.

»Jaaa, ich weiß«, erwiderte ich gedehnt. Ich wartete auf die Bombe, von der ich wusste, dass sie kommen würde. Und sie kam.

»Wir wollen es dir nicht noch schwieriger machen, aber ... na ja, wir müssen selbst erst einmal damit zurechtkommen ... also mit der Schwangerschaft.« Dad sprach jetzt ganz schnell. So als wollte er es nur endlich hinter sich bringen. »Es müssen Entscheidungen getroffen werden. Deshalb werden Hannah und ich für zwei Wochen wegfahren. Danach ... danach sehen wir weiter. Ich hab schon mit deiner Mutter gesprochen. Sie vermisst dich. Deswegen haben wir beschlossen, dass du während dieser zwei Wochen bei ihr wohnst.«

Ungläubig starrte ich Dad an. Das war doch wohl nicht sein Ernst.

»Nein!«, brüllte ich ihn an, als ich endlich meine Stimme wiederfand. »Das könnt ihr nicht machen! Ihr könnt mich nicht hin- und herschieben, wie es euch gerade in den Kram passt. Ich bin kein kleines Kind mehr! Ich bin siebzehn. In ein paar Wochen bin ich achtzehn, ich bin bald mit der Schule fertig, dann ziehe ich eh aus. Ich brauche keine Aufsichtsperson!«

»Vesper ...«

»Das könnt ihr vergessen!«

»Da gibt es gar keine Diskussion!« Ich hätte fast gelacht, bei Dads Versuch autoritär zu sein, wenn es nicht darum gegangen wäre, mich schon wieder bei dem anderen Elternteil abzugeben wie einen Hund.

Als Hannah sich einmischte, hätte ich sie beinahe angeschrien. »Vesper, vielleicht ist das ja eine ganz gute Idee. Deine Mum vermisst dich wirklich sehr und vielleicht kommt ihr euch so wieder etwas näher.«

Ich lachte auf. Laut und hart. »Halt die Klappe. Du hast doch keine Ahnung! Du kommst einfach hierher und mischst dich in unser Leben ein. Du bringst alles durcheinander und du weißt nicht, ob Mum mich vermisst oder nicht. Du weißt gar nichts über unsere Beziehung! Sie hat mich hier abgeladen, als sie mit ihrem Freund auf Weltreise gegangen ist. Und jetzt macht ihr genau das Gleiche. Mal ganz davon abgesehen, dass Mum entweder arbeitet oder sich mit der Hochzeit beschäftigt. Ist ja schön für euch, dass ihr ein Baby bekommt und dass ihr so suuuper glücklich seid. Aber mit mir könnt ihr das nicht machen!«

Ich sprang auf und rannte aus dem Wohnzimmer. Hinter meinen Augen brannten Tränen, die ich energisch zurückdrängte. Hastig schlüpfte ich in meine Schuhe und aus dem Haus. Ich hatte weder mein Handy noch meinen Schlüssel dabei, aber das war mir im Augenblick egal. Ich wollte nur weg. Wohin, wusste ich nicht. Hauptsache weg.

Also rannte ich in den Park und dort weiter, so lange, bis mein Herz raste, meine Lungen sich anfühlten, als wollten sie jeden Moment zerspringen und meine Beine so sehr bebten, dass ich nicht wusste, wie lange ich noch stehen konnte. Leider nützte es nichts. Ich fühlte mich kein Stück besser.

»Vesper?« O Gott, nein. Nicht jetzt, nicht schon wieder. Und was sollte das eigentlich, dass in den letzten Tagen ständig irgendwer meinen Namen sagte?

»Nein, ich bin nicht hier.« Meine Stimme klang erstickt, den Tränen nahe. Überhaupt nicht nach mir.

»Du hast meine Jacke an und du stehst direkt vor meiner Nase. Folglich bist du auch hier.«

Ich hörte ihm an, dass er lächelte, doch als ich mich umdrehte und Alex mir ins Gesicht sah, erstarb das Lächeln auf seinen Lippen.

»Was ist passiert?«

Ich wollte ihn anfauchen, dass ihn das nichts anginge. Anschreien wollte ich ihn auch. Aber ich tat weder das eine noch das andere, sondern brach nur in Tränen aus.

Ich schämte mich vor mir selbst. Das war doch nicht mehr ich. In den letzten Jahren hatte ich mich so sehr bemüht, mir nichts anmerken zu lassen, kühl und distanziert zu bleiben, niemanden an mich ranzulassen. Und jetzt heulte ich schon wieder. Ich heulte, weil Dad mich zu Mum schickte. Ich heulte, weil mich niemand ernst nahm. Meine Eltern glaubten offensichtlich immer noch, dass ich ein Kind wäre und keine zwei Wochen allein zu Hause klarkäme. Und ich heulte, weil Alex mich durcheinanderbrachte und sein ständiges plötzliches Auftauchen mich irritierte.

»Hey! Ist doch alles okay! Nicht weinen. Bitte.« Alex wusste nicht, was er tun sollte, er war überfordert. Ich konnte es ihm nicht verdenken. Schließlich nahm er mich in den Arm und drückte mich fest an sich. Er murmelte mir etwas ins Ohr, das ich nicht verstand, aber im Moment war mir das auch ganz egal. Als ich aufgehört hatte, mich dagegen zu wehren, fühlte es sich gut an, von Alex umarmt zu werden. Seine Hände strichen beruhigend über meine Rücken.

»Was ist passiert?«, fragte er, als ich mich so weit beruhigt hatte, dass ich kein lebendiger Springbrunnen mehr war. Widerstrebend löste ich mich von Alex und wischte mir die Tränen vom Gesicht. Ich versuchte, wieder ich selbst zu werden. Beziehungsweise wieder in meine Rolle zu schlüpfen. Aber als Alex meinen Blick besorgt erwiderte, gelang es mir einfach nicht.

»Weißt du eigentlich, dass ich ... ich weiß nicht ... ich bin nicht mehr ich, seit wir uns kennengelernt haben.«

Okaaay, das war nicht das, was ich eigentlich hatte sagen wollen.

Alex grinste schief. »Du meinst, du bist kein eiskaltes Biest mehr, seit wir uns kennengelernt haben? Geweint hast du aber schon davor.«

Gespielt empört schlug ich ihm gegen den Arm. »Hey. Das ist unfair.«

»Ich weiß, tut mir leid.« Sein Grinsen wurde breiter und die Schmetterlinge in meinem Bauch schlugen immer schneller mit ihren Flügeln.

»Ich bin immer noch ein eiskaltes Biest«, stellte ich klar und verschränkte die Arme vor der Brust, um meine Worte zu unterstreichen.

Wir wussten beide, dass ich log.

»Bist du nicht. Und bei mir musst du auch keins sein oder so tun, als wärst du eines.« Er strich mir eine Haarsträhne hinters Ohr, die sich aus meinem Zopf gelöst hatte. Mein Gesicht begann zu kribbeln und zu glühen. Ich wurde rot und Alex' Lächeln vertiefte sich.

»Komm mit.« Er griff nach meiner Hand und zog mich hinter sich her, ohne eine Antwort abzuwarten. Doch ich hatte auch nicht vor zu widersprechen.

Nach Hause wollte ich nicht und Toni war heute Abend mit Paul verabredet. Also egal, was Alex vorhatte, es war die beste Alternative, die ich hatte. Alex hatte an der gleichen Stelle geparkt wie beim letzten Mal und als wir uns ins Auto setzten und losfuhren, fühlte ich mich schon besser.

»Willst du mir nicht doch erzählen, was los war?«

Ich schüttelte den Kopf. »Später vielleicht. Wo fahren wir hin?«, wechselte ich das Thema.

»Hast du Angst, dass ich ein Entführer und Mörder bin?«, erwiderte Alex amüsiert und lachte, als ich die Augen verdrehte.

»Ich bin nur neugierig.«

»Wir fahren zu mir. Ich denke nicht, dass du in deinem Aufzug irgendwo hinwillst und ich ehrlich gesagt auch nicht.«

Siedend heiß fiel mir ein, dass ich immer noch meine Jogginghose trug. Und Alex' Jacke. Klasse. In den Klamotten konnte ich nicht einmal so tun, als wäre ich von mir überzeugt. Aber ich hatte auch keine Lust in meine übliche Masche zu verfallen. Nicht bei ihm.

»Wir fahren zu dir? Hast du eine eigene Wohnung?« Der Gedanke, irgendjemandem zu begegnen, falls Alex noch bei seinen Eltern wohnte, war nicht gerade schön. Vor allem, weil ich keine Ahnung hatte, wie er meine Anwesenheit erklären wollte.

»Nein, ich wohne noch zu Hause. Aber meine Eltern sind übers Wochenende verreist und meine Schwester ist wahrscheinlich feiern.«

»Du hast eine Schwester?«

Alex nickte, schon wieder lächelnd. Dieses Mal war es allerdings ein anderes Lächeln. Eine Mischung aus Zärtlichkeit und Sorge. »Ja. Melanie. Sie war ein halbes Jahr in Frankreich und ist gerade nach Hause gekommen.«

»Von der Schule?«. Ich erinnerte mich, dass wir in der elften Klasse auch die Möglichkeit gehabt hatten, für ein halbes oder ein ganzes Jahr ins Ausland zu gehen. Vielleicht hätte ich die Chance nutzen sollen.

»Ähm, nein. Sie hat dieses Jahr ihren Abschluss gemacht und wusste nicht, was sie danach machen sollte. Nach Weihnachten will sie für ein paar Monate nach Italien und dann wahrscheinlich erst nächstes Jahr mit dem Studium anfangen.«

Alex warf mir einen kurzen Blick zu. In meinem Kopf war gerade nur Platz für einen Gedanken.

»Wie alt ist sie?«

»Im März wird sie neunzehn.«

Ich war jünger als Alex' kleine Schwester. Na großartig.

»Du siehst mich jetzt aber nicht als kleine Ersatzschwester, weil Melanie die Welt erobert, oder?«

Es war als Scherz gemeint, kam aber sehr viel ernster heraus als geplant. Alex' Blick glitt von meinem Gesicht hinunter über meinen Körper, dann wieder nach vorne auf die Straße. Seine Mundwinkel zuckten.

»Nein, ich glaube, das wird nichts. Obwohl es vieles einfacher machen würde.«

»Was denn zum Beispiel?« Ich hustete, damit Alex nicht hörte, wie rau und belegt meine Stimme auf einmal klang. Mein Herz klopfte schnell, doch Alex ließ sich Zeit mit seiner Antwort.

Er atmete zischend aus und sagte dann: »Die nächsten zehn Wochen zum Beispiel.«

»Ach, warum denn?« Ich grinste ihn an. Alex antwortete nicht, er warf mir nur einen vielsagenden Blick zu und die Schmetterlinge in meinem Bauch wirbelten durcheinander. Mir war klar, was wir hier taten. Wir flirteten und das nicht zu knapp. Doch in dem Moment, als ich dachte, ich könnte hier mit Alex sitzen und ein bisschen Spaß haben, erinnerte ich mich auch wieder, warum wir uns überhaupt getroffen hatten und mein Lächeln verblasste.

Alex merkte nichts davon, er fuhr das Auto in die Auffahrt eines hübschen, nicht allzu großen Hauses und stieg aus.

»Kommst du?« Er steckte den Kopf wieder in den Wagen und blickte mich fragend an, als ich ihm nicht sofort folgte.

Ich zwang mich zu lächeln, stieg aus und folgte Alex dann ins Haus. Fasziniert sah ich mich um. Ich wusste nicht, was ich erwartet hatte, aber das mit Sicherheit nicht.

Es war chaotisch. Vollkommen chaotisch. Aber auch supergemütlich. Im Flur standen unzählige Schuhe und es hingen so viele Jacken in der Garderobe, dass ich mich wunderte, dass sie noch an der Wand hing. Alex führte mich in die Küche, die sauber und ordentlicher war als der Flur, allerdings nur unwesentlich, denn auf der Spülmaschine standen Tassen und Teekannen, über den Stuhllehnen hingen Jacken, die keinen Platz mehr an der übervollen Garderobe gefunden hatten, und auf dem Tisch lagen verschiedene Bücher, Schreibblöcke und Stifte.

Das Wohnzimmer übertraf den Flur noch in seinem Chaos. Bücher, Papier, Stifte, leere oder halbvolle Flaschen und Klamotten lagen überall verstreut. Die Bücherregale waren bis obenhin vollgestopft, jeder Zentimeter wurde ausgenutzt.

Trotzdem wirkte das Haus nicht verwahrlost. Ich war mir sicher, dass hier alle paar Tage geputzt wurde. Es gab aber noch etwas anderes, was dafür verantwortlich war, dass ich mich hier sofort wohlfühlte. Die Wände waren übersät mit Bildern und Fotos.

Ich hatte keine Ahnung von Kunst, ich konnte lediglich beurteilen, ob ich etwas schön fand oder nicht. Aber diese Bilder waren allesamt großartig. Bäume in bunten Farben, pink und blau, hell und zart, grell bunte Blumen. Ein Bild war in Petrol gehalten mit gelben Tupfern, die aussahen wie die herabfallenden Blätter eines Baumes. Insgesamt waren die Bilder ziemlich floral. Es gab eine Pusteblume, die sich auflöste, ein Bild von einem Teich mit Seerosen und ein Bild von einem Mädchen. Sie war sehr schön, obwohl ich nur ihren Rücken sah. Ihre Schulter waren zart und filigran, die Haare waren hochgesteckt. Es war schwarz-weiß, das einzige Bild, das nicht farbig war.

Als ich mir die Fotos näher ansah, erkannte ich, dass es Alex' kleine Schwester sein musste. Ihre Haare waren lang und braun, sie sah Alex überhaupt nicht ähnlich. Nur die Augen waren die gleichen. Genauso leuchtend grün. Ich konnte auf den Fotos nachvollziehen, wie Alex und seine Schwester groß geworden waren.

Hinter mir hörte ich ein leises Lachen. Als ich mich umdrehte, sah ich Alex, der an den Türrahmen gelehnt dastand und mich dabei beobachtete, wie ich mir alles ansah. »Und? Gefällt's dir?«

Ich strahlte ihn an: »Es ist toll. Anders, als ich gedacht hätte. Aber toll.«

Alex stieß sich von der Tür ab und ließ sich auf das riesige blaue Stoffsofa fallen. Er klopfte neben sich auf die Polster und ich setzte mich zu ihm, nachdem ich seine Frage, ob ich etwas trinken wollte, dankend verneint hatte.

»Was hast du denn erwartet?«

»Ich weiß nicht genau. Mehr Ordnung. Eher so wie bei mir. Oder wie bei George und Mum. Nicht so voller ...«

»Chaos?«, schlug Alex grinsend vor.

Ich schüttelte den Kopf. »Nein, so voller Leben. Man sieht, dass hier Menschen wohnen, die sich wohlfühlen und die sich lieben.«

»Das kommt von meiner Mum. Sie ist Künstlerin. Die ganzen Bilder, die hier hängen, hat sie gemalt. Der Dachboden ist ihr Atelier. Das müsstest du mal sehen.«

»Das ist echt toll. Was macht dein Dad?«

»Dad ist Anwalt für Wirtschaft. Er und George sind beste Freunde, sie kennen sich schon ewig. Sie arbeiten in der gleichen Kanzlei. Eigentlich passen Mum und Dad gar nicht richtig zusammen. Die beiden haben praktisch nichts gemeinsam. Aber vielleicht ist das auch der Grund, warum es zwischen den beiden so gut funktioniert.«

Ich seufzte. Dass Beziehungen nicht funktionierten, wenn man sich zu ähnlich war, hatte ich ja an meinen Eltern gesehen. Die beiden hatten zwar nicht zusammengearbeitet, aber wenn beide Elternteile Ärzte waren, bekam man das auch zu Hause zur Genüge mit. Wenn die beiden zum Abendessen da gewesen waren, hatten John und ich immer Geschichten aus dem Krankenhaus zu hören bekommen. Vielleicht wollte ich deshalb nicht Medizin studieren. Weil mich diese Geschichten eher angeekelt und deprimiert hatten und ich das alles nicht so faszinierend gefunden hatte wie John.

»Warum haben deine Eltern sich getrennt?«, fragte Alex, als ich nichts sagte.

»Ich weiß nicht.« Ich seufzte wieder, kickte die Schuhe von den Füßen und zog die Knie an. »Vielleicht hatte Mum einfach die Schnauze voll von Dad. Vielleicht haben sie sich einfach nicht mehr geliebt. Oder sie hatten nicht genug Zeit füreinander. Sie hatten ja schon kaum Zeit für John oder mich. Ständig kamen Operationen dazwischen, Geburtstage und Jahrestage wurden vergessen. Für sich selbst hatten die beiden auch keine Zeit. Sie mussten sich richtig verabreden, um sich überhaupt zu sehen. Ich denke, das wird es gewesen sein. Wenn sie in demselben Krankenhaus gearbeitet hätten, wäre es vielleicht besser gewesen. Oder schlimmer. Dann hätten sie mehr Gelegenheiten gehabt, sich zu streiten.«

»Dann bist du deshalb so biestig geworden? Weil deine Eltern sich haben scheiden lassen und sie nie Zeit für dich und deinen Bruder hatten?«

Prüfend sah ich Alex an. Ich wusste nicht, ob er sich über mich lustig machte oder nicht. Ich beschloss, trotzdem ehrlich zu antworten.

»Nein, ich bin biestig geworden, weil es alles etwas einfacher gemacht hat. Bis jetzt. Du machst mir meine Masche kaputt«, sagte ich vorwurfsvoll.

»Das glaube ich nicht. Ich bin einfach zu charmant für deine Masche. Ich schätze, bei allen anderen funktioniert sie ganz hervorragend«, lachte Alex. Er sah fröhlich aus. Fröhlich und unverschämt gut.

Ich war mir nicht so sicher, ob meine Masche bei den anderen noch funktionierte. Die Tatsache, dass ich ständig an Alex denken musste, verwirrte mich. So vergaß ich in der Schule manchmal, scharf auf dämliche Fragen zu antworten. Stattdessen reagierte ich freundlich. Aber meistens antwortete ich einfach gar nicht. Das half etwas. So konnte ich meinen Status in der Schule teilweise aufrechterhalten. Gar nicht zu antworten war immer noch fies und gemein genug. Die meisten konnte ich ohnehin nicht leiden.

»Hey? Hörst du mir zu?« Alex stupste mich an.

»Hm? Was hast du gesagt?«

»Alles okay?«

»Weißt du was, du machst meine Masche wirklich kaputt. Du bist ... du ... du ...« Ich stammelte vor mich hin und wurde unwillkürlich rot.

»Was ist mit mir?«

Ich antwortete nicht, sondern griff mir stattdessen eines der Kissen und warf es nach ihm. Alex lachte laut. Er fing das Kissen auf und warf es zurück. Ich konnte leider nicht fangen und bekam das Kissen mitten ins Gesicht. Lachen musste ich trotzdem.

Alex beugte sich zu mir herüber. Wieder strich er mir eine Haarsträhne aus dem Gesicht. »Du solltest öfter lachen. Du hast ein schönes Lachen.«

Ich wusste, er würde mich gleich küssen. Oder ich ihn. Gleich. Jede Sekunde. Obwohl es falsch war. Weil er immer noch so tat, als wäre er Maggies Freund, und weil Maggie bald meine Stiefschwester sein würde. Aber ... seine Lippen näherten sich meinen und ich wusste nicht, wie ich es schaffte, doch irgendwie gelang es mir zurückzuweichen.

Verlegen räusperte ich mich. »Zeigst du mir dein Zimmer?«

Alex wirkte einen Augenblick lang überrascht, dann fing er sich wieder und stand auf. »Klar. Komm mit.« Er stand auf, griff nach meiner Hand, zog mich auf die Füße und führte mich durch das Wohnzimmer, die Treppe hinauf und durch einen schmalen Flur, bis wir vor einer geschlossenen Tür stehen blieben.

Er zögerte kurz, öffnete die Tür und ließ mich in sein Reich.

Ich kannte nicht besonders viele Jungenzimmer, abgesehen von Toms, das ich nicht besonders gemocht hatte, weil alle Wände weiß gewesen waren und es mir insgesamt zu kalt und ungemütlich gewesen war. Alex' Zimmer war anders. Nicht so erwachsen, wie ich erwartet hätte.

Verblüfft schaute ich mich um. Die Wand gegenüber wurde von einem großen Fenster beherrscht. Direkt davor stand ein großer Schreibtisch, der super aufgeräumt war. Ein großer Zeichenblock lag auf der Tischplatte, daneben standen mehrere Marmeladengläser, die mit Bunt- und Bleistiften sowie Pinseln gefüllt waren. Neben dem Schreibtisch stand eine leere Staffelei und eine niedrige Kommode. Ich nahm an, dass Alex darin Leinwände und Farbe verstaut hatte. Jetzt machten auf einmal auch seine verfärbten Hände bei unserer Begegnung in *Toni's Place* Sinn.

Die anderen Wände waren zwar weiß gestrichen wie bei Tom, jedoch war von ihnen nicht allzu viel zu erkennen. Über dem Bett hing ein Bücherregal, ein weiteres großes Regal füllte die Wand neben der Tür. Ich registrierte auch die Bücher, die ordentlich gestapelt unter Alex' Bett lagen, weil die Regale schon voll waren.

Alles, was sonst noch von den Wänden zu sehen war, war übersät mit Fotos, Zeichnungen und Bildern, die mit Aquarellfarbe gemalt worden waren. Sie waren atemberaubend.

»Du bist also auch Künstler?«, fragte ich in die Stille hinein und drehte mich zu Alex um, der sich die Nase rieb. Ich erinnerte mich daran, dass er das schon einmal getan hatte, als er verlegen gewesen war, und ich verkniff mir mit Mühe ein Lächeln.

»Nicht direkt«, antwortete er und setzte sich auf sein Bett. Ich blieb stehen, weil ich glaubte, dass es nicht unbedingt die beste Idee war, mich zu ihm zu setzen.

»Nicht direkt?«, wiederholte ich und setzte mich auf den Schreibtischstuhl. Besser wir kamen uns erstmal nicht zu nahe. Sonst würde das mit dem Ausfragen wahrscheinlich nichts werden.

»Na ja, nicht so wie meine Mum. Ich bin nicht so gut wie sie und ich habe bisher auch nur für mich gemalt.«

»Warum?« Ich war neugierig.

»Warum ich nur für mich male?«

»Warum du überhaupt malst«, erwiderte ich, nachdem ich kurz darüber nachgedacht hatte.

Sein Blick ging zur Seite und ich sah, dass er ein Foto anschaute, das ihn und Paul zeigte. Sie mussten darauf etwa sechs Jahre alt sein, hatten die Arme um die Schultern des anderen gelegt und grinsten in die Kamera. Alex' Bein war eingegipst.

»In dem Sommer, als ich sechs war, habe ich mir das Bein gebrochen. Ich bin die Treppe runtergefallen. Meine Freunde waren alle im Sommerurlaub. Das Foto ist vom Ende des Sommers, als Paul wieder da war und der Gips wieder abgenommen wurde. Ich habe im Haus festgesessen und mich zu Tode gelangweilt. Mel war erst drei und nicht unbedingt die beste Spielkameradin. Ganz abgesehen davon, dass ich mich kaum bewegen konnte. Mum hat mich dann mit in ihr Atelier genommen. Damals hatten sie den Dachboden noch nicht ausgebaut und sie hatte ihr Atelier über einem Buchladen in der Stadt. Ich habe ihre Bilder schon als kleiner Junge geliebt und in diesem Sommer hat sie mir gezeigt, wie ich meine eigenen Bilder malen kann.« Alex lächelte bei der Erinnerung an diesen Sommer, sein Blick ging in die Ferne. »Na ja, und als ich erst einmal angefangen hatte, konnte ich nicht mehr aufhören.«

»Und was malst du so?« Ich drehte mich mit dem Schreibtischstuhl einmal um die eigene Achse und schaute Alex wieder neugierig an. Man konnte es zwar in etwa an den Bildern ablesen, die in seinem Zimmer hingen, aber ich wollte es trotzdem von ihm hören.

»Alles Mögliche«, erwiderte er und ich dachte schon, das wäre die einzige Erklärung, die ich bekommen würde, als Alex jedoch aufstand, die Tür der Kommode öffnete und eine große Zeichenmappe herausholte. Er reichte sie mir mit einem verschmitzten Lächeln. »Hier. Du kannst sie dir ansehen.«

Dann setzte er sich wieder auf sein Bett. Ich wusste nicht warum, aber ich zögerte einen Augenblick, bevor ich die Mappe öffnete. Vielleicht weil das Zeichnen für Alex sehr persönlich war, immerhin malte er vor allem für sich selbst, und weil er mir damit eine Seite von sich zeigte, die ich noch nicht kannte.

Als ich es dann doch tat, blickte mir mein eigenes Gesicht entgegen. Verblüfft betrachtete ich das Bild. Es war mit Aquarellfarben gemalt. Alle Konturen waren verschwommen und es war gänzlich in Blautönen gehalten. Dennoch war es eindeutig mein Gesicht und sah unfassbar echt aus.

Behutsam strich ich mit den Fingern darüber und wunderte mich, wie jemand so gut malen konnte. »Das ist toll!«, hauchte ich ehrfürchtig.

»Na ja, es war ehrlich gesagt nicht besonders schwierig, ein schönes Bild von dir zu malen.«

Ich schüttelte den Kopf, noch immer fassungslos. »Danke, aber das meine ich nicht. Du bist richtig gut!«

»Danke!«, antwortete Alex erfreut. Ich sah, wie eine leichte Röte seine Wangen überzog.

Lächelnd nickte ich und blätterte dann die anderen Bilder durch. Es waren so viele. Alle, jedes für sich, sehr ausdrucksstark. Manche waren mit Bleistift oder Buntstift gezeichnet, andere mit Aquarellfarbe gemalt. Während ich die Bilder durchsah, fiel mir etwas auf.

»Das Bild, das unten im Wohnzimmer hängt, das von deiner Schwester … hast du das gemalt?«

»Ja, habe ich. Woher weißt du das?«

Ich deutete auf die Zeichnungen. »Du malst Menschen. Die anderen Bilder unten sind sehr blumig. Es war das einzige, das so ist wie deine Bilder.«

»Gut beobachtet.« Alex grinste mich fröhlich an.

»Eigentlich war es einfach nur geraten.« Verlegen wickelte ich mir eine Haarsträhne um den Finger und zog dann ein anderes Bild aus dem Stapel, um meine Verlegenheit zu überspielen.

»Was hat es damit auf sich?« Ich drehte die Bleistiftzeichnung um, damit Alex sah, von welchem Bild ich sprach.

Er hatte eine Gruppe Jungen und Mädchen für die Ewigkeit eingefangen, die sich lachen und jubelnd in den Armen lagen. Sie trugen Trikots und ein Mädchen hielt einen riesigen Pokal in den Händen.

»Das war dieses Jahr in den Sommerferien. Ich helfe dabei, eine Fußballmannschaft zu trainieren und das Bild habe ich nach dem Abschlussturnier gemalt.

Ich hob fragend die Augenbrauen.

Alex zuckte mit den Schultern und fuhr fort. »Na ja, mir macht Fußball Spaß und ich mag es, die Kleinen zu trainieren. Sie haben noch richtig Freude an dem Sport! Außerdem versuchen wir, ihnen zu vermitteln, wie man in einer Gruppe agiert und wie man sich Teamkameraden gegenüber verhält.«

»Das ist wichtig.« Ich musste zugeben, ich war beeindruckt. So beeindruckt, dass ich einen Moment brauchte, um mich zu sammeln und darüber nachzudenken, was ich Alex als Nächstes fragen wollte.

Vorsichtig legte ich die Zeichenmappe zurück auf den Schreibtisch, stand auf und trat ans Bücherregal. Ich fuhr mit den Fingern über altbekannte Buchrücken wie *Harry Potter* oder *Die Tribute von Panem*, entdeckte aber auch viele Klassiker und eine Menge Bücher, von denen ich noch nie etwas gehört hatte. Ich beschloss, ihn irgendwann mal mit ins *Dream* zu nehmen.

»Darf ich?«, fragte ich Alex, den Blick immer noch konzentriert auf die Bücher gerichtet.

»Klar, bedien dich.«

Ich zog eine zerlesene Ausgabe von F. Scott Fitzgeralds *The Last Tycoon* aus dem Regal und stellte beim Durchblättern fest, dass Alex nicht nur Eselsohren in Bücher machte. Einige Passagen waren mit Bleistift unterstrichen, an anderen Stellen waren unleserliche Notizen an den Rand geschrieben worden. Mit dem Buch in der Hand drehte ich mich zu Alex um und setzte mich wieder. Dieses Mal zu ihm auf sein Bett. »Kann ich dich was fragen?«

»Ja, klar!«

»Du liebst Bücher und Kunst. Und du malst! Außerdem spielst du mit Kindern Fußball, um ihnen beizubringen, Teamplayer zu werden.« Ich machte eine kurze Pause, zögerte, weil ich nicht wusste, ob ich mit meiner nächsten Frage nicht zu persönlich wurde. »Warum studierst du Wirtschaft? So wie ich dich kennengelernt habe, passt das irgendwie nicht zu dir. Das ist nicht böse gemeint, aber ... Weißt du, was ich meine?« Die Frage brannte mir schon auf der Seele, schon seit dem Abend, als ich von seinem Wirtschaftsstudium erfahren hatte.

Alex seufzte. Das Lächeln, das praktisch auf seinen Lippen klebte, erlosch. »Das ist kompliziert. Eigentlich wollte ich Kunst studieren, als ich mit der Schule fertig war, aber meine Eltern waren dagegen. Es ist schwierig, von der Kunst zu leben, meinten sie, und so gut war ich dann auch wieder nicht. Mum wollte nicht, dass ich den gleichen Fehler mache wie sie. Nur dass es bei ihr kein Fehler war. Sie hatte Glück und das nötige Talent. Außerdem hat Dad sie immer unterstützt und das Geld nach Hause gebracht, als sie es noch nicht konnte. Aber mit Wirtschaft kann man später eine Menge machen. Deshalb hab ich mich dafür entschieden.«

»Und willst du das auch?«, fragte ich zaghaft. Alex hatte nicht besonders glücklich ausgesehen, als er jetzt über sein Studium gesprochen hatte.

»Nein, eigentlich nicht. Und deshalb«, er holte tief Luft, »werde ich auch etwas anderes studieren, wenn ich nach dem Semester meinen Bachelor habe.«

»Und was möchtest du machen?« Ich zog die Beine an und legte mein Kinn auf die Knie.

Jetzt lächelte er wieder. »Ich würde gerne etwas mit Kindern machen. Erst habe ich überlegt, Psychologie zu studieren, aber in den letzten Monaten ist mir klar geworden, dass ich eigentlich gerne Lehrer wäre. Ich möchte Kindern etwas beibringen, ihnen zeigen, wie toll Literatur und Kunst sein können.« Die Leidenschaft in seiner Stimme ließ auch mich lächeln.

»Das hört sich großartig an!«, erwiderte ich und sein Lächeln wurde breiter.

»Ja, das finde ich auch. Und du? Du willst ...« Er verstummte abrupt und dann hörte ich es auch. Schnelle Schritte auf der Treppe.

»Alex! Ich bin da! Wo steckst du?«, rief eine helle Mädchenstimme. Alex bekam keine Gelegenheit, etwas zu erwidern. Ohne Vorwarnung wurde die Tür aufgerissen und ein Mädchen stürmte in sein Zimmer.

Alex' Schwester Melanie.

KAPITEL 9

»Alex, hast du meine schwarzen Stiefeletten gesehen? Ich muss gleich los und …« Sie verstummte und blieb ruckartig in seinem Zimmer stehen, als sie ihren Bruder und mich auf seinem Bett sah.

Wieder einmal wurde mir siedend heiß bewusst, dass meine Aufmachung gewöhnungsbedürftig war. Nicht gerade geeignet, um einen einigermaßen guten ersten Eindruck zu hinterlassen. Ich wurde knallrot und machte damit alles nur noch schlimmer. Als wäre ich bei irgendwas erwischt worden, was unangemessen wäre.

Melanie musterte mich abschätzig. Sie war wirklich hübsch: etwa so groß wie ich, schlank, sportlich, mit einem herzförmigen Gesicht. Mit dem spitzen Kinn erinnerte sie mich ein bisschen an Toni. Sie sah anders aus als auf den Fotos. Was aber hauptsächlich daran lag, dass sie jetzt älter war, ihre Augen waren stark geschminkt und ihre Haare um einiges kürzer. Genau genommen waren ihre Haare nur noch einige Zentimeter lang, doch der kurze Schnitt betonte ihre feinen Gesichtszüge nur noch mehr.

»Alex, was tut dieses Mädchen hier?«, fragte sie und sah immer noch mich an und nicht ihren Bruder.

»Dieses Mädchen kann dich hören«, entgegnete ich, bevor Alex auch nur einen Ton herausbringen konnte. Melanies Augenbrauen rutschten überrascht nach oben und ich schenkte ihr als Antwort ein zuckersüßes Lächeln. »Das Mädchen kann auch reden«, fuhr ich fort.

»Schön für dich.« Sie hatte das gleiche Lächeln aufgesetzt wie ich, sah jetzt aber Alex an und verschränkte die Arme vor der Brust. »Wer ist sie und was tut sie hier?«

Alex seufzte. Ich war gespannt auf seine Antwort.

»Mel, das ist Vesper. Sie ist die Tochter von Georges Verlobter. Wir sind zusammen laufen gewesen.«

Er deutete vielsagend auf seine Laufsachen und meine wunderbar ausgeleierte Jogginghose. Die Ausrede war zwar nicht die weltbeste aller Zeiten, aber Alex log ziemlich überzeugend – war das nun gut oder schlecht?! – so überzeugend, dass sogar ich ihm fast geglaubt hätte. Obwohl ich die Wahrheit kannte.

Melanie schien zuerst zu zögern. Dann breitete sich ein Lächeln auf ihrem Gesicht aus. Ein Lächeln, das ich ihr beinahe abgenommen hätte, wenn ihre Augen mich nicht weiter misstrauisch angesehen hätten.

»Dann gehörst du ja praktisch zur Familie«, sagte sie und traf damit, beabsichtigt oder nicht, sowohl Alex' als auch meinen wunden Punkt.

»Ich dachte, du müsstest los«, sagte Alex und warf seiner Schwester einen scharfen Blick zu, der ihr deutlich machte, dass sie jetzt abhauen sollte. Melanie hatte aber nicht vor, uns allein zu lassen. Stattdessen ließ sie sich grinsend zwischen uns aufs Bett fallen und machte es sich gemütlich.

»Und was habt ihr noch so vor?«, fragte sie.

Alex und ich tauschten einen hilflosen Blick. Das Klingeln von Alex' Handy ersparte uns eine Antwort. Meine Erleichterung währte nur kurz.

***

»Maggie«, begrüßte er seine Freundin.

Aus dem Augenwinkel sah ich, wie Melanie ein vielsagendes Lächeln aufsetzte, das irgendwie gehässig war.

Ich hörte, dass Maggie am anderen Ende der Leitung etwas sagte, konnte aber nicht verstehen, was genau. Ich sah nur Alex' Gesicht, das von Sekunde zu Sekunde ungläubiger wurde. Er drehte sich zu mir um und starrte mich an. Irgendwie hatte ich das Gefühl, dass es bei dem Gespräch um mich ging.

»Klar. Ich komme sofort und helfe euch.« Er legte auf, sah mich einen Moment lang schweigend an und stand dann auf.

»Vesper, komm! Wir müssen los«, sagte er scharf. Er sah mich mit einem Blick an, bei dem ich mich am liebsten irgendwo verkrochen hätte.

»Was ist denn?«, fragte Melanie.

»Das geht dich nichts an«, fuhr Alex sie an. »Du wolltest doch eh los. Also mach dich fertig und misch dich nicht in die Angelegenheiten anderer Leute ein.«

Er war eindeutig sauer. Ich fragte mich nur, auf wen. Ziemlich sicher auf mich. So wie er mich anschaute, bestand kein Zweifel. Aber warum?

»Vesper, jetzt komm schon.« Alex trat unruhig von einem Fuß auf den anderen. Ich rappelte mich auf und schlüpfte in meine Schuhe. Ich verabschiedete mich kurz von Melanie, die für meinen Geschmack viel zu schadenfroh aussah, und folgte Alex.

Wir saßen schon eine ganze Weile im Auto, als er endlich wieder mit mir redete. Er hatte mich die ganze Zeit nicht angesehen. Und tat es auch jetzt nicht.

»Du hättest mir ruhig sagen können, dass du von zu Hause abgehauen bist.«

Ich starrte ihn fassungslos an. Das war doch wohl nicht wahr. »Bin ich aber nicht«, widersprach ich schließlich.

»Und warum ruft Maggie mich dann total aufgelöst an? Deine Eltern machen sich Sorgen, alle machen sich Sorgen. Sie suchen nach dir. Das kannst du doch nicht machen!«, sagte er aufgebracht.

»Du hast doch keine Ahnung!«

Ich wollte raus aus diesem Auto und weg von Alex. Weg von diesem Mann, der mich in einem Moment küssen wollte und im nächsten wütend auf mich war.

Aber so leicht ließ es sich nicht aus einem fahrenden Auto springen. Also verschränkte ich die Arme und schaltete auf Abwehr. Erst mal. »Du hast doch keine Ahnung, wie es sich anfühlt, wenn man von seinen Eltern so wenig geliebt wird, dass sie einen hin- und herschicken, so wie es ihnen gerade passt! Mum hat mich bei Dad abgeladen, als sie mit George um die Welt gereist ist, und jetzt macht Dad genau das Gleiche, weil er und Hannah Zeit für sich brauchen, weil diese blöde Kuh schwanger ist und Dad sich eine neue Familie anschafft. Genau wie Mum. Sie tun immer so, als wären sie viel besser als der andere. Aber sie sind beide gleich! Selbstsüchtig und gemein! Ist ja schön, dass sie sich Sorgen machen! Das wäre das erste Mal seit vier Jahren, dass sie sich mal für etwas anderes als für sich interessieren!« Ich war kurz davor, wieder in Tränen auszubrechen.

Alex bremste so ruckartig, dass ich im Gurt zuerst nach vorne geschleudert wurde und dann hart wieder gegen die Rücklehne prallte.

Das Auto stand und ich wollte die Gelegenheit, mich aus dem Staub zu machen, ergreifen. Leider ließ Alex mich nicht gehen.

Er packte mich am Arm, als ich aussteigen wollte, und zog mich, nicht besonders sanft, zurück auf den Beifahrersitz.

»Warum hast du mir nichts davon gesagt?«, fragte er. Er sah verletzt aus.

»Warum? Weil wir zwei uns so gut kennen?« Ich schnitt ihm eine Grimasse. Darauf schien ihm nichts einzufallen, denn er schwieg ein paar Minuten. Irgendwann hielt ich die Stille nicht mehr aus. »Ich meine ... wir kennen uns ungefähr seit drei Sekunden und jedes Mal, wenn wir uns sehen, küssen wir uns, obwohl es komplett falsch ist. Wir wissen doch absolut nichts voneinander und ...«

»Das stimmt nicht. Du weißt inzwischen eine ganze Menge über mich«, wiedersprach er. »Aber na gut, ich weiß, was du meinst. Du hast ja recht. Aber ... warum ist es falsch, dass wir uns küssen?« Wieder grinste er, aber ausnahmsweise war sein Grinsen etwas wackelig.

Ich knuffte ihn gegen den Oberarm. Meine Wut war zwar nicht verflogen, aber zumindest so weit runtergekühlt, dass ich mich wieder einigermaßen normal benehmen konnte.

»Weil du erstens offiziell immer noch mit Maggie zusammen bist. Zweitens, weil du, selbst wenn ihr nicht mehr zusammen seid, der Ex-Freund von meiner Beinahe-Stiefschwester bist. Weil ich dich drittens kaum kenne und viertens, weil ich ...«, ich zögerte kurz, »... jünger bin als deine kleine Schwester. Und ich bin mir fast sicher, dass mich das am meisten stört an der ganzen Geschichte.« Ich verzog das Gesicht und funkelte Alex an, als er anfing zu lachen.

»Das ist nicht witzig!«, empörte ich mich.

»Nein, das ist wirklich nicht witzig. Tut mir leid.«

»Und jetzt?«, fragte ich und sah ihn unschlüssig an. »Was machen wir jetzt?«

»Jetzt fahre ich dich zu George und Claire. Deine Eltern müssen wissen, dass es dir gut geht. Auch wenn du glaubst, dass es sie nicht interessiert.«

Ich seufzte. Damit hatte ich gerechnet. »Ich weiß. Aber das meinte ich nicht.«

Alex griff über mich hinweg und schloss die Autotür. Dann schnallte er zuerst mich und dann sich wieder an und startete den Wagen. »Weiß ich auch«, erwiderte er.

»Und warum sagst du mir dann nicht, was wir jetzt machen?« Ich sah ihn an, aber er wich meinem Blick aus und schaute stattdessen fest auf die Straße.

»Weil ich es nicht kann.«

***

Als wir bei Mum und George ankamen, war es schon lange dunkel. Im Haus brannte Licht und es war offensichtlich jemand zu Hause. So große Sorgen machten sie sich also doch nicht um mich. Nicht genug, um sich auf die Suche zu machen.

Ich erwartete, dass Mum da war. Doch es war Maggie, die die Tür öffnete, blass und besorgt. Erleichterung zeichnete sich auf ihrem Gesicht ab, dann Überraschung, als sie begriff, dass ich zusammen mit Alex ankam.

Doch wieder einmal erwies Alex sich als guter Lügner. »Ich hab sie auf der Straße aufgelesen. Sie war gerade auf dem Weg zu euch.«

»Gott sei Dank! Ich schicke Dad sofort eine Nachricht.«

»Alles klar«, sagte Alex und schob mich durch die Tür ins Haus.

Maggie nahm ihn in den Arm. »Warum hat sie deine Jacke an?«, fragte sie.

»Sie hatte keine Jacke dabei. Ich hatte sie noch im Auto, also hab ich sie ihr gegeben.«

»Ich weiß gar nicht, warum sie sich so anstellt. Sie soll ja nur für zwei Wochen hier wohnen, damit sie nicht allein zu Hause ist, wenn ihr Dad mit seiner Freundin in den Urlaub fährt.«

Ich schnaubte. Maggie glaubte anscheinend, ich würde sie nicht verstehen. Oder sie ignorierte einfach, dass ich neben ihr stand und nicht taub war. Aber bevor einer von uns noch etwas sagen konnte, hörten wir zwei Autos vorfahren. Sie mussten schon auf dem Weg hierher gewesen sein. Ich verkroch mich im Wohnzimmer. Wenn sie mich zu viert in die Mangel nahmen, saß ich ganz schön in der Klemme. Mit Mum und Dad alleine würde ich vermutlich klarkommen. Aber George und Hannah würden sich wohl auch einmischen. Das konnte ja witzig werden.

Ich hörte Alex und Maggie in der Küche leise streiten. Ich fragte mich, ob Maggie jemals laut wurde. Ob sie jemals herumschrie. So wie ich. Sie wirkte nicht so.

Die Haustür ging auf und wieder zu. Ich hörte Mums hysterische Stimme schon, bevor ich sie sah. Unwillkürlich straffte ich mich. Ich würde nicht klein beigeben. Nicht jetzt. Ich war nicht schuld. Ich hatte nichts Schlimmes getan. Dieses Mal nicht.

»Wo ist sie?«

Ich hörte eine gemurmelte Antwort, dann stürmten sie alle vier ins Wohnzimmer. Mum kochte vor Wut, Dad war auch sauer, Hannah und George dagegen wirkten einfach nur irgendwie überfordert.

Und in dem Moment, in dem ich in Mums ungehaltenes Gesicht sah und Dad mir einen Blick zuwarf, in dem ich zumindest einen Ansatz von Verständnis erkennen konnte, in dem Moment sagte ich schon: »Und Mum, weißt du schon, dass Dad und Hannah ein Baby bekommen?«

Es war heraus, bevor ich eine Sekunde Zeit hatte, daran zu denken, was ich da sagte. Mum wurde kreidebleich. Genau wie Hannah. Dad und George dagegen stand der Mund offen und Maggie und Alex, die im Esszimmer darauf warteten, dass die Lage sich beruhigte, warfen uns einen betroffenen Blick zu.

Alex' Augen fragten mich, ob alles okay sei, aber ich schüttelte nur mit dem Kopf. Welches Chaos hatte ich nur jetzt wieder angerichtet?

KAPITEL 10

Mit der Diskussion, die nun folgte, hatte ich dankenswerterweise nicht allzu viel zu tun.

Sie lief wie folgt ab:

Mum: »Das ist ja großartig! Hat unsere Tochter nicht schon genug mitgemacht? Musst du deine Freundin unbedingt schwängern, wenn ich heiraten will?«

Dad: »Es ist ja nicht so, als wäre das Absicht gewesen! Es war nicht geplant, dass das jetzt passiert!«

Hannah (den Tränen nahe): »Na, vielen Dank auch! Ist ja schön zu wissen, wie sehr du dich freust!«

Dad: »So war das nicht gemeint! Du weißt, dass ich mich freue, auch wenn es ein ungünstiger Zeitpunkt ist.«

Hannah schluchzte auf und brach in Tränen aus.

Mum: »Na toll, Richard. Eine echte Glanzleistung! Musst du heute alle zum Heulen bringen?«

Dad umfasste sanft Hannahs Schultern, aber sie riss sich los und blickte ihn sichtlich verletzt an. Sie sagte etwas, allerdings zu leise, um es verstehen zu können.

Mum: »Du hättest mir auch ruhig die Wahrheit sagen können. Es ist nicht so, als würde ich damit nicht klarkommen. Warum hast du mir nicht die Wahrheit gesagt, Richard? Wieso muss ich von unserer Tochter erfahren, dass deine Freundin schwanger ist? Und dass du überhaupt eine Freundin hast?«

Dad war sichtlich überfordert und hob die Schultern. Er fand keine Worte. Ich konnte es ihm nicht verdenken.

Mum: »Also schickst du Vesper zu mir, damit ihr zwei in Ruhe über eure Zukunft nachdenken könnt. Vielleicht solltest du auch mal an deine anderen Kinder denken!«

George: »Können wir uns jetzt alle wieder beruhigen? Rumschreien nützt keinem von uns etwas.«

Da gab ich ihm recht. Das nützte wirklich nichts. Es brachte Hannah nur zum Weinen und ich fühlte mich noch schlechter, als ich es ohnehin schon tat, weil die Wahrheit einfach so aus mir herausgeplatzt war.

Andererseits war es ganz schön dämlich von Dad, Mum nicht die Wahrheit zu sagen. Was hatte er geglaubt? Dass ich in den nächsten zwei Wochen nichts sagen würde?

»Es geht doch hier nicht um uns, sondern um Vesper. Vielleicht sollten wir uns auch um sie kümmern.«

Seine Stimme klang scharf, etwas, das ich George gar nicht zugetraut hätte, aber Hannah hörte augenblicklich auf zu weinen und Mum und Dad hörten auf, sich giftig anzufunkeln. Dann richteten sie alle ihre geballte Aufmerksamkeit auf mich.

Na toll.

»Was wollt ihr jetzt von mir hören?«, fragte ich, als keiner von ihnen etwas sagte. Angriff war ja bekanntlich die beste Verteidigung, oder? Nur dass das gerade eben schon nicht funktioniert hatte.

»Warum bist du weggelaufen, Vesper? So ein Verhalten kennen wir gar nicht von dir. Du bist doch sonst so vernünftig«, sagte Mum und schaffte es, dabei gleichzeitig enttäuscht und ziemlich vorwurfsvoll auszusehen.

Ich schnaubte. Aus dem Augenwinkel sah ich, wie Maggie Alex aus dem Raum zog. Es versetzte mir unwillkürlich einen Stich.

»Mum, du kennst mich überhaupt nicht mehr. Du weißt nicht mehr, wer ich bin und was ich tue. Ich bin nicht weggelaufen. Ich bin nur rausgegangen, um einen freien Kopf zu bekommen und ich hab mein Handy zu Hause liegen gelassen. Das passiert schon mal. Es war keine Absicht und ich hatte auch nicht vor, aus Trotz auf der Straße zu leben. Ich wäre schon zurückgekommen. Bei dem Wetter ist es draußen echt zu kalt.«

Ich verfiel in alte Muster. Sarkasmus und Bissigkeit. Aber ich wusste nicht, was ich sonst tun sollte. Vier Erwachsene auf einmal, die alle etwas von mir hören wollten, das ich nicht sagen konnte, waren zu viel für mich.

»Vesper, jetzt sei doch bitte mal ernst«, tadelte Dad mich und handelte sich dafür einen Stoß von Hannah ein, was sie mir ein klein bisschen sympathischer machte. Aber nur ein bisschen.

»Ich *bin* ernst. Total! Weißt du eigentlich, wie es sich anfühlt, wenn dir an einem Tag gesagt wird, dass deine Mutter heiratet, dein Vater noch ein Kind bekommt und …« Ich musste mich konzentrieren, um Alex nicht in diese Aufzählung mit einzubeziehen. Es war schwieriger als gedacht. Stattdessen wich ich auf Tom aus. »Tom und ich haben uns an genau dem Tag getrennt. Das war also alles andere als witzig. Und jetzt, zwei Wochen später, verkündest du mir, dass du mich für zwei Wochen bei Mum ablädst, um mit deiner neuen Freundin deine neue Familie zu planen. Und das, obwohl Mum mich letztes Jahr bei dir abgeladen hat, um mit *ihrem* Freund *ihre* neue Familie zu planen. Das hast du dir wirklich großartig abgeschaut. Also ja, Dad. Ich bin ernst. Aber ich hab keine Lust mehr, verstehst du das? Weißt du, worauf ich mich richtig freue? Wenn ich endlich mit der Schule fertig bin und ausziehen kann. Dann bin ich euch nicht mehr im Weg bei all euren Planungen und muss mich auch nicht mehr hin- und herschieben lassen wie ein ungeliebtes Haustier!«

Ich atmete schwer, als ich geendet hatte, und starrte in vier Augenpaare, in denen von Abwehr über Verständnis bis hin zu Schuld alles zu sehen war.

Keiner sagte ein Wort. Wieder war ich es, die das Schweigen brach.

»Gut. Könnt ihr dann klären, wo ich heute Nacht schlafe? Ich gehe so lange nach oben. Ihr könnt mich rufen, wenn ihr das ausdiskutiert habt.«

Ohne auf eine Antwort zu warten, rauschte ich aus dem Wohnzimmer. Ich lief die Treppe hoch und wusste dann nicht mehr, wohin. Ich kannte mich hier schließlich nicht aus.

Dann hörte ich leise Stimmen und beschloss, mich zu Alex und Maggie zu gesellen. Alleine im Flur herumstehen würde den Abend auch nicht mehr retten. Ganz abgesehen davon, dass nichts mehr übrig war, das hätte gerettet werden können.

Ich klopfte an eine Tür, die vermutlich zu Maggies Zimmer führte, und trat ein, als sie »Herein!« rief. Sie schien nicht mit mir gerechnet zu haben, doch sie fing sich schnell. Mein Blick zuckte zu Alex, der im Schneidersitz auf ihrem Bett saß und irgendwie dorthin gehören zu schien. Wieder versetzte es mir einen Stich.

Maggie kam auf mich zu, als ich die Tür hinter mir schloss. Bevor ich etwas dagegen tun konnte, hatte sie mich schon in ihre Arme geschlossen.

»Es tut mir so leid! Ich wusste nicht, dass du bei uns wohnen sollst, weil die Freundin von deinem Dad schwanger ist! Ich dachte, du wolltest einfach nicht zu uns kommen, weil du doch auch bisher so selten da warst und ...« Sie brach ab, löste sich von mir und setzte sich auf den Schreibtischstuhl. Sie deutete auf ihr Bett und forderte Alex auf, mir Platz zu machen, aber ich ließ mich stattdessen auf den Fußboden sinken. Mich jetzt neben Alex zu setzen, schien mir nicht die beste Idee zu sein. Ich fixierte mich auf Maggie und stellte bestürzt fest, dass in ihren Augen Tränen standen.

»Ist schon gut. Konntest du ja nicht wissen«, murmelte ich betreten und wusste weder, wohin mit meinen Händen, noch, wohin ich gucken sollte.

Ich musste mich ziemlich zusammenreißen, um nicht ständig zu Alex rüberzusehen. Um mich abzulenken, sah ich mich in Maggies Zimmer um und stellte überrascht fest, dass es meinem gar nicht so unähnlich war. Die Wände waren in einem hellen Pastellgrün gestrichen, die Möbel weiß. Auch hier waren, ebenso wie unten im Wohnzimmer, viele Bücher. Im Gegensatz zu meinen Regalen füllten die ihren aber vor allem Klassiker und Gesetzbücher.

Das Bett stand vor dem Fenster und auf dem Boden lag ein weißer flauschiger Teppich. Das Zimmer war sehr ordentlich, aber ich hatte auch nicht wirklich etwas anderes erwartet.

»Und, was habt ihr heute noch so vor?«, fragte ich, als mir die Stille im Zimmer zu viel wurde. Alex und Maggie wechselten einen Blick. Maggie strich sich nervös die Haare hinter die Ohren. Beinahe hätte ich aufgelacht. Sie wollte mich offensichtlich nicht anlügen. Sie tat es trotzdem.

»Mal schauen. Wir wollten eigentlich ins Kino, aber jetzt ...« Sie verstummte und zuckte mit den Schultern.

Eine weitere Unterhaltung blieb uns erspart. Von unten kam Mums Stimme, die meinen Namen rief.

»Ich muss los«, seufzte ich und wäre fast schon aus dem Zimmer gewesen, doch Maggie hielt mich zurück. Sie sprang auf und griff nach meiner Hand.

»Hör mal, Vesper, ich weiß, dass das alles ziemlich schwierig ist im Moment. Aber ... na ja, wenn du mal Hilfe brauchst oder mit jemandem reden willst ... dann kannst du gerne zu mir kommen. Wir sind immerhin bald Stiefschwestern.« Sie lächelte und mir wurde klar, dass ihr das wirklich wichtig war. Wie es aussah, hatte ich Maggie vollkommen falsch eingeschätzt.

»Danke, das ist lieb«, erwiderte ich, unsicher, wie ich darauf richtig reagieren sollte. Als ich Maggie anlächelte, weil ich nicht wusste, was ich sonst tun sollte, strahlte sie.

Ich nickte ihr zu. Bevor ich das Zimmer verließ, sah ich noch einmal zu Alex hinüber, der mir aufmunternd zulächelte. Ich konnte einfach nicht anders. Ich musste ihn ständig ansehen und das machte mir Angst.

Was geschah hier mit mir? Wieso fühlte ich auf einmal so viel?

Hastig zog ich die Tür hinter mir ins Schloss und lief die Treppe hinunter.

Mum und Dad hatten beschlossen, dass ich diese Nacht bei Dad bleiben würde, damit ich morgen mein Zeug packen und zu Mum ziehen konnte.

Ich hatte keine Nerven mehr, mich mit ihnen zu streiten und auch keine Lust. Also akzeptierte ich es so, wie sie es haben wollten, und fuhr mit Dad und Hannah nach Hause. Die Fahrt war angefüllt von peinlichem Schweigen. Ich wollte mich nicht entschuldigen, obwohl die beiden ganz eindeutig darauf warteten. Aber ich sah nicht ein, den Anfang zu machen. Immerhin waren die beiden die Erwachsenen und ich offensichtlich nur das kleine Mädchen, das keine zwei Wochen allein zu Hause verbringen konnte.

Ich war schon aus dem Auto, bevor Dad den Motor abgestellt hatte, und wollte demonstrativ ins Haus marschieren, als mir auffiel, dass ich gar keinen Schlüssel hatte. Die Chance auf Dramatik war damit verpasst.

Dad warf mir einen kurzen Blick zu. Er wollte irgendwas sagen, aber dann hielt er doch den Mund, stieg ebenfalls aus dem Auto und wir gingen ins Haus. Ich lief sofort nach oben, ignorierte Dad, der mir hinterherrief und schloss mich in meinem Zimmer ein.

Ich zog meinen Koffer unter meinem Bett hervor und warf wahllos Klamotten hinein. Ich hatte keine Ahnung, was ich in den nächsten zwei Wochen brauchen würde.

Schließlich packte ich meine Schuluniform ein, ein paar Jeans, T-Shirts und Pullover, Unterwäsche, Sportsachen und Schuhe.

Als mein Handy klingelte, freute ich mich im ersten Moment, dass ich mich gleich bei meiner besten Freundin ausheulen könnte. Aber Toni war mit Paul unterwegs. Das Display zeigte eine unbekannte Nummer an und mein Herz klopfte auf einmal viel zu schnell. Ich wusste, noch bevor ich abnahm, wer am anderen Ende der Leitung war.

»Hey.« Meine Stimme klang rau und ich wurde rot. Gott sei Dank konnte das niemand sehen.

»Hey! Alles in Ordnung?«

Ich atmete tief durch. »Nein. Aber das weißt du längst. Also warum rufst du an?«

»Eigentlich wollte ich dir nur eine gute Nacht wünschen.« Das Lächeln, das ihm auf den Lippen lag, war ihm förmlich anzuhören. Ich konnte es vor mir sehen und es verschlug mir die Sprache. Was sollte ich darauf sagen? Dass es unglaublich süß war, dass er mich anrief, um mir eine gute Nacht zu wünschen? Denn das war es.

»Du solltest das nicht tun«, flüsterte ich so leise, dass ich mir nicht sicher war, ob Alex es hörte.

Er schwieg, aber ich hörte ihn atmen. Ich zählte sieben Atemzüge, bevor er antwortete.

»Ich weiß.« Er sprach genauso leise wie ich.

Ich fragte mich, ob er noch bei Maggie war. Aber nein, das konnte nicht sein. Dann würde er mich nicht anrufen. Was mich auf einen anderen Gedanken brachte.

»Woher hast du eigentlich meine Nummer?«, fragte ich neugierig.

Wieder hörte ich Alex lächeln und wieder schlug mein Herz schneller und in meinem Bauch begann es zu kribbeln. »Ich hab Paul gefragt und er hat mir deine Nummer von Toni besorgt.«

»Alex, wir können das nicht tun.«

Ich wiederholte mich. Nicht nur um Alex davon zu überzeugen, sondern auch mich selbst. Aber was genau ging nicht? Dass wir telefonierten? Daran war nichts Verwerfliches. Eigentlich. Dann wurde mir klar, dass es das doch war. Es ging nicht ums Telefonieren. Es ging um die zufälligen Treffen, die jedes Mal damit endeten, dass wir uns küssten. *Das* konnten wir nicht tun.

»Sag mir doch bitte nochmal, was genau nicht.«

Jetzt hörte ich sein Lächeln nicht mehr. Er klang ernst. Ich wechselte das Telefon von der einen in die andere Hand und seufzte.

»Weil du immer noch mit Maggie zusammen bist, zumindest offiziell.«

»Aber nach der Hochzeit ...«

»Nach der Hochzeit«, unterbrach ich ihn, »bist du Maggies Ex-Freund und ich bin Maggies Stiefschwester. Außerdem ... was zum Teufel ist zwischen uns, dass wir ... keine Ahnung ... Alex, was ist das mit uns beiden?«

»Ich weiß es nicht! Ich weiß nur, dass ich ... Ich will dich kennenlernen, Vesper. Richtig kennenlernen und dann ... dann sehen wir weiter.«

Ich wusste, dass es falsch war. Es wäre richtig gewesen, jetzt schon einen Schlussstrich zu ziehen, bevor überhaupt irgendwas anfing. Es wäre richtig gewesen, Alex nur zu sehen, wenn es sich nicht vermeiden ließ – also bei George und Mum, wenn ich nicht rechtzeitig ahnen würde, dass er kommen würde. Es wäre richtig gewesen, seine Nummer sofort aus meinem Handy zu löschen, sobald er auflegte. Es wäre richtig, weil man einfach nichts mit dem Ex-Freund der Stiefschwester anfing. Absolut gar nichts. Keine Affäre und erst recht keine Beziehung oder was auch immer das werden sollte mit uns.

Aber ich tat nicht das Richtige. Keine Ahnung, ob es an diesem ohnehin furchtbaren Tag lag, an dem ich schon so viel falsch gemacht hatte oder ob ich einfach selbstsüchtig war – denn es war selbstsüchtig –, aber ich sagte: »Okay.«

»Okay?« Die Ungläubigkeit in Alex' Stimme ließ mich auflachen.

»Ja, okay. Und jetzt geh ich schlafen.« Ich musste auflegen, um nachdenken und wieder einen klaren Kopf zu kriegen.

»Also: Gute Nacht, Vesper, und schlaf schön.« Jetzt hörte ich ihn wieder lächeln.

»Gute Nacht, Alex.«

»Träum was Schönes«, verabschiedete er sich und legte auf.

Schlafen. Träumen.

Ich ließ mich auf mein Bett fallen, griff nach einem Kissen und drückte es an meine Brust. Mein Herz schlug noch immer viel zu schnell und ich merkte erst, dass ich schon eine ganze Zeit lang lächelte, als meine Wangen anfingen wehzutun.

Ich grinste vor mich hin wie eine Irre, aber ich konnte einfach nicht damit aufhören. Mein Lächeln verblasste erst, als ich einschlief.

KAPITEL 11

Als ich am nächsten Morgen aufstand, ging ich zuerst laufen. Ich musste nachdenken. Nachdem ich noch geduscht hatte, setzte ich mich mit einem Block an den Schreibtisch und begann meine Probleme aufzulisten:

1. Mum würde im Januar heiraten.
2. Hannah war schwanger. Ich hatte noch schätzungsweise sechs Monate, bis ich einen kleinen Bruder oder eine kleine Schwester haben würde.
3. Meine Eltern wussten nicht, bei wem ich in Zukunft wohnen würde, und ich hatte kein Mitspracherecht.
4. Ich war drauf und dran, etwas völlig Falsches mit Alex anzufangen.
5. Ich hatte zwar keine Ahnung, wie es sich anfühlte, aber ich befürchtete, dass ich mich in Alex verlieben würde, wenn wir uns tatsächlich besser kennenlernten.
6. Ich konnte mich unmöglich in den Ex-Freund meiner Stiefschwester verlieben. So was machte man nicht. Nicht mit den Ex-Freunden seiner Freundinnen und erst recht nicht mit den Ex-Freundinnen von (Stief-)Schwestern.
7. Ich war viel zu jung für Alex. Er hatte darüber zwar noch kein Wort verloren, aber mir war das durchaus bewusst.
8. Ich wusste nicht, wie ich Alex kennenlernen und gleichzeitig so tun sollte, als würden wir uns kaum kennen, wenn wir uns bei Mum und George begegneten.
9. Ich sollte mich ganz dringend von Alex fernhalten, einen anderen Jungen kennenlernen und mich in den verlieben.
10. Punkt 9 war keine Option.

11. Alex brachte mich so durcheinander, dass ich meine Eisprinzessinnenmasche nicht mehr richtig durchziehen konnte. Und das wiederum würde mir vermutlich noch Probleme in der Schule bereiten.
12. Maggie war eigentlich ziemlich nett und ich würde in den nächsten Jahren noch viel Zeit mit ihr verbringen. Eine Beziehung von mir und Alex wäre vermutlich kein guter Grundstein für eine Freundschaft oder was auch immer zwischen Maggie und mir.

Ich legte den Stift weg und sah mir die Liste an. So. Jetzt wusste ich zumindest schon einmal, welche Probleme ich hatte. Wie ich sie lösen sollte, wusste ich allerdings noch nicht. Später würde ich Toni fragen. Hoffentlich fiel ihr etwas ein.

Ich machte mich fertig, nahm meinen Koffer, der deutlich schwerer war als geplant, aber ich würde den Teufel tun und Dad um Hilfe beim Tragen bitten. Ich polterte die Treppe hinunter. Dad und Hannah saßen in der Küche beim Frühstück.

»Können wir los?«, fragte ich. Hannah und Dad wechselten einen Blick, den ich nicht deuten konnte. Dad stand auf und ging in den Flur, um sich Jacke und Schuhe anzuziehen.

Ich wollte ihm folgen, doch Hannahs Stimme hielt mich auf. »Vesper, hast du eine Sekunde Zeit?«

Ich drehte mich wieder zu ihr um und sah sie ungehalten an. »Was ist?«, fragte ich ungeduldig. Wenn sie mich schon loswerden wollten, wollte ich auch schnell verschwinden.

»Wenn wir wieder da sind, können wir zwei uns dann mal zusammensetzen und miteinander reden? Ich will nicht, dass es so ist zwischen uns … Dass du mich hasst und ich das Gefühl habe, dir deinen Vater wegzunehmen.«

Ich wollte ihr sagen, dass sie es dann doch auch lassen sollte, hielt aber den Mund.

»Ich will, dass du dich einbezogen fühlst. Dein Dad liebt dich und ich … ich dachte, wir könnten vielleicht … Freundinnen werden.«

Freundinnen. Irritiert rieb ich mir die Stirn. Damit hatte ich nicht gerechnet. Wie damit jetzt umgehen? Mich mit Hannah anzufreunden, stand nicht ganz oben auf der Liste mit den Dingen, die ich unbedingt erledigen wollte. Hannah sah mich jedoch so flehentlich an, dass ich sie unmöglich vor den Kopf stoßen konnte. Es war ihr wohl wirklich wichtig, dass wir miteinander klarkamen, und mir fehlten die Nerven für eine patzige Antwort.

»Lass mir etwas Zeit, okay? Ich brauche Zeit zum Nachdenken.«

Hannah nickte erleichtert und ich machte mich so schnell wie möglich aus dem Staub.

***

Bei Mum und George zu wohnen, war eigentlich nicht so schlimm wie erwartet. Ich hatte ein eigenes Zimmer mit einem supergroßen, superbequemen Bett. Mum und George waren nicht da, als ich ankam. Irgendwas wegen der Hochzeit. Maggie erwartete mich, allerdings hatte sie keine Zeit für mich. Sie schrieb noch Klausuren und musste lernen. Aber sie versprach, dass wir am Nachmittag etwas zusammen machen würden. Nicht dass ich das unbedingt wollte, aber es war besser als nichts. Ich saß in diesem tollen Zimmer, das zwar echt schön und gemütlich war, aber eben auch ziemlich unpersönlich und einfach nicht meins, und langweilte mich zu Tode.

Schon mehrfach hatte ich versucht, Toni zu erreichen, aber sie nahm nicht ab. Entweder schlief sie noch, weil der gestrige Abend lang geworden war, oder aber sie war noch bei Paul und dann konnte ich durchaus verstehen, warum sie nicht ans Telefon ging.

Also packte ich als Erstes meinen Koffer aus, verteilte meine ganzen Klamotten im Zimmer, sodass es ein bisschen nach mir aussah, und ging nach unten. Ich sah mich genauer im Haus um, ging die Bücherregale im Wohnzimmer durch, las fast jeden Autor und jeden Titel und hatte danach wieder nichts zu tun.

Zu rastlos, um zu lesen, ging ich schließlich wieder auf mein Zimmer, zog meine Sportklamotten an und lief zum zweiten Mal an diesem Tag los.

Schließlich war es schon ein paar Stunden her, dass ich unterwegs gewesen war. Dieses Mal dachte ich aber daran, Maggie Bescheid zu sagen. Nicht dass gleich wieder ein ganzer Suchtrupp losgeschickt würde, weil sie glaubten, ich wäre erneut weggelaufen.

Zunächst wusste ich nicht, wo meine Füße mich hintrugen. Nach einer Weile erkannte ich jedoch die Gegend, in der ich war. Johns Wohnung war nicht weit entfernt und ich beschloss, meinem Bruder einen spontanen Besuch abzustatten.

Als er die Tür öffnete, war ihm seine Überraschung so deutlich anzusehen, dass ich beleidigt das Gesicht verzog.

»Was willst du denn hier?«, fragte er.

Ich quetschte mich an ihm vorbei in die Wohnung, griff nach einer Wasserflasche, die auf dem Küchentisch stand und trank einen Schluck, bevor ich ihm antwortete. John hatte sich auf sein Sofa gesetzt, war unter eine Wolldecke gekrochen und gähnte. Anscheinend hatte ich ihn aus dem Bett geholt.

»Hast du es noch nicht gehört? Ich wohne jetzt bei Mum. Erstmal nur für zwei Wochen, aber es würde mich nicht wundern, wenn ich bei ihr bleiben würde. Dad und Hannah fahren weg, um ... keine Ahnung, was sie vorhaben. Wahrscheinlich wollen sie in Ruhe die Sache mit dem Baby klären.«

»Warum das? Du kannst doch allein zu Hause bleiben. Du bist doch alt genug.«

»Danke! Echt, danke! Du bist wahrscheinlich der Einzige, der mich nicht wie eine Fünfjährige behandelt.«

»Weil ich weiß, dass du auch erwachsen sein kannst, wenn du willst.« Er klopfte auf den Platz neben sich und ich kroch zu ihm unter die Decke, nachdem ich meine Schuhe ausgezogen hatte. Ich lehnte den Kopf an seine Schulter und war dankbar, dass John sich nicht darüber beschwerte, dass ich hierher gejoggt und etwas verschwitzt angekommen war.

»Wenn du noch ein Zimmer hättest, hätte ich auch bei dir wohnen können«, murmelte ich. Auf einmal war ich ganz schläfrig. Richtig müde. Mir fielen die Augen zu.

»Weißt du, ich glaube nicht, dass es ihnen darum ging, dass sie dich nicht alleine lassen wollten. Ich schätze, Mum hat dich ganz gerne mal wieder bei sich. Sie will sich mit dir vertragen, Vesper. Schon lange. Und wenn du nicht genauso ein Sturkopf wärst wie sie, würde das vielleicht auch klappen«, erwiderte John. Er nahm mich in den Arm und drückte mich. Ich nickte, aber für eine Antwort fehlte mir die Kraft. Johns Anwesenheit beruhigte mich. Meine Gedanken wurden träge, meine Probleme traten in den Hintergrund und zum ersten Mal seit langem fühlte ich mich sicher und geborgen.

Ich war ... so müde.

***

Das Klingeln meines Handys weckte mich wieder auf. John war nirgendwo zu sehen, aber ich hörte das Rauschen der Dusche. Gähnend rappelte ich mich auf und musste lächeln, als ich merkte, dass mein Bruder eine Decke über mir ausgebreitet hatte. Ich kramte nach meinem Handy, das ich unter meiner Hüfte fand. Alex' Name blinkte mir entgegen und mein Herz machte einen Satz.

»Hast du Lust, laufen zu gehen?«, fragte er ohne Begrüßung, als ich abnahm.

»Also theoretisch schon, aber ...«

»Super, dann treffen wir uns in einer halben Stunde im Park. Da, wo du den Fußball gegen den Kopf bekommen hast.«

Ich hörte ihn kichern und noch bevor ich antworten konnte, hatte Alex schon wieder aufgelegt. Sprachlos starrte ich auf mein Handy. Wie oft sollte ich noch laufen gehen? Ich wusste nicht, ob meine Beine noch eine weitere Runde mitmachen würden. Aber ich würde den Teufel tun und Alex zurückrufen, um abzusagen.

Von Johns Wohnung würde ich nur eine Viertelstunde bis zum Park brauchen und ich wollte ihm gerade einen Zettel hinlegen, als er aus dem Badezimmer kam. »Hey, willst du schon wieder los?«, fragte er, als er mich unschlüssig auf der Sofakante sitzen sah.

»Ja, ich bin verabredet.«

Ich hätte ihm sagen sollen, dass ich mich mit Toni treffen wollte. In Dingen wie diesen war John viel zu aufmerksam. Meistens war das ein Segen, aber heute war es etwas, was ich nicht gebrauchen konnte.

»Mit wem denn?«

»Ach, weißt du ... also ... ist nicht so wichtig.«

»Du wirst ja rot!«, lachte John und zu meiner Schande hatte er recht. Mein Gesicht glühte. »Jetzt sag schon. Wer ist es?«

»Das geht dich nichts an«, erwiderte ich brüsk und machte mich hastig auf den Weg zur Tür.

»Irgendwann wirst du es mir sagen müssen!«

»Ja, irgendwann, wenn du mir mal deine Freundin vorstellst, sag ich dir, mit wem ich mich heute treffe!«

»Ich hab keine Freundin!«, rief John mir hinterher.

»Dann weißt du ja, wann ich dir davon erzähle«, rief ich über die Schulter zurück und machte mich aus dem Staub.

Ich lief zum Park, viel zu früh, aber lieber wartete ich dort auf Alex, als mich weiter Johns Fragen auszusetzen. Sonst würde ich mich möglicherweise noch verplappern und das konnte ich nicht gebrauchen.

Meine Beine waren zunächst etwas schwer, aber nach den ersten hundert Metern ging es schon besser und als ich im Park ankam, fühlte ich mich wieder richtig gut. Ich lief meinen üblichen Weg entlang und als ich die Stelle erreichte, an der der Fußball mich getroffen hatte, stand dort Alex schon in seinen Sportklamotten und wartete auf mich.

Er lächelte mir entgegen. »Das ging ja schnell«, begrüßte er mich.

»Ich war bei John. Er wohnt hier um die Ecke. Was machst du schon hier? Wir wollten uns erst in zwanzig Minuten treffen.«

»Du warst bei John und hattest deine Laufsachen mit?«, fragte er skeptisch und hob die Augenbrauen.

»Nein. Ich war joggen, bin zu John gelaufen, bei ihm auf der Couch eingeschlafen und erst wieder wach geworden, als du angerufen hast.«

Warum ich ehrlich zu Alex war, wusste ich nicht. Welches Mädchen ging schon freiwillig dreimal (dass ich heute Morgen schon Laufen gewesen war, musste er ja nicht wissen) am Tag innerhalb von wenigen Stunden laufen, wenn nicht völlig unerwartet der Typ, den man ganz dringend wieder küssen wollte, danach gefragt hätte? Ganz genau. Kein einziges.

Dankenswerterweise hatte ich heute eine enge Laufhose anstatt meiner ausgeleierten Jogginghose angezogen, sodass ich mich einigermaßen wohlfühlte, als Alex' Blick jetzt von meinem Gesicht über meinen Körper glitt und an meinen Beinen hängen blieb.

»Also, was machst du schon hier?«, fragte ich.

»Ich hab gehofft, du würdest etwas eher kommen.«

Er grinste mich an und meine Knie wurden weich. Ich hatte mich wirklich in ihn verknallt. Mein ganzer Körper kribbelte und prickelte und mein Herz machte einen Satz.

»Na, los geht's«, murmelte ich und lief vor ihm davon, doch Alex blieb mir dicht auf den Fersen. Er war größer als ich und machte automatisch längere Schritte, sodass ich nicht weit kam, bevor er neben mir herlief.

Wir sprachen nicht, meine Gedanken waren dennoch die ganze Zeit bei ihm. Ich hatte mich von Alex angezogen fühlte. Von der ersten Sekunde an. Diese Anziehung hatte ich auf etwas Körperliches geschoben. Auf Alex' Lächeln, seine Augen, sein ebenmäßiges Gesicht, die blonden Haare, die ihm wirr in die Stirn fielen, und die breiten Schultern.

Jetzt kamen Gefühle ins Spiel. Meine Gefühle. Für Alex. Weil ich wusste, dass er Bücher liebte, sogar die gleichen las wie ich, und dass er mit Kindern arbeiten wollte. Mir gefiel, dass er so fürsorglich war. Das hatte ich schließlich selbst schon erlebt.

Dass Alex auch irgendwas für mich empfand, wusste ich. Sonst würde er mich nicht anrufen und sich mit mir treffen. Aber ich wusste nicht, ob es bei ihm auch reine körperliche Anziehung war, die ihn immer wieder zu mir führte, oder ob es mehr war. Er wollte mich kennenlernen. Wirklich weiter brachte mich das allerdings auch nicht. War ich überhaupt bereit herauszufinden, ob es mehr war? Es würde kompliziert werden. Egal was mit Alex und mir passierte, es würde kompliziert werden.

Ich merkte erst, dass Alex stehen geblieben war, als er nach meinen Namen rief und ich mich umdrehte. Wir waren eine ganze Weile in einem ziemlichen Tempo gelaufen, doch jetzt stand Alex Meter von mir entfernt, ein schiefes Lächeln im Gesicht und einen fragenden Ausdruck in den Augen. Ich lief zu ihm zurück.

»Was ist los?«, fragte ich, atemlos vor ihm auf- und niederhüpfend.

»Du bist mehr so jemand, der alleine laufen geht, um nachzudenken, oder?«, fragte er und ließ sich auf eine der Bänke fallen, die am Rand des Weges standen.

»Meistens schon. Wieso?« Ich ließ mich neben ihn fallen. Meine Beine zitterten und auf einmal hatte ich das Gefühl, keinen Schritt mehr weiterlaufen zu können. Vielleicht hatte ich mir für heute doch zu viel zugemutet.

»Woran hast du gedacht?«

An dich. Das hätte ich am liebsten gesagt. Aber erstens war ich zu stolz, zweitens zu ängstlich und drittens zu sicher, dass das absolut keine gute Idee war, diese Worte herauszubringen. Es wäre eine miserable Idee gewesen. Also log ich.

»Ach, nur an die Hochzeit. An Mum und Dad, das Baby. Das Übliche eben.« Ich zuckte mit den Schultern und tat gleichgültig.

»Hast du heute noch was vor?« Alex wechselte so abrupt das Thema, dass ich ihn nur verwirrt anstarren konnte.

»Nein. Eigentlich nicht.«

»Sehr gut. Dann haben *wir* heute was vor.« Er lächelte und seine Grübchen kamen zum Vorschein.

»Was denn?«

»Weiß ich noch nicht. Aber ein bisschen Ablenkung dürfte dir ganz guttun. Und du weißt ja, dass ich dich besser kennenlernen will. Ich fahr dich jetzt nach Hause, wir gehen duschen, machen uns fertig und dann hole ich dich wieder ab, okay?«

Ich setzte ein freches Grinsen auf. Diese Chance konnte ich mir nicht entgehen lassen.

»Wir gehen duschen?«, fragte ich. »Ich glaube, für eine gemeinsame Dusche ist es noch zu früh.«

Und Alex wurde tatsächlich rot. Knallrot. Seine Augen zuckten. Er hatte offenbar keine Ahnung, was er darauf erwidern sollte, und ich musste lachen. Ich lachte und lachte. Lachte so sehr wie schon lange nicht mehr.

Als ich mich wieder beruhigt hatte, sprang ich auf und streckte Alex eine Hand entgegen. »Na los. Komm schon.«

Er folgte meiner Aufforderung, griff nach meiner Hand und ließ sich von mir hochziehen. Er hielt sie fest, den ganzen Weg bis zu seinem Auto. Erst dann ließ er sie los.

Wir fuhren schweigend zu Mum und George und tauschten immer wieder lächelnde Blicke. Es fühlte sich seltsam an. Aber auf eine seltsame Art richtig. Und gleichzeitig falsch. Denn es war falsch. Total falsch. Aber dann wiederum auch so richtig ...

»Wir sehen uns in einer Stunde?«, fragte Alex, als er den Wagen vor dem Haus parkte und ich ausstieg.

»In einer Stunde«, stimmte ich lächelnd zu, stieg aus und lief ins Haus. Ich zwang mich, nicht zurückzusehen. Es musste ja nicht offensichtlicher werden, als es ohnehin schon war.

Als ich die Haustür aufschloss und Maggie in der Küche mit der Teekanne herumhantieren sah, fiel mir siedend heiß ein, dass sie ja am Nachmittag etwas mit mir unternehmen wollte. Leise schlich ich nach oben, um mir Zeit zu verschaffen. Unter der Dusche wurde mir klar, dass ich genau zwei Möglichkeiten hatte. Entweder sagte ich Alex ab oder Maggie. Mein Herz traf die Entscheidung für Alex. Mein Kopf war unentschlossen. Ich wollte mich mit Alex treffen. Den Tag mit ihm verbringen. Allerdings wusste ich auch, dass ich Maggie nicht absagen konnte, ohne dass sie total enttäuscht wäre. Und unser Verhältnis noch schlechter würde, falls man überhaupt von einem guten oder schlechten Verhältnis sprechen konnte. Wir kannten uns kaum.

Nachdem ich mich angezogen, mir die Haare geföhnt und mich geschminkt hatte, wusste ich immer noch nicht, was ich tun sollte. Alex würde bald da sein.

Es war Maggie, die mir die Entscheidung abnahm. Sie saß mit einer Tasse Tee am Küchentisch und wartete ganz offensichtlich auf mich, denn als ich die Küche betrat, sah sie unbehaglich auf.

»Alles okay?«, fragte ich sie, suchte in den Schränken nach einem Glas und goss mir Wasser aus einer Flasche ein.

»Ja, schon, aber ... ich weiß, ich hatte dir versprochen, dass wir heute was machen, aber ich kann nicht. Ich hab vergessen, dass ich schon verabredet bin und ...« Maggies Stammeln passte gar nicht zu ihr.

»Ist schon okay. Ich kann mich auch allein beschäftigen.«

»Es tut mir wirklich leid. Sollen wir dafür morgen etwas machen?«

Ich nickte. »Ja, klar!«

»Okay. Ich muss jetzt los. Wir sehen uns dann heute Abend.«

Maggie stand auf, legte mir eine Hand auf die Schulter und drückte sie. Ich zuckte bei dieser unerwarteten Geste zusammen, doch Maggie schien es gar nicht zu merken. Sie verließ die Küche, ich hörte, wie sie nach ihren Schlüsseln griff, und dann war sie auch schon weg.

Ich merkte erst, dass ich die Luft angehalten hatte, als ich erleichtert nach Luft schnappte. Gott sei Dank war Maggie schon weg. Ich sah auf die Uhr. Alex würde jeden Augenblick kommen und ich hätte echt nicht gewusst, wie ich Maggie das hätte erklären sollen.

Ich hörte Alex' Auto vorfahren. Meine Beine waren schneller als mein Kopf und als ich dann doch wieder denken konnte, blieb ich abrupt stehen. Nicht so schnell. Ganz langsam. Unauffällig. Na ja, so unauffällig wie möglich eben.

Mein Handy gab einen kurzen Ton von sich und ich musste nicht nachschauen, um zu wissen, dass Alex mir eine Nachricht geschrieben hatte, in der er mir mitteilte, dass er da war.

Ich schnappte mir meine Tasche, zog meinen Mantel über und ging nach draußen. Alex wartete auf mich. Er stand gegen seinen Wagen gelehnt da und blickte mir lächelnd entgegen.

KAPITEL 12

Mit den Händen in der Jackentasche ging ich auf Alex zu. Ich wusste nicht, was ich tun sollte. Ihn zu umarmen erschien mir irgendwie zu … seltsam. Zu wenig für das, was ich eigentlich wollte. Küssen konnte ich ihn auch nicht.

Also behielt ich die Hände in den Taschen und schenkte ihm auch ein Lächeln, als ich vor ihm stehen blieb.

»Und? Hast du einen Plan?«, begrüßte ich ihn.

»Hab ich. Das Auto brauchen wir nicht«, fügte er hinzu, als ich Anstalten machte, die Beifahrertür des Autos zu öffnen.

Skeptisch blickte ich ihn an. »Was hast du vor?«, fragte ich misstrauisch.

»Lass dich überraschen«, erwiderte Alex, griff nach meiner Hand und zog mich hinter sich her. Sie fühlte sich warm und weich an und hielt meine ganz fest. Nicht zu fest, aber so, dass ich mich sicher fühlte. Es war ein Gefühl von Geborgenheit, das mich durchflutete. So hatte ich mich noch nie gefühlt, nicht mit Tom – vor allem nicht mit Tom! Alex schien nicht vorzuhaben, mich wieder loszulassen, also tat ich es auch nicht.

Zwanzig Minuten liefen wir scheinbar wahllos durch kleine Seitenstraßen, dann fragte ich: »Sagst du mir irgendwann noch, was wir machen?«

»Wir tun so, als wären wir Touristen.« Er grinste mir zu und drückte meine Hand. In der Ferne sah ich eine der Haltestellen der Doppeldeckerbusse für die Sightseeing-Touren, die halbstündlich durch London fuhren.

»Wir tun *was*?«

»Hast du schon einmal in so einem Bus gesessen?«

Ich schnaubte. Irgendwie hatte ich mir von einer Verabredung mit Alex etwas anderes versprochen. »Ich glaube mit fünf oder so.«

»Genau deshalb machen wir das. Wir kennen diese Stadt. Wir lieben sie. Aber wir sehen sie nicht so, wie wir sie sehen sollten. Wir staunen nicht mehr. Es gibt hier so viel zu entdecken und wir hetzen nur durch die Straßen, weil es für uns alltäglich geworden ist. Jetzt sehen wir uns alles an. Okay?«

Einen Moment lang sah ich ihn schweigend an. Er meinte es wirklich ernst und das Lächeln, zu dem sich seine Lippen jetzt verzogen, war so niedlich, dass ich gar nicht anders konnte. »Okay«, erwiderte ich.

Alex blieb stehen und küsste mich sanft auf die Wange. Es war ein zaghafter Kuss, supersanft, supersüß und so leicht, dass es sich beinahe nicht wie ein Kuss anfühlte. Aber eben nur beinahe. Ich wurde rot, mein Herz begann zu rasen und nur mit Mühe konnte ich mich dazu bringen, weiter gleichmäßig zu atmen. Die Schmetterlinge in meinem Bauch entfachten einen Tornado. Mein ganzer Körper wurde kribbelig, *ich* war kribbelig. Am liebsten wäre ich die Straße hinuntergehüpft. Das erschien mir allerdings doch etwas kindisch. Vor allem, da ich versuchen musste, etwas erwachsener zu wirken, als ich tatsächlich war. Immerhin war Alex vier Jahre älter als ich.

Wir saßen in einem der Busse und fuhren durch die Stadt. Erstaunlicherweise hatte Alex recht. London aus diesem Blickwinkel zu sehen, war etwas ganz anderes. Es war schön. Es machte Spaß. Vielleicht auch nur, weil Alex neben mir saß und mir zu gefühlt jedem Gebäude, an dem wir vorbeifuhren, etwas erzählen konnte. Normalerweise hätte mich das entweder gelangweilt oder ich wäre ziemlich angepisst gewesen von der ganzen Klugscheißerei, aber ich fand es tatsächlich interessant, was Alex erzählte. Das konnte allerdings auch gut an Alex' Humor liegen oder an der Tatsache, dass er nach wie vor meine Hand hielt und ich deshalb vielleicht doch nicht sooo viel von dem mitbekam, was er erzählte.

Wir fuhren an beinahe jedem Wahrzeichen Londons vorbei und als wir schließlich am Leicester Square hielten, stand Alex auf, zog mich auf die Füße und wir sprangen auf die Straße.

»Hast du Hunger?«, fragte er und verschränkte seine Finger mit meinen.

Ich nickte, auch wenn es mir gerade schwerfiel, einen klaren Gedanken zu fassen. Aber ich hatte gemerkt, wie hungrig ich war. Ich hatte heute kaum etwas gegessen.

»Sehr gut, ich nämlich auch! Und hier gibt es einen der besten Burgerläden der Stadt.« Er deutete auf den O'Neills Pub und führte mich hinein.

Es war voll, aber wir hatten Glück und die Kellnerin fand noch einen kleinen Tisch für uns. Wir bestellten Cheeseburger und Cola. Als sie uns wieder allein gelassen hatte, lehnte Alex sich zurück und schaute mich mit schief gelegtem Kopf durchdringend an.

»Was ist?«, fragte ich. Sein Blick verunsicherte mich.

»Gestern hast du mich ausgefragt, heute bin ich dran.«

Ich dachte einen Moment darüber nach, ob ich das wirklich wollte, aber dann wurde mir klar, dass es nur fair wäre, wenn ich ihm auch einige Fragen über mich beantwortete. »Okay. Was willst du wissen?«

Alex fragte mich nach Toni, wie lange wir uns schon kannten und warum wir uns so gut verstanden. Wir sprachen über Toni und Paul, wie sehr wir uns darüber freuten, dass die beiden sich gefunden hatten, umgingen dabei aber sehr offensichtlich, dass wir selbst in dieser Hinsicht noch kein Stück weitergekommen waren. Er fragte mich, was ich gerne machte, aber abgesehen vom Lesen und Laufen fiel mir nicht viel ein. Ich hatte nicht so ein besonderes Talent wie Alex. Nach einer Weile erzählte ich ihm vom Ballett. Wie sehr ich das Tanzen früher geliebt hatte und dass es mir manchmal immer noch fehlte. Es war das erste Mal, dass ich es laut aussprach.

»Wolltest du früher Tänzerin werden?«, fragte Alex und lehnte sich näher zu mir.

Ich schüttelte energisch den Kopf. »Nein. Mum hätte das toll gefunden. Aber Dad wäre glaube ich nicht allzu begeistert gewesen. Außerdem glaube ich nicht, dass ich es gekonnt hätte. Professionelles Tanzen erfordert eine Disziplin, die ich wahrscheinlich nicht hätte aufbringen können. Mir hat es einfach nur Spaß gemacht.«

»Das glaube ich gerne. Man sieht es, weißt du das? Dass du getanzt hast, meine ich. Du bewegst dich irgendwie so fließend.« Er machte eine unbestimmte Handbewegung.

»Ach, echt?«

»Ja, echt.« Er grinste und wurde dann wieder ernst. »Sag mal, warum sträubst du dich so dagegen, Medizin zu studieren? Die Noten dafür hast du doch. Und deine Eltern würden sich doch freuen, wenn du es tätest.«

»O ja, das würden sie. Aber na ja, ich weiß nicht. Keine Ahnung. Ich will es einfach nicht. Vielleicht weil alle in meiner Familie Ärzte sind. Es kann auch gut sein, dass ich einfach nur Angst habe zu versagen. Ich meine, ich habe gute Noten. Aber nicht, weil ich so superschlau bin. Ich lerne einfach sehr viel.«

Unser Essen kam und verschaffte mir eine kurze Verschnaufpause. Ich hatte Alex schon mehr erzählt, als ich mir selbst eingestanden hatte.

»Ich bin mir sicher, dass du das Studium auch schaffen würdest«, sagte Alex zuversichtlich.

»Kann schon sein. Aber ich will es nicht. Ich weiß nicht, was ich will und ...« Ich brach ab, weil ich nicht weiterwusste.

»Und was ist mit dem Journalismus? Du hattest das beim Essen mit George und deiner Mum ...«

Ich winkte ab. Die Idee hatte ich schon längst wieder verworfen. Ich hatte noch nie einen eigenen Text geschrieben und ich glaubte auch nicht, dass ich besonderes Talent dafür besaß. In der Schule konnte ich zwar gute Aufsätze und Hausarbeiten schreiben, aber da waren Themen und Aufgaben vorgegeben. Ich machte nicht mal bei der Schülerzeitung mit und ich bezweifelte, dass ich genügend Kreativität besaß, um etwas Eigenes zu schreiben. Genau das sagte ich Alex auch.

Er schien zu spüren, dass mir das Thema nicht besonders behagte, denn er griff über den Tisch hinweg nach meiner Hand und drückte sie. »Tut mir leid. Ich war nur neugierig. Du hast dich bei dem Abendessen mit deiner Familie so sehr gegen das Thema gesträubt, dass ich mich gefragt habe, wieso. Und deine Mum sah fast so aus, als würde sie einen Herzinfarkt bekommen, als du sagtest, du möchtest Journalistin werden.«

Ich zuckte mit den Schultern. »Wahrscheinlich hab ich es genau deshalb gesagt. Ich wollte sie ärgern. Journalismus ist gar nichts für mich. Na ja, ich werde schon was finden. Aber können wir jetzt über etwas anderes reden?« Ich schenkte ihm ein klägliches Lächeln, das Alex breit erwiderte.

Er tat mir den Gefallen und wechselte das Thema. Die nächsten zwei Stunden redeten wir über Filme und Bücher. Heikle Themen wie Familien, Zukunftsplanung, Beziehungen ließen wir außen vor. Irgendwann bezahlte Alex die Rechnung unter großem, erfolglosen Theater von mir, die die Rechnung teilen wollte. Wir brachen auf.

Wir liefen etwa zwanzig Minuten durch die Stadt, schweigend dieses Mal. Aber es war kein unangenehmes Schweigen, sondern nach dem vielen Reden ein schönes. Ich sah mich in der Stadt um, zum ersten Mal seit einer Ewigkeit wieder mit voller Aufmerksamkeit. Hetzte nicht an Leuten vorbei, sondern betrachtete sie und fragte mich, wer sie waren und was sie in London machten. Ob sie hier wohnten oder Touristen waren. Alex hielt die ganze Zeit meine Hand.

Es war inzwischen dunkel geworden und die Lichter vom Big Ben tauchten die Themse in ein geheimnisvolles Licht, als wir daran entlangliefen. Es war atemberaubend. Ebenso wie das London Eye, auf das wir zusteuerten.

»Willst du etwa mit dem Riesenrad fahren?«, fragte ich Alex lachend, als er zielstrebig auf das London Eye zusteuerte.

»Hast du das schon mal gemacht?«, fragte er lächelnd zurück.

Ich schüttelte den Kopf. »Nein. Eigentlich hab ich Höhenangst. Früher jedenfalls.«

»Willst du dann überhaupt?« Alex war stehen geblieben, griff jetzt auch nach meiner anderen Hand und sah auf einmal ziemlich besorgt aus. Mir wurde klar, dass ich ihm seinen ganzen Plan kaputtmachen würde, wenn wir jetzt nicht mit dem Riesenrad fahren würden. Er hatte irgendeinen Plan. Auch wenn ich nicht wusste, was es für einer war ... ich hatte vor, das auf jeden Fall herauszufinden.

»Es ist Jahre her, dass ich Höhenangst hatte. Vielleicht ist es inzwischen besser geworden«, sagte ich aufmunternd. »Komm. Ich will das ausprobieren. Ich will mich meiner Angst stellen.« Ich tat heldenhaft und als ich Alex lachen hörte, durchflutete mich ein prickelndes Glücksgefühl. Ich hörte ihn gerne lachen.

Ich wollte mich in die Schlange stellen, die dank des ungemütlichen Wetters im November recht kurz war, doch Alex zog mich an den anstehenden

Menschen vorbei. Er zog zwei Tickets aus der Jackentasche und quittierte meinen fragenden Blick nur mit einem Grinsen und einem Schulterzucken.

»Du hast das geplant«, sagte ich überrascht, als wir schließlich in einer der großen Kabinen saßen. Für gewöhnlich hatten etwa fünfundzwanzig Leute in einer solchen Kabine Platz. An diesem frühen Abend saßen außer Alex und mir nur eine Familie mit zwei kleinen Kindern und ein Pärchen in der Kabine, das viel zu sehr mit sich selbst beschäftigt war, um überhaupt nach draußen zu schauen.

»Ja, ich hab das geplant.«

»Seit wann?«

»Theoretisch seit dem Tag, an dem wir uns zum ersten Mal begegnet sind. Praktisch seit gestern. Du warst gestern so unglücklich. Ich wollte, dass du lächelst. Und ich dachte, das würde dich zum Lächeln bringen. Ich mag dein Lächeln.«

»Das hast du gestern auch schon gesagt.«

»Nicht ganz. Ich hab gesagt, dass du ein schönes Lächeln hast«, grinste er.

Ich winkte ab. »Im Endeffekt kommt es auf das Gleiche rum.« Kurz zögerte ich, aber dann fragte ich doch, worüber ich mir schon Gedanken machte, seit wir uns in den Bus gesetzt hatten. »Warum machen wir das hier? Ich weiß, du hast gesagt, dass wir uns kennenlernen sollen, für den Fall, dass sich in den nächsten Wochen alles klärt und du nach der Hochzeit auch offiziell nicht mehr mit Maggie zusammen bist. Aber du weißt doch hoffentlich, dass in dieser Zeit absolut nichts zwischen uns laufen wird.«

»Ich weiß.« Alex sah mir fest in die Augen. Er wusste es. Natürlich. Warum zwischen uns nichts laufen würde. Weil ich es nicht mitmachen würde. Ich ließ ihn mit Sicherheit nicht noch näher an mich heran, als ich es ohnehin schon tat, solange er noch vorgab, mit Maggie ein Paar zu sein.

»Ich weiß nicht einmal, ob nach der Hochzeit zwischen uns etwas laufen wird«, stellte ich klar. Das musste er wissen. Ich konnte mich so sehr in ihn verknallt haben, wie ich wollte. Ich wusste trotzdem noch, dass es falsch war.

»Ich auch nicht. Aber das werden wir dann schon noch herausfinden.«

Jetzt lächelte er wieder und ich fragte mich, wie er das so unglaublich entspannt angehen konnte. Ich bekam jedes Mal Herzrasen, wenn ich ihn sah, und er wirkte so, als würde er sich keine Gedanken um die Zukunft machen und die Dinge, die uns im Weg standen. Er lebte einfach in den Tag hinein und ich beneidete ihn darum. Ich machte mir mein Leben selbst viel komplizierter, als es sein musste. Nicht nur, weil ich mich dagegen sträubte, dass meine Familie Zuwachs bekam; etwas, was ich ohnehin nicht verhindern konnte. Sondern auch, weil ich immer alles planen musste. Ich wollte wissen, was vor mir lag, wie sich alles entwickeln würde. Das hieß zwar nicht, dass es immer klappte – ich hatte schließlich immer noch keine Ahnung, was ich nach der Schule machen würde –, aber einen Plan dafür hätte ich trotzdem sehr gerne gehabt.

»Warum fahren wir mit dem Riesenrad, wenn es dunkel ist und die ganze Stadt beleuchtet ist? Das ist doch eher etwas, was man bei einem Date machen würde, oder?«, fragte ich, um meine Gedanken zu stoppen. Es waren zu viele. Schon wieder. Und sie sollten endlich mal die Klappe halten.

»Das hier ist ein Date, Vesper. Ich weiß nicht, was daraus wird, und ehrlich gesagt, ist es mir im Moment auch nicht so wichtig. Entspann dich einfach und genieß die Aussicht.«

Wie aufs Stichwort setzte sich das Riesenrad in Bewegung. Ich stieß einen leisen Schrei aus, so sehr erschreckte ich mich, und umklammerte unwillkürlich Alex' Hand. Er lächelte mich an, doch dieses Mal konnte ich es nicht erwidern. Wir stiegen höher und höher und mit jedem Meter, den wir uns vom sicheren Boden entfernten, schien mein Magen sich mehr zu drehen. Mein Blick hing wie gebannt am Fenster, ich starrte nach draußen, auf die Lichter, die zu verschwimmen begannen, als mir schwindelig wurde.

Ich hätte es besser noch für möglich gehalten, dass ich immer noch Höhenangst hatte. Nicht mehr so schlimm wie als kleines Mädchen, als ich mich immer in eine Ecke gekauert und so lange vor mich hin gesummt hatte, bis mich ein Erwachsener wieder nach unten gebracht hatte, aber doch schlimm genug, dass ich dringend wieder nach unten wollte.

Ich hatte gar nicht gemerkt, dass ich Alex losgelassen hatte. Erst als er jetzt beide Arme um meine Taille schlang und mich fest an sich drückte, dachte ich wieder an ihn und nicht mehr an die Höhe.

»Du solltest das nicht tun«, stieß ich hervor. Das Atmen fiel mir schwer. Die Panik fraß sich tiefer in mich hinein, je höher wir kamen.

»Atme, Vesper. Atme. Ganz langsam«, flüsterte er mir ins Ohr.

Ich spürte seine Haut an meinem Gesicht. Er war so nah. Viel zu nah. Und plötzlich war es nicht mehr die Höhe, die mir den Atem raubte. Er war es. Sein Herzschlag, der schnell gegen meinen Rücken pochte, der mir den Atem raubte, sein Geruch, einfach alles an ihm.

Die Lichter draußen waren klar. Ich sah Sterne am Himmel funkeln. Mir war nicht länger schwindelig. Ich konnte die Aussicht genießen. Den Blick auf die lebendige, pulsierende, leuchtende Stadt unter mir. Sie war wunderschön.

Doch so schnell, wie dieses Gefühl gekommen war, so schnell war es auch wieder weg. Alles war falsch. So falsch, falsch, falsch. Ich hatte schon vorher gewusst, dass es nicht richtig war, schließlich war ich nicht blöd. Aber jetzt wurde mir erst in vollem Ausmaß bewusst, wie unglaublich falsch es war, hier mit Alex zu stehen.

Ich wollte seine Arme wegschieben, aber er ließ mich nicht los. Ich drehte mich in seinen Armen um. Ich wollte ihm sagen, dass er damit aufhören musste. Leider bekam ich kein Wort heraus und als ich zu ihm hochschaute, sah ich, dass er keinen Blick auf das verschwendete, was unter uns lag.

Er sah nur mich an. So intensiv, dass es mir weiche Knie bescherte. Dieses Mal vergaß ich zu atmen. Er sah mich an, vollkommen fasziniert. In seinem Blick war noch etwas anderes. Etwas, das ich verstanden hätte, wenn ich in solchen Dingen erfahrener gewesen wäre.

War ich aber nicht und so konnte ich mich nicht wehren, als er sich zu mir hinunterbeugte und seine Lippen sanft auf meine drückte. Ehrlich gesagt wollte ich mich auch gar nicht wehren.

Als er mich jetzt küsste, merkte ich, wie sehr es mir gefehlt hatte. Seine Lippen auf meinen, seine Hände, die sich fest in meinen Rücken drückten und … ich konnte nicht einmal beschreiben, wie ich mich fühlte. Ich fühlte alles und nichts. Zu viel und zu wenig. Aber ich wollte mehr. Mehrmehrmehr.

Wie lange wir uns küssten, wusste ich nicht. Etwa so lange, wie eine halbe Fahrt mit dem Riesenrad dauerte. Der Ruck, der durch die Gondel fuhr, als wir wieder am Boden ankamen, holte uns zurück in die Realität. Wir lösten uns voneinander, beide knallrot und außer Atem. Ich brauchte einen Augenblick, bis ich mich dazu durchringen konnte, Alex wieder anzusehen. Seine Augen glänzten. Sie glühten förmlich in der Dunkelheit. Es kostete mich mehr Kraft, als ich je zugeben würde, mich von ihm loszureißen.

»Ich muss los«, murmelte ich. »Ich muss nach Hause. Mum ist bestimmt schon wieder da und macht sich Sorgen, weil sie nicht weiß, wo ich bin.«

Ich wirbelte herum und wollte loslaufen, mich durch die Menschen drängen und Alex entkommen. Doch er war schneller als ich. Wie immer. Er griff nach meinem Handgelenk und riss mich herum. Seine Augen waren groß und verwirrt, er war blass geworden.

»Vesper, warte! Was ist denn los?«

Ich versuchte seine Hand von meinem Arm zu lösen, doch Alex hielt mich fest und ich wusste, er würde mich nicht eher loslassen, als bis ich ihm gesagt hatte, was ich auf einmal für ein Problem hatte. Die letzten zwanzig Minuten war ja alles in Ordnung gewesen. Solange Alex' Lippen auf meinen gelegen hatten, hatte ich aufgehört zu denken. Aber jetzt pochte das schlechte Gewissen in meinem Kopf.

»Wir können das nicht machen«, stieß ich hervor und gab mir einen Ruck. Bisher war ich bei Alex immer ich selbst gewesen. Vesper, das Mädchen, das auch mal Gefühle zeigen konnte. Dieses Mädchen kam mir jetzt gewaltig in die Quere und ich wünschte, ich wäre noch die Vesper, die ich vor drei Wochen gewesen war. Das Mädchen, das so tun konnte, als würde es nichts fühlen. Das mit nur einem Blick fast jeden Jungen zum Schweigen gebracht hatte. Obwohl er bei Alex wohl nicht viel genützt hätte.

»Wir dürfen nichts miteinander anfangen. Weder jetzt noch in drei Monaten. Wir werden immer das Problem haben, dass du Maggies Ex-Freund bist. Ich *darf* nichts mit dir anfangen. Maggie ist bald meine Schwester. Ich werde mich mit ihr arrangieren müssen und das wird mit Sicherheit schwieriger, wenn ich was auch immer mit dir laufen habe. Du bist Georges Patensohn. Wir werden uns nicht wirklich aus dem Weg gehen können, wenn ich mich erst einmal mit dieser Hochzeit abgefunden habe. Was ist, wenn das mit uns nicht funktioniert? Wenn einer von uns dem anderen das Herz bricht?«

Ich warf ihm einen Blick zu, der ihm deutlich machen sollte, dass sicher nicht ich es wäre, der das Herz gebrochen werden würde. Es war faszinierend, wie sehr ich mich selbst verarschen konnte.

»Und was ist, wenn es doch funktioniert?« Mit dieser simplen Frage nahm Alex mir den Wind aus den Segeln. Ich konnte ihn nur anstarren, während ich verzweifelt nach einer Lösung suchte.

Es ging nicht. Die Folgen, die eine Affäre oder eine Beziehung von uns beiden haben würde, waren ein Vielleicht einfach nicht wert. Da konnten seine Küsse mir noch so sehr den Verstand rauben.

»Es wird nicht funktionieren. Was glaubst du, wäre los, wenn wir beide zusammen wären?! Maggie würde mir nie verzeihen. Mum und George würden es bestimmt irgendwie schaffen, mir die Schuld an eurer Trennung zu geben. Wir könnten nie etwas mit meiner Familie machen. Oder mit deiner Familie. Ich wäre immer das Mädchen, das sich zwischen euch gedrängt hat. Völlig egal, ob ihr euch schon getrennt habt, bevor wir uns kannten.« Ich versuchte ihm zu erklären, was ich meinte, doch selbst mir erschien es nicht besonders schlüssig zu sein.

»Das stimmt doch gar nicht! Hör dir doch mal zu! Es ist komplett unlogisch, was du sagst. Niemand kann dir die Schuld daran geben.«

Alex war offensichtlich der gleichen Ansicht wie ich. Aber ich hatte nicht vor, das zuzugeben.

Ich lachte auf. »Glaub mir, irgendwie schaffen sie es immer, mir die Schuld an allem zu geben. Und mein Leben ist so schon kompliziert genug. Ich muss mit dieser Hochzeit klarkommen und mit dem Baby. Ich brauche mir nicht noch Gedanken über dich zu machen!«

»Du machst dir Gedanken über mich?«, fragte Alex und ein zaghaftes Lächeln umspielte seinen Mund.

»Kannst du nicht einmal ernst sein?«, fauchte ich ihn an. Das konnte doch nicht wahr sein! Hörte er mir überhaupt zu?!

»Ich bin ernst. Ich sehe das nur etwas anders als du.«

Schreien. Ich wollte ihn anschreien. Aber ich schaffte es nur den Mund zu öffnen, bevor Alex mir schon scharf dazwischenfuhr. »Hör zu, ich bring dich jetzt erstmal nach Hause. Und dann kannst du darüber nachdenken, was du eigentlich willst. Wenn du mich kennenlernen willst, dann bin ich da. Wenn nicht, dann eben nicht. Ich werde es überleben.«

Bitte was?! Perplex starrte ich ihn an. Das war doch wohl nicht ...! Die Empörung, die sich schlagartig in mir breitmachte, verdrängte das Gefühl der Verzweiflung, des Nicht-Wissens. Jetzt war ich nur noch sauer. Schließlich war es Alex, der mich anrief und ständig zufällig überall da auftauchte, wo ich war. *Er* hatte mich heute sehen wollen, *er* hatte mich angerufen. Nicht ich ihn. Und jetzt tat er so, als wäre es ihm nicht wichtig. Als wäre es ihm egal, ob ich ihm näherkam oder nicht. War ja schön für ihn, dass er auch so klarkam. Aber bitte. Das Spiel konnte ich auch spielen. »Na schön. Ich werde darüber nachdenken.«

»Dann komm jetzt. Ich bring dich nach Hause.« Auf einmal sah Alex ziemlich erschöpft aus. Ich wollte protestieren, doch er schien damit gerechnet zu haben und warf mir nur einen bösen Blick zu, den ich zwar genauso böse erwiderte, doch ich blieb stumm.

Der Streit hatte mir die Kraft geraubt und so trottete ich nur neben ihm her, widersprach nicht, als er ein Taxi anhielt und mich hineinschob. Schweigend fuhren wir zu Mum und George und auch als wir endlich ankamen, sprachen wir nicht miteinander. Wir sahen uns nur an. Ein langer Blick, aber keiner von uns wollte nachgeben.

Schließlich schluckte ich meinen Stolz doch herunter. »Du hast gesagt, es würde nichts laufen zwischen uns. Nicht heute und nicht die nächsten drei Monate.«

Und da war sein Lächeln wieder. Etwas traurig, aber genauso bezaubernd wie immer.

»Nein«, erwiderte er. »Das hast du gesagt.« Ich stieg ohne ein weiteres Wort aus und ging ins Haus. Er hatte schließlich recht.

KAPITEL 13

Mum und George saßen im Wohnzimmer vor dem Fernseher. Sie hatten zwar nicht offensichtlich auf mich gewartet, aber sie schauten dennoch erleichtert auf, als sie mich hörten.

Ich hatte keine Nerven, sie freundlich zu begrüßen, sondern rief nur »Ich muss mit Toni telefonieren!« ins Wohnzimmer, stürmte die Treppe hoch und in mein neues Zimmer. Das Handy lag irgendwo in den Tiefen meiner Handtasche vergraben und weil ich gerade auch zu ungeduldig war, es zu suchen, kippte ich einfach den gesamten Inhalt meiner Tasche auf dem Bett aus.

Dreißig Sekunden später nahm Toni ab. »Na endlich!«, stöhnte ich. »Dich kann man aber auch gar nicht mehr erreichen.« Ich beschwerte mich, obwohl Toni von allen die war, die nicht dafür verantwortlich war, dass ich so schlechte Laune hatte.

»Ich war den ganzen Tag erreichbar. Du hast es nur nicht versucht«, entgegnete Toni spitz. »Apropos, wo hast du dich den ganzen Tag herumgetrieben?«

»Ich war mit Alex unterwegs. Wir waren Riesenrad fahren.«

Ich musste das Telefon gefühlt fünf Meter von meinem Ohr entfernen, so schrill war Tonis Gequietsche. »O mein Gott! Das ist ja so süß!«

»Ja, total. Warte ab, bis ich dir den Rest erzählt habe.« Ich fing von vorne an. Also bei gestern Abend. Bei Mum, Dad, Hannah, dem Baby und dem ganzen Chaos, das deswegen auf uns zugekommen war. Wie ich zuerst abgehauen, schließlich bei Alex gelandet war und der Abend damit geendet hatte, dass er mich angerufen und ich ihm zugesagt hatte, dass wir uns näher kennenlernen würden. Ich machte weiter bei dem heutigen Tag und schloss mit dem Streit, den wir gerade eben erst gehabt hatten.

Als ich geendet hatte, stöhnte Toni auf. Sie hatte die ganze Zeit kein Wort gesagt, mich nicht unterbrochen, sondern ausreden lassen. Aber ich kannte sie und wusste, dass sie fast platzte. »Vesper, das kannst du doch nicht bringen. Gestern sagst du ihm, dass ihr es versuchen könnt, und heute entscheidest du dich einfach um. Kein Wunder, dass Alex sauer war.«

»Ich habe mich nicht einfach umentschieden. Ich habe gründlich darüber nachgedacht und bin zu dem Ergebnis gekommen, dass es nicht funktionieren würde«, log ich. Gründlich hatte ich wirklich nicht nachgedacht. Es war einfach über mich gekommen. Wie immer. So gerne ich alles plante, die Worte, die meinem Mund entströmten, hatte ich nur in den seltensten Fällen wirklich unter Kontrolle. Meine Gefühle, meine Ängste waren einfach aus mir herausgeplatzt. Alex und ich hätten uns diesen dämlichen Streit einfach sparen können. Das Dumme war nur, dass ich dieses Mal recht gehabt hatte. Es würde nicht funktionieren. Im Leben nicht.

Toni schnaubte. »Ja, klar. Rede dir das ruhig ein. Ich glaube, seit du Alex kennengelernt hast, denkst du über gar nichts mehr gründlich nach.«

Na, das stimmte auch wieder nicht. Ich dachte sehr gründlich darüber nach, was ich für Alex empfand, warum wir nicht zusammen sein konnten und die Tatsache, dass ich immer noch absolut überhaupt keine Ahnung hatte, was er eigentlich von mir wollte. Denn »kennenlernen« war mir in unserem Fall doch etwas zu vage ausgedrückt.

»Und was mache ich jetzt?«, fragte ich und drückte eines der diversen Kissen an meine Brust, die auf dem Bett herumlagen.

»Ich finde, du solltest dem armen Kerl eine Chance geben. Er mag dich. Mein Gott, er ist mit dir Riesenrad gefahren. Das ist so unfassbar süß. So was macht doch heutzutage kein Typ mehr, um ein Mädchen zu beeindrucken. Echt, inzwischen müssen wir uns doch meistens überlegen, was wir mit ihnen unternehmen wollen. Die meisten Jungen sind komplett unfähig und total unromantisch was Dates betrifft. Also nicht alle. Aber sehr, sehr viele. Du solltest die Gelegenheit nutzen, wenn es dann doch jemand tut!«

Toni klang so optimistisch wie immer. Ich hätte ihr gerne geglaubt und auf ihren Rat gehört. Leider wusste ich es besser.

»Und dann? Tue ich fast drei Monate so, als wäre alles okay, während Alex immer noch Maggies perfekten Freund spielt? Nein, danke!«

Ich hörte Toni aufatmen und dann leise lachen. »*Das* ist also dein Problem. Es stört dich überhaupt nicht, was deine Familie davon hält. Deine Mum und Maggie, sogar Alex' Familie … die interessieren dich alle nicht. Du willst keine drei Monate auf ihn warten. Du hast Angst, dass er es sich anders überlegt und doch bei Maggie bleibt.«

Dass sie damit den Nagel auf den Kopf traf, merkte ich erst, als ich zusammenzuckte.

»Scheiße!« Sie hatte recht. Natürlich. Toni kannte mich besser als ich mich selbst. Ich hätte daran denken müssen. Dass ich einfach nur wieder Angst davor hatte, dass mir jemand anders vorgezogen würde. In dem Fall meine blonde Stiefschwester.

»Du musst aufhören, ständig Angst zu haben, Süße. Gib Alex eine Chance. Du hast es verdient, glücklich zu sein. Und ich glaube, er kann dich glücklich machen.«

»Aber ich will nicht warten. Ich will nicht jedes Mal, wenn er hier ist, so tun, als wäre er mir vollkommen egal und als wäre ich nicht …« Ich brach hastig ab, bevor ich den Satz beenden konnte.

»Als wärst du nicht längst in ihn verliebt. Schon klar. Ich kann dich verstehen. Dann musst du ihn eben dazu bringen, das mit dir durchzuziehen. Und zwar richtig. Mit allem Drum und Dran.«

»Und wie soll ich das bitte anstellen?« Skeptisch drückte ich das Kissen fester an mich.

»Du musst ihm wichtiger werden als eine Abmachung mit seiner Ex-Freundin, die meiner Meinung nach sowieso total hirnrissig ist. Wem ist schon bitte damit geholfen, wenn die beiden noch ein paar Monate so tun, als wären sie zusammen? Das macht die Trennung am Ende auch nicht besser.«

»Und hast du eine Idee, wie ich das anstellen soll?«

Toni schwieg eine Weile. »Nein«, erwiderte sie schließlich. »Noch nicht. Aber ich werde schon eine Lösung finden.«

Ja, das würde sie. Toni fand für jedes Problem eine Lösung. Und weil sie die letzten zwei Stunden die beste Freundin der Welt gewesen war und ich sie unfassbar lieb hatte, fragte ich sie nach Paul und versuchte in den nächsten zwei Stunden eine genauso gute Freundin für sie zu sein, wie sie es für mich war.

Toni und Paul waren im Kino gewesen. Sie hatten sich einen der Nicholas-Sparks-Filme angeschaut, die Toni so liebte, was ziemlich kooperationsbereit von ihm war.

»Ich hätte nie gedacht, dass er sich jemals freiwillig so einen Liebesfilm mit mir anschauen würde.«

»Du musst ihm ziemlich viel bedeuten«, neckte ich sie.

Toni schnurrte wie ein zufriedenes Kätzchen. »Ja. Paul ist toll. Und er hat mich gefragt, ob ich jetzt offiziell seine Freundin bin!«

»Das ist super! Ich freue mich so für dich!«

»Kommst du vorbei? Dann erzähle ich dir alles!«

»Gib mir zwanzig Minuten. Ich will jedes Detail wissen!«

»Bis gleich!«

Ich sagte Mum Bescheid und dann machte ich mich auf den Weg zu Toni. Ein Mädelsabend war genau das, was ich jetzt brauchte.

***

Den nächsten Tag verbrachte ich damit, nicht auf mein Handy zu schauen. Mittags legte ich es in meine Sockenschublade und versuchte es zu ignorieren. Es fiel mir schwerer, als ich dachte. Ich wollte, dass Alex mich anrief. Oder mir eine Nachricht schickte. Irgendwas. Doch es kam nichts und ich würde den Teufel tun und mich selbst bei ihm melden.

Als ich es nicht mehr aushielt, fragte ich Maggie, ob wir etwas unternehmen wollten. Sie hatte es mir ohnehin versprochen und ich war inzwischen so hibbelig, dass ich alles unternommen hätte, nur um nicht ständig an Alex denken zu müssen.

Aber weil weder Maggie noch ich spontan eine Idee hatten, was wir unternehmen könnten, beschlossen wir, zu überlegen, was für Brautjungfernkleider wir haben wollten. Mum ließ uns dabei völlig freie Hand, wofür ich dankbar war. Ich hatte die leise Hoffnung, dass Maggie etwas leichter zu beeinflussen war als Mum. Wie sich herausstellte, war das allerdings gar nicht nötig. Maggie hatte sich anscheinend schon sehr viel öfter Gedanken über diese Kleider gemacht als ich. Was aber nicht schwierig war, da ich noch gar nicht darüber nachgedacht hatte.

»Was hältst du von Hellblau?«, fragte sie und sah mich prüfend an.

Ich schaute überrascht zurück. Ich hatte damit gerechnet, dass sie es mir schwer machen würde, wegen meines kindischen Verhaltens, aber Maggie schlug sofort eine Farbe vor, die uns beiden stehen würde. Wir hatten beide blaue Augen und Hellblau war eine Farbe, die sowohl zu meinen roten als auch zu Maggies blonden Haaren passte.

»Hellblau ist gut. Wenn es dir nichts ausmacht, hätte ich gerne ein trägerloses Kleid.«

Eigentlich hatte ich keine Ahnung, was mir so vorschwebte, aber ich wollte mich einbringen und trägerlose Kleider waren eigentlich immer eine gute Wahl.

»In Ordnung. Ich fände lange Kleider schön und weil wir beide nicht klein sind, sollte das auch ganz gut funktionieren. Vor allem mit hohen Schuhen.«

Sie lächelte mich an. Ich hatte plötzlich einen Kloß im Hals. Sie war so nett zu mir und ich ... Ich versuchte jeden Gedanken an Alex wegzuschieben, jedoch vergeblich.

»Warum bist du so nett?«, fragte ich. »Ich muss dir doch vorkommen wie die bescheuertste Kuh auf diesem Planeten, so wie ich mich aufgeführt habe wegen der Hochzeit. Und wegen des Babys. Du musst doch denken, dass ich furchtbar verzogen und undankbar bin. Immerhin habe ich ein schönes Leben. Ich bekomme, was ich will, und benehme mich trotzdem wie eine pubertierende Zicke.«

Maggies Lächeln wurde breiter. »Mag sein, dass du verzogen bist, aber das ist nicht deine Schuld. Außerdem kann ich dich verstehen. Das ist alles ziemlich schwierig für dich im Moment. Vor allem mit dem Baby und der Hochzeit. Du hättest mich mal erleben müssen, als meine Mum wieder geheiratet hat. Ich war ein totales Monster.«

Sie lachte fröhlich, während ich sie nur anstarrte. Das konnte ich mir nur schlecht vorstellen. Erst jetzt fiel mir auf, dass ich mir bisher keine Gedanken darüber gemacht hatte, wo Maggies Mum überhaupt war. Ich hätte es nicht einmal gewusst, wenn sie gestorben wäre.

»Wie alt warst du, als deine Mum wieder geheiratet hat?«, fragte ich neugierig.

»Sechzehn. Also nicht viel jünger als du. Es war ein Wunder, dass Alex nach dem Chaos bei mir geblieben ist. Ich an seiner Stelle wäre längst über alle Berge gewesen.« Sie lachte.

Bei der Erwähnung von Alex' Namen war ein sanftes Leuchten in ihre Augen getreten und ich fühlte mich unwillkürlich schlechter. Alex hatte zwar gesagt, dass sie sich einvernehmlich getrennt hatten, dass sie es beide gewollt hatten, aber wenn ich mir Maggie so ansah, empfand sie eindeutig immer noch etwas für ihn.

»Er scheint ein echt netter Kerl zu sein«, murmelte ich. »Du hast echt Glück.« Ich konnte sie nicht ansehen. Maggie nahm meine Hand und drückte sie.

»Keine Sorge, du wirst auch Glück haben. Irgendwann findest du auch jemanden, mit dem du zusammen sein willst.«

Ich wand mich unbehaglich. Ich hatte schon jemanden gefunden. Das konnte ich ihr nur nicht sagen.

Wir saßen noch den ganzen Nachmittag in ihrem Zimmer und ich wunderte mich immer mehr darüber, wie freundlich sie war. Vielleicht hätte ich ihr einfach von Anfang an eine Chance geben sollen. Ich hatte mich wirklich kindisch benommen. Es war ein Wunder, dass Maggie überhaupt noch etwas mit mir zu tun haben wollte.

Wir redeten über dies und das. Alex wurde nicht mehr erwähnt. Die Hochzeit wurde ebenso ausgeklammert wie meine nicht vorhandenen Zukunftspläne. Stattdessen erzählte ich ihr von Toni, wir redeten über Bücher, Filme, Schuhe, alles, worüber man eben so redete.

Und als wir uns schließlich zum Abendessen auf den Weg nach unten ins Esszimmer machten, hatte ich das Gefühl, dass es vielleicht doch gar nicht so schlimm war, eine Stiefschwester zu bekommen.

Als ich später mein Handy aus der Schublade kramte, stellte ich fest, dass ich weder einen Anruf noch eine Nachricht von Alex erhalten hatte, und die

Enttäuschung fraß sich tief in mich hinein. Ich versuchte sie abzuschütteln und ging schließlich ins Bett, nur um nicht mehr an ihn denken zu müssen.

Dafür träumte ich von ihm. Ich sah ihn zwischen mir und Maggie stehen, unschlüssig zwischen uns hin- und hergerissen. Ich wollte ihm sagen, was ich für ihn empfand, brachte aber keinen Ton über die Lippen und konnte nur stumm mit ansehen, wie er nach Maggies Hand griff und sich für sie entschied.

Das war auch nicht wirklich besser, als an ihn zu denken.

***

Es war Mittwoch in der Mittagspause, als Tom wieder einmal beschloss, mit mir reden zu wollen. Meine Laune war ohnehin schon ziemlich am Boden, weil Alex sich immer noch nicht gemeldet hatte, und ich war nicht besonders begeistert, als Tom sich ungefragt zu mir an den Tisch setzte. Er war perfekt gestylt, wie immer, aber der Ausdruck auf seinem Gesicht war mir doch etwas zu selbstgefällig.

»Was willst du?«, fragte ich, um sofort zum Punkt zu kommen. Smalltalk lag mir nicht, nicht heute und erst recht nicht mit Tom. Ich war jetzt schon genervt.

»Ich wollte fragen, ob du Freitag Zeit hast. Ich finde, wir sollten noch mal über uns reden. Vielleicht haben wir das mit der Trennung etwas überstürzt.«

Er lächelte, wirkte nicht einmal verlegen oder unsicher. Eigentlich schien er sich seiner Sache sogar ziemlich sicher zu sein, während ich ihn nur verdattert anstarren konnte.

»Was?!«, brachte ich schließlich hervor. Vielleicht hätte ich zickiger reagieren müssen, auf jeden Fall schien ihn meine Überraschung nur anzustacheln, denn er knipste sein Tausend-Watt-Lächeln an und strahlte über das ganze Gesicht.

»Ja, ich denke, ich habe einen Fehler gemacht. Aber ich finde auch, wir sollten es noch einmal versuchen. Immerhin sind wir zwei doch gut miteinander ausgekommen. Wir haben gut zusammengepasst, Vesper. Wir waren wirklich ein gutes Paar.«

»Du *denkst*, du hast einen Fehler gemacht?!«

»Ich *weiß*, dass ich einen Fehler gemacht habe«, korrigierte er sich, als er meinen fassungslosen Gesichtsausdruck registrierte. »Aber du solltest mir wirklich noch eine Chance geben, Vesper.« Er sah mich so eindringlich an, als könnte er mich mit seinem Blick hypnotisieren. Aber ich war dagegen gewappnet. Er konnte mich ansehen, wie er wollte, es interessierte mich nicht.

»Du glaubst ernsthaft, ich würde dir eine zweite Chance geben, nachdem du mit Sonia im Bett warst? Mehr als einmal?!«

»Ja. Warum auch nicht?« Er zuckte mit den Schultern und diese gnadenlos dämliche Antwort raubte mir für einen Augenblick die Sprache. Ja, klar, warum nicht? Warum nicht?! Ich konnte ihm sagen, warum nicht!

Leider hatte ich die Rechnung ohne Toni gemacht. Sie war unvermittelt hinter Tom aufgetaucht und warf ihm einen bösen Blick zu, den er zwar nicht sehen konnte, mich aber zumindest zum Lächeln brachte. Sie setzte sich neben ihn. Als ihr Lächeln auf einmal honigsüß wurde, wusste ich, dass sie etwas vorhatte.

»Wenn Vesper dir wirklich verzeihen soll, dann kommst du Freitagabend ins *Flashlight*«, sagte sie.

Ich fuhr zu ihr herum und wollte protestieren, aber Toni warf mir einen verschwörerischen Blick zu. Was hatte sie vor?!

Tom strahlte und stand auf. »Super. Dann Freitagabend. So um zehn?«

Toni nickte. »Und jetzt zisch ab.« Sie wedelte mit der Hand, als wollte sie eine Fliege verscheuchen, und Tom tat tatsächlich was sie wollte.

»Was sollte der Scheiß denn?!«, fauchte ich.

Toni grinste nur. Zu zufrieden, wie ich fand. »Vertrau mir einfach. Ich hab einen Plan.«

»Ist ja schön für dich. Aber du weißt schon, dass die einen im *Flashlight* erst ab achtzehn reinlassen? Und dass ich erst in zwei Wochen Geburtstag habe? Außerdem: Ich will mich nicht mit Tom treffen. Er bekommt keine zweite Chance. Dass er überhaupt so blöd ist daran zu glauben, zeigt schon, dass er überhaupt keine verdient hätte.«

»Jetzt mach dir mal keine Sorgen. Du kommst schon rein. Ein Freund von Paul arbeitet da. Er bringt dich rein. Ich komme auch mit. Freitag spielt da eine Band, die ich mir angucken möchte, und ich will, dass du mitkommst.«

»Du hättest auch einfach fragen können, ob ich mitkomme, weißt du? Dafür hättest du nicht noch Tom einladen und ihm weismachen müssen, dass er diese Scheißaktion irgendwie wiedergutmachen kann!«

»Süße, entspann dich und vertrau mir! Das wird lustig.«

Wütend knirschte ich mit den Zähnen, gab aber nach. Es hatte ohnehin keinen Zweck. Wenn Toni sich etwas in den Kopf gesetzt hatte, setzte sie das auch durch. Ich hoffte nur, dass sie einen wirklich, wirklich guten Plan hatte. Und dass sie mir irgendwann auch noch mitteilen würde, was sie eigentlich vorhatte.

KAPITEL 14

Als ich am frühen Abend nach Hause kam, war meine Laune immer noch nicht viel besser geworden. Ich war nach der Schule noch zu Beth in die Buchhandlung gegangen, aber es war viel los gewesen, weshalb Beth keine Zeit für mich gehabt hatte. Also hatte ich nur *Die rote Königin* von Victoria Aveyard gekauft und mich dann auf den Weg nach Hause gemacht. Wirklich glücklich hatte mich der Einkauf aber leider nicht gemacht. Nicht so wie sonst.

Im Haus duftete es nach Spaghetti Bolognese. Ich schnupperte überrascht. Aber es war tatsächlich die Bolognese, die Mum früher immer gekocht hatte, vor allem dann, wenn ich traurig oder krank gewesen war. Die Soße war immer mein liebstes Kindheitsessen gewesen. Verwirrt runzelte ich die Stirn. Wieso kochte Mum? Das hatte sie schon seit Jahren nicht mehr getan. Wieso war sie überhaupt schon zu Hause? Auch etwas, woran ich mich die letzten zehn Jahre nicht erinnern konnte. Mum war selten vor sieben Uhr nach Hause gekommen.

Ich wohnte jetzt seit fünf Tagen wieder bei ihr und wir hatten uns kaum gesehen. Ich zog Schuhe und Mantel aus und folgte dem verlockenden Duft in die Küche. Mum stand tatsächlich am Herd und rührte in einem großen Topf die köstlich blubbernde Soße um.

»Ist irgendjemand gestorben?«, fragte ich.

Mum zuckte erschrocken zusammen und ich musste unwillkürlich grinsen.

»Erschreck mich doch nicht so!« Tadelnd sah sie mich an. Doch dann lächelte sie. »Und nein, es ist niemand gestorben. Ich dachte, wir zwei machen uns mal einen ganz gemütlichen Frauenabend. Nur wir zwei.«

»Und wo sind Maggie und George?«

»Ich weiß es nicht. Ich glaube, sie sind mit Georges Mutter essen gegangen. Ich habe sie weggeschickt, damit wir mal wieder etwas Zeit für uns haben.«

Ich erwiderte ihr Lächeln mit einem skeptischen Blick. »Wir haben seit Ewigkeiten keine Zeit mehr für uns gehabt, Mum. Ich glaube, das letzte Mal, als wir zwei etwas zusammen gemacht haben, ist etwa vier Jahre her. Als wir meine neuen Spitzenschuhe gekauft haben.«

»Die du nie getragen hast.« Mum seufzte.

»Weil ihr euch habt scheiden lassen«, schoss ich zurück.

Mum wandte sich wieder dem Topf zu. »Ich war schon immer der Meinung, dass das eine ziemlich dummes Argument war. Unsere Scheidung war nicht dafür verantwortlich, dass du mit dem Tanzen aufgehört hast.«

»Doch. Es war mehr oder weniger deine Schuld. Du hast Dad verlassen, du hast ihm wehgetan und ich wollte dir wehtun. Und weil du es so geliebt hast, dass ich getanzt habe, hab ich aufgehört. Also ist es wohl die Scheidung, die mich dazu gebracht hat.«

Ich ließ mich auf einen Stuhl fallen und schlug die Beine übereinander.

Mum drehte sich um. In ihren Augen lag eine Mischung aus Überraschung und Schmerz. »Das hast du mir nie erzählt.« Es war kein Vorwurf in ihrer Stimme zu hören. Sie klang einfach nur traurig.

»Du hast mir ja auch nie erzählt, warum du Dad verlassen hast.«

»Weil du noch so jung warst. Du hättest es nicht verstanden.«

Ich verschränkte die Arme vor der Brust und sah sie trotzig an. »Du weißt doch gar nicht, ob ich es verstanden hätte. Du hast dir nicht einmal die Mühe gegeben, es zu versuchen.«

Mum seufzte und drehte sich um, um die Herdplatte auf die kleinste Stufe zu stellen, bevor sie sich zu mir setzte.

»Willst du es wissen? Jetzt, meine ich?«

Einen Moment lang zögerte ich. Wollte ich das wirklich wissen? Was, wenn mir die Antwort nicht passte? Wenn es nicht das war, was ich hören wollte? Doch dann nickte ich. Vielleicht war das meine einzige Gelegenheit, von Mum die Wahrheit zu hören. Nochmal würde sie mir das bestimmt nicht anbieten.

Mum stand auf und kochte uns beiden einen Tee. Schwarzen für sie, Früchtetee für mich. Sie reichte mir meine Tasse, dann setzte sie sich wieder zu mir. Ihre Hände zitterten.

»Wir waren nicht mehr wir. Dein Vater und ich. Wir waren kein Team mehr. Wir waren beide nur noch mit unserer eigenen Karriere beschäftigt und das wollte ich nicht mehr.«

Sie trank einen Schluck Tee und atmete tief durch. Es fiel ihr sichtlich schwer, darüber zu reden und ich war überrascht, dass sie es dennoch tat. Normalerweise umging sie Gespräche über unangenehme Themen so weit wie möglich. Vor allem mit mir.

»Ich wollte wieder etwas erleben, etwas fühlen. Glaub nicht, dass ich deinen Dad unüberlegt verlassen habe. Wir haben schon das ganze Jahr vorher nur noch gestritten. Ich wollte, dass er weniger arbeitet, dass wir wieder mehr Zeit füreinander haben, vielleicht in den Urlaub fahren. Ich wollte auch mal wieder über etwas anderes reden als nur über die Krankenhäuser und unsere Patienten, aber du kennst ja deinen Dad. Er war noch nie aus dem Krankenhaus zu bewegen, wenn er es nicht selbst wollte. Ich wollte wieder für mehr leben als nur für meinen Job und ich wollte jemanden an meiner Seite haben, der dasselbe wollte. Deshalb haben wir uns scheiden lassen.«

»Du hast doch auch nicht aufgehört zu arbeiten. Ich kann mich nicht erinnern, dass du je früher nach Hause gekommen wärst als Dad.«

Ich wollte nicht einsehen, dass Mum vielleicht doch gute Gründe für die Scheidung gehabt hatte. Ich war während der letzten vier Jahre immer auf Dads Seite gewesen. Weil es ihm nach der Scheidung so schlecht gegangen war. Jetzt schien es, als hätte er das alles verhindern können. Es fiel mir schwer, das wirklich zu begreifen. Ich hätte Mum gar nicht so lange böse sein müssen. Wenn sie mir früher davon erzählt hätte, wären die letzten vier Jahre zwischen uns vielleicht anders verlaufen.

Andererseits hatte sie recht. Mit zwölf oder dreizehn Jahren hätte ich ihre Beweggründe kaum so verstehen können wie heute. Richtig verstehen oder nachvollziehen konnte ich das alles zwar immer noch nicht, aber zumindest besser als damals.

»Ich weiß, dass ich viel falsch gemacht habe. Mein größter Fehler war wohl, dass ich nicht so viel Zeit mit dir und John verbracht habe, wie ich es hätte tun sollen. Aber ich liebe meinen Job. Es ist ein unglaubliches Gefühl, ein Baby auf die Welt zu holen und zwei Menschen dabei zu helfen, Eltern zu werden. Aber ich brauchte einfach einen Ausgleich zu dem Arztberuf. Und den habe ich mit deinem Vater nicht gefunden. Dafür konnte er nichts. Wir haben einfach immer nur über das Krankenhaus und neue Behandlungsmethoden und die Pharmaindustrie geredet. Mit George kann ich über alles andere reden. Wir haben gleiche Interessen und die drehen sich bei uns nicht um Medizin. Und ich wette, dein Vater macht die gleiche Erfahrung mit Hannah. Wir mussten uns voneinander trennen, um uns weiterentwickeln zu können. Ich weiß, dass ich immer zu viel gearbeitet habe, aber nach der Scheidung habe ich sehr wohl weniger gearbeitet. Du hast es nur nicht gemerkt, weil du dich den ganzen Tag in deinem Zimmer eingeschlossen hast und damit beschäftigt warst, mich zu hassen.«

»Ich hab dich nicht gehasst.« Es war ein schwacher Protest und auch nicht ganz wahr. Ein kleiner Funken Hass war da gewesen. Aber das konnte ich schlecht zugeben.

»Doch, hast du. Du kannst mich auch heute noch nicht leiden. Ich finde das nicht schön, aber ich muss damit leben. Immerhin bin ich nicht ganz unschuldig daran. Ich weiß, dass ich dir oft wehgetan habe, Vesper, aber ich möchte versuchen, das wiedergutzumachen.«

»Du meinst, du möchtest dich vor der Hochzeit gerne wieder mit mir vertragen«, sagte ich und zog beide Augenbrauen hoch. Ich hätte wissen müssen, dass Mum etwas vorhatte, als ich gemerkt hatte, was da im Topf vor sich hin kochte.

Mum verdrehte die Augen. »Jetzt lass doch mal die Hochzeit aus dem Spiel. Ich möchte, dass wir uns wieder besser verstehen. Ob das vor oder nach der Hochzeit passiert, ist mir völlig egal.«

Ich schwieg, sah sie nur an, aber Mum erwiderte meinen Blick fest und ich begriff, dass sie tatsächlich die Wahrheit sagte. Sie wollte sich wirklich wieder mit mir vertragen. Ich wusste nur nicht, ob ich dafür schon bereit war. Das sagte ich ihr auch.

»Ich verstehe, dass du Zeit brauchst, und ich werde dir alle Zeit der Welt geben. Aber vielleicht versuchst du mal ein bisschen netter zu George und

Maggie zu sein. Die beiden würden sich wirklich sehr freuen, dich besser kennenzulernen und sie werden bald ein Teil deiner Familie sein, also ...« Mum ließ den Satz unvollendet. Doch sie brauchte gar nichts sagen, ich wusste auch so, was sie meinte.

»Jaja, schon gut. Ich werde mich bemühen.« Ich lächelte sie an, Mum erwiderte mein Lächeln und zum ersten Mal seit einer halben Ewigkeit hatte ich das Gefühl, dass Mum und ich uns vielleicht doch nicht so sehr auseinandergelebt hatten.

»Willst du etwas essen?«, fragte sie.

Ich nickte. Das Gespräch über die Scheidung war damit beendet. Doch ich hatte kein Problem damit. Fürs Erste reichte das, was wir heute geschafft hatten. Irgendwann würden wir noch einmal darüber reden. Nur nicht heute. Schweigend aßen wir zu Abend, aber es war ein angenehmes Schweigen, nicht erfüllt von kaum unterdrückter Wut wie sonst. Nach dem Essen war ich gerade dabei, das Geschirr in die Spülmaschine zu räumen, als Mums Diensthandy klingelte. Ich seufzte. Das war es dann wohl mit unserem Mutter-Tochter-Abend.

Mum verließ zum Telefonieren das Zimmer, kam aber kurz darauf zurück in die Küche.

»Du musst los, oder?«, fragte ich in einem Ton, der unbeteiligt wirken sollte, aber doch sehr deutlich machte, was ich davon hielt, dass sie mich ausgerechnet an diesem Abend doch wieder für ihren Job sitzen ließ.

»Tut mir leid, Schatz. Eine Patientin mit Vierlingen hat frühzeitig Wehen bekommen. Ich habe ihr versprochen, dass ich bei der Geburt dabei sein würde. Sie hat Angst und ich war von Anfang an ihre Ärztin. Aber wir holen den Abend auf jeden Fall nach!«

Mum zog Jacke und Schuhe an und war schon fast aus dem Haus, als ich uns beide überraschte. »Kann ich mitkommen?«, platzte es aus mir heraus.

Mum sah mich verblüfft an.

»Wo kommt das denn auf einmal her? Das ist ja ganz was Neues!«

Einen Augenblick lang wollte ich wieder einen Rückzieher machen, doch dann bekräftigte ich meinen Wunsch. Ich wollte einfach mal wissen, was meine Mum machte. »Also nur, wenn das möglich ist. Ich weiß ja nicht, ob das mit euren Vorschriften geht.«

»Und wie das geht! Nichts wie los! Komm, wir müssen uns beeilen. Ich kann dich zwar nicht mit in den OP nehmen, aber du kannst von der Galerie aus zusehen.«

Sie war ganz glücklich über mein plötzliches Interesse an ihrer Arbeit. Eilig machten wir uns auf den Weg. Es war mir zwar ein Rätsel, wie wir es ins Krankhaus schaffen wollten, bevor alles vorbei war, doch als wir kurz darauf ankamen, stellte sich heraus, dass die Patientin noch gar nicht da war. Der Krankenwagen, der sie bringen sollte, war noch unterwegs. Mum zeigte mir den Weg zur Galerie und ließ sich von der Krankenschwester briefen.

Während ich wartete, fragte ich mich, warum ich hier war. Bisher hatte ich mich immer geweigert, Mum oder Dad zur Arbeit zu begleiten. Krankenhäuser hatte ich früher schon als unangenehm empfunden und ein Medizinstudium war für mich nie infrage gekommen. Vielleicht war es das Gespräch mit Alex gewesen, das mich unterbewusst wohl doch mehr beeinflusst hatte, als ich gedacht hätte. Es war das erste Mal gewesen, dass ich auf die Frage, warum ich nicht Medizin studieren wollte, etwas anderes geantwortet hatte als nur, dass ich einfach nicht wollte. Wenn ich mit Alex sprach, überraschte ich mich manchmal selbst.

Vielleicht war es tatsächlich so, dass ich nicht Ärztin werden wollte, weil ich Angst davor hatte zu versagen. Meine ganze Familie bestand aus Ärzten, da war es nicht so einfach, die gleiche Richtung einzuschlagen. Ich wollte meine Eltern nicht enttäuschen, ganz egal wie kompliziert unsere Beziehung sein mochte. Möglicherweise hatte ich mich aber auch immer so dagegen gesträubt, weil ich meine Eltern verletzen wollte. Als Kind hatte ich mir nie Gedanken darüber gemacht. Das war erst später mit der Scheidung meiner Eltern gekommen. Es war nicht unwahrscheinlich, dass ich nur zu bockig und stur gewesen war, um in Erwägung zu ziehen, dass es mir gefallen könnte, wenn ich dem Ganzen nur eine Chance geben würde. Wenn ich so darüber nachdachte – auch darüber, wie ich mich während der letzten Jahre verhalten hatte – erschien es mir sogar sehr wahrscheinlich, dass es genauso gewesen war.

Unter mir im OP begann sich etwas zu tun. Eine hochschwangere Frau wurde auf einer Liege hereingebracht. Sie hatte starke Schmerzen und als ich in ihr verzerrtes Gesicht sah, wurde mir ganz anders. Mehrere Schwestern und vier Ärzte verteilten sich um den Tisch herum. Meine Mum erkannte ich nur an ihrer zierlichen Figur.

Nacheinander holte sie an diesem Abend vier Babys auf die Welt. Gebannt starrte ich die ganze Zeit nach unten, auf diese winzigen Wesen, die so klein waren. Zwei der Ärzte begannen sich sofort um sie zu kümmern und auch ganz ohne Medizinstudium wusste ich, dass da etwas nicht so lief, wie es laufen sollte.

Die Babys wurden in Inkubatoren gelegt und aus dem OP gebracht. Was dann mit ihnen geschah, wusste ich nicht. Ich konnte auch schlecht hinterherlaufen, um es herauszufinden, obwohl ich genau das in diesem Moment gerne getan hätte. Mum sprach beruhigend mit der Mutter, die schließlich wieder aus dem OP herausgebracht wurde.

Es dauerte nicht lange, bis Mum erschöpft und noch ganz angespannt zu mir auf die Galerie kam. Sie hatte noch ihre OP-Kleidung an. Müde ließ sie sich neben mich auf einen Stuhl fallen.

»Alles in Ordnung?«, fragte ich besorgt.

Sie schüttelte den Kopf. »Einem der Babys geht es nicht gut. Den anderen dreien auch nicht, sie sind einfach noch zu klein, aber ...« Sie brach ab, ihre Stimme klang erstickt und ich fragte nicht weiter nach.

Zum ersten Mal verstand ich, wie schwierig Mums Job eigentlich war. Nicht nur körperlich, sondern auch emotional. Ich stellte es mir schwierig vor, keine zu enge Bindung zu den Patientinnen aufzubauen, vor allem bei Schwangeren und Babys. Ich verstand aber auch, wie wichtig es für sie war, genau das zu tun. Für Dad galt vermutlich das Gleiche.

Ich griff nach ihrer Hand und stand auf. »Na los, komm. Ich lade dich auf einen Kaffee ein.«

»Ein Glas Wein wäre mir lieber.« Mum lächelte schwach und ließ sich von mir hochziehen.

»Bekommst du.«

»Aber erst muss ich mich umziehen!«

Mum löste ihre Hand aus meiner und nahm mich in den Arm. Sie drückte mich an sich, wie sie es schon lange nicht mehr getan hatte. »Großartig, dass du mal mitgekommen bist«, sagte sie leise und drückte mir einen Kuss aufs Haar.

»Finde ich auch.« Ich schloss für einen Moment die Augen und erwiderte Mums Umarmung.

***

Auch am nächsten Tag meldete Alex sich noch nicht und ich war drauf und dran, mein Handy einfach gegen die Wand zu klatschen, damit es in tausend Teile zerspringen würde und ich nicht mehr ständig darauf starren könnte, in der irrsinnigen Hoffnung, sein Name würde doch noch auf dem Display erscheinen.

Vielleicht wartete er einfach darauf, dass ich mich meldete. Immerhin hatte er gesagt, ich sollte entscheiden, was ich wollte.

Das Problem war, Toni hatte mir ziemlich deutlich gemacht, was ich wollte. Sie hatte recht, aber ich wollte es Alex nicht sagen. Die Entscheidung würde ihm ziemlich leichtfallen und sie würde nicht positiv für mich ausfallen. Schließlich wusste ich, dass Maggie ihm immer noch sehr viel bedeutete, auch wenn sie nicht mehr zusammen waren.

Ich beschloss laufen zu gehen, um einen klaren Kopf zu bekommen, doch schon ein paar Minuten, nachdem ich unterwegs war, merkte ich, dass das heute nichts bringen würde. Normalerweise konnte ich beim Laufen prima abschalten, aber heute musste ich feststellen, dass es mich nicht vom Denken abhielt. Ich musste nur einen Fuß vor den anderen setzen und das war heute zu anspruchslos. Ich brauchte mehr Ablenkung, etwas, worüber ich nachdenken musste. Bewegung brauchte ich aber auch und so beschloss ich, nach vier Jahren mal wieder meine alte Tanzschule zu besuchen. Es hatte allerdings eine ganze Weile gedauert, um mich selbst davon zu überzeugen.

Doch nach dem Gespräch mit Mum und der Erinnerung an unseren letzten gemeinsamen Tag, als wir die Spitzenschuhe gekauft hatten, hatte ich gemerkt, wie sehr mir das Tanzen fehlte. Ich würde Mum im Leben nichts davon erzählen, aber ich ahnte, dass das Tanzen im Moment das Einzige war, was mich von Alex würde ablenken können.

Also lief ich zurück nach Hause, packte meine Tasche und machte mich auf den Weg. Ich hatte nicht bedacht, dass vielleicht gar kein Kurs stattfinden würde, an dem ich teilnehmen konnte. Erst als ich die Treppe nach oben ging und aus den Umkleiden kichernde Kleinmädchenstimmen hörte, begriff ich, dass um diese Uhrzeit die Kleinen Unterricht hatten. Ich wollte mich schon aus dem Staub machen, als meine ehemalige Tanzlehrerin Jane mich sah und aufhielt.

»Vesper? Du bist es tatsächlich! Was machst du hier?«, fragte sie überrascht und lächelte erfreut.

Verlegen strich ich mir eine Haarsträhne aus der Stirn. »Ich weiß nicht genau. Ich dachte …« Ich brach ab, unsicher, was ich sagen sollte. Wie sollte ich ihr erklären, warum ich nach vier Jahren wieder hier auftauchte? Aber Jane hatte schon immer ein gutes Gespür für ihre Schülerinnen gehabt und so klatschte sie nur in die Hände und schob mich zu den Umkleiden.

»Los, los, umziehen. Du machst bei den Kleinen mit. Nach einer so langen Pause kannst du ruhig da anfangen. Die Grundlagen sind schließlich am wichtigsten und nach vier Jahren schadet eine kleine Auffrischung mit Sicherheit nicht.«

Sie gab mir keine Gelegenheit zu widersprechen und eigentlich hatte ich es auch nicht vor.

Zehn Minuten später stand ich zwischen fünfzehn kleinen Mädchen in rosa Ballettröckchen an der Stange und wärmte mich auf. Es folgten verschiedene Abfolgen von Plié, Passé, Tendu, Arabesque, Pirouette und vielen anderen Übungen, die mir erstaunlicherweise immer noch im Blut lagen. Es tat gut, wieder zu tanzen. Am Anfang war ich noch etwas steif, aber nach einer Weile ging ich voll und ganz darin auf und konnte endlich einmal aufhören, an Alex zu denken.

Am Ende der Stunde tat mir zwar jeder Muskel weh, aber ich war glücklich. Ziemlich glücklich. Nicht überglücklich, dafür fehlte mir noch jemand. Aber ich war doch ziemlich zufrieden. Und als ich auf dem Heimweg auf mein Handy schaute und noch immer keine Antwort von Alex hatte, beschloss ich, dass es wirklich an der Zeit war, dass ich selbst etwas unternahm. Schließlich war bisher immer alles von ihm ausgegangen. Trotzdem schrieb ich ihm nicht. Ich brauchte noch einen Plan. Einen verdammt guten Plan.

KAPITEL 15

Das Problem daran war, dass mir der Freitagabend in die Quere kam. Und zwar ganz gehörig.

»Zieh jetzt endlich dieses verdammte Kleid an!« Toni hielt mir ein superenges, superkurzes schwarzes Kleid hin und sah mich böse an.

»Warum? Damit ich aussehe wie eine kleine Schlampe? Nee, lieber nicht.« Ich verschränkte trotzig die Arme vor der Brust und schaute genauso böse zurück. Toni verdrehte die Augen.

»Das ist doch gar nicht wahr! So kurz ist das Kleid auch wieder nicht. Du wirst toll aussehen. Du musst es nur endlich anziehen!«

»Ich will aber nicht. Wenn Tom mich in dem Kleid sieht, glaubt er sofort, dass zwischen uns wieder etwas läuft!«

»Also ist dir das Kleid eigentlich gar nicht zu kurz. Du willst nur nicht, dass Tom glaubt, er hätte noch eine Chance.«

Ich warf genervt die Hände in die Luft. »Natürlich will ich das nicht!«

»Dann zieh das Kleid an! Vertrau mir doch einfach!«

»Wenn du mir deinen tollen Plan mal verraten würdest, wäre alles viel einfacher!«, zischte ich sie an, doch Toni ließ sich von meinem Tonfall leider nicht beeindrucken. Sie warf mir das Kleid zu und einem Reflex folgend fing ich es auf.

»Sag mir wenigstens, warum wir in diesen Club müssen.«

»Weil ich diese Band sehen will. Und du kommst mit, damit ich nicht alleine gehen muss.«

»Warum muss Tom dann mitkommen? Und wieso gehst du eigentlich nicht mit Paul?« Ich gab auf, zog meine Hose und meinen Pullover aus und schlüpfte in das Kleid.

Toni sprang auf. Sie hatte die ganze Zeit auf ihrem Bett gesessen, ging jetzt aber zum Spiegel und begann, sich zu schminken. Sie trug wieder ihre schwarze Lederhose, darüber ein schlichtes schwarzes Top und so hohe Schuhe, dass mir schon beim Zuschauen schwindelig wurde.

»Paul trifft sich heute mit ein paar Freunden«, sagte sie und trug Lippenstift auf.

Ich stellte mich neben sie und begutachtete mein Spiegelbild. »Das Kleid ist viel zu eng«, beschwerte ich mich, obwohl das gar nicht stimmte. Es saß perfekt und ich musste zugeben, dass ich ziemlich gut darin aussah. Etwas, das Tom absolut nicht verdient hatte.

»Stimmt nicht«, widersprach Toni, ohne mich überhaupt anzusehen, aber sie wusste, dass sie recht hatte. Ich verzichtete auf Lippenstift, schminkte meine Augen dafür aber so dunkel, dass das Blau noch heller leuchtete.

»Na komm, wir müssen los. Wir wollen Tom ja nicht zu lange warten lassen.« Toni grinste mich frech an. Ich hätte mich geweigert mitzugehen, wenn es denn funktioniert hätte. Allerdings kannte ich Toni zu gut, um nicht zu wissen, dass sie mir keine andere Wahl lassen würde. Also zog ich seufzend meine eigenen High Heels an und folgte ihr.

Unten trafen wir auf ihren Dad Stephen, der uns mit hochgezogenen Augenbrauen amüsiert musterte. »Was habt ihr denn heute vor?«, fragte er.

Toni drückte ihm einen Kuss auf die Wange. »Typen abschleppen«, gab sie grinsend zurück.

Mein Dad wäre bei so einer Antwort vermutlich an die Decke gegangen und hätte mich für den Abend in meinem Zimmer eingesperrt. Aber Stephen war schon immer super entspannt gewesen. Er hatte auch keinen Grund, es nicht zu sein. Toni und ich waren immer zu zweit unterwegs. Wir passten aufeinander auf und während ich als Kind mit dem Ballett angefangen hatte, hatte Toni so ziemlich jede Kampfsportart ausprobiert, die es gab. Wenn ihr irgendein Kerl blöd käme, würde er es auf jeden Fall auf eine sehr schmerzhafte Art und Weise bereuen.

»Dann wünsche ich euch viel Spaß.« Stephen wuschelte Toni durch ihre roten Locken, was sie mit einem empörten Aufschrei quittierte, klopfte mir auf die Schulter und zog sich dann ins Wohnzimmer zurück.

***

Es war viel zu laut, voll und verqualmt, obwohl man hier mit Sicherheit nicht rauchen durfte, und ich hatte schon fünf Minuten nach unserer Ankunft das Gefühl, dass mir die Alkoholdämpfe das Gehirn vernebelten.

Ich war hibbelig, irgendwie nervös und ich konnte nicht sagen, warum. Dabei war ich mir ziemlich sicher, dass ich mich auf den Abend sogar gefreut hätte, wenn ich nur mit Toni unterwegs gewesen wäre und nicht jeden Augenblick Tom auftauchen könnte. Mit Toni alleine feiern zu gehen, machte eigentlich immer Spaß. Aber heute hatte ich ein mulmiges Gefühl und ich war mir fast sicher, dass das nicht nur an Toms bevorstehender Ankunft lag. Ich ahnte, dass irgendwas an diesem Abend ziemlich schieflaufen würde.

Wir hatten unsere Jacken abgegeben und obwohl wir beide gerade noch gefroren hatten, wurde uns jetzt schlagartig richtig warm. Die Band war gerade dabei aufzubauen. In der Zwischenzeit spielte ein DJ und auf der Tanzfläche rieben sich unzählige Körper so dicht aneinander, dass es schwierig war, überhaupt einzelne Leute auszumachen. Ich sah mich um. Tom war noch nirgendwo zu sehen und ich hatte die leise Hoffnung, dass er uns in dem Gewusel einfach nicht finden würde.

Toni und ich hielten uns fest an den Händen, um einander nicht zu verlieren. Auch sie blickte sich suchend um, doch ich hatte das ungute Gefühl, dass sie nicht nach Tom Ausschau hielt, sondern nach jemand anderem. Bevor ich sie allerdings danach fragen konnte, nach wem sie suchte, griff jemand nach meiner freien Hand und ich zuckte erschrocken zusammen.

Tom stand vor mir, groß, gutaussehend, grinsend. Er beugte sich zu mir runter und hauchte mir einen Kuss auf die Wange. »Du siehst toll aus«, sagte er gerade so laut, dass ich ihn über die Musik hinweg verstehen konnte.

»Du auch.« Ich lächelte gezwungen und warf Toni einen bitterbösen Blick zu. Das würde sie mir noch büßen.

»Willst du tanzen?«, fragte Tom und ich wollte schon ablehnen, als Toni mich losließ und in Toms Richtung schob.

»Geht ihr zwei tanzen. Ich hole uns was zu trinken.«

Die beiden ließen mir keine Wahl und so zog Tom mich hinter sich her auf die Tanzfläche. Ich schauderte, als er seine Hände an meine Hüfte legte.

Es war nicht richtig, hier mit ihm zu stehen. Mit ihm zu tanzen erst recht nicht. Es fühlte sich falsch an. *Er* fühlte sich falsch an. Ich weigerte mich, daran zu denken, dass Alex derjenige war, der jetzt bei mir sein sollte. Zumindest versuchte ich es. Ein bisschen.

Ich sollte nicht an Alex denken. Nicht wenn ich mit meinem Ex-Freund tanzte. Dann würde es auch nicht leichter werden, mir einen supertollen Plan zu überlegen, um Alex davon zu überzeugen, seine Trennung von Maggie offiziell zu machen. Andernfalls konnte ich ihn nicht näher an mich heranlassen. Das würde mein armes geschundenes Herz vermutlich nicht ertragen.

Damit ich endlich aufhörte zu denken, tanzte ich mit Tom. Ich schloss die Augen und ließ mich einfach treiben, wiegte mich im Takt der Musik, die in meinem Kopf hämmerte und mein Herz zum Beben brachte. Ich spürte den donnernden Bass in jeder Faser meines Körpers. Es war unfassbar heiß, aber ich konnte nicht aufhören. Ich ließ sogar zu, dass Tom mich an sich zog, einfach nur, damit ich nicht denken musste.

Ich merkte nicht einmal, dass die Band anfing zu spielen. Erst als um mich herum alles jubelte und grölte, merkte ich, dass die Musik sich geändert hatte. Ich öffnete die Augen, schaute zu Tom hoch und sah es in seinen grünen Augen, als er beschloss, dass das der richtige Augenblick wäre, um mich zu küssen. Seine Hände lagen so fest auf meinem Körper, dass ich sie nicht einfach wegschieben konnte, und um schnell abzutauchen, war es einfach zu voll. Bei jeder noch so kleinen Bewegung stieß man gegen jemand anderen, bekam einen Ellbogen in die Rippen und hörte jemanden fluchen.

Mir blieb nur die Möglichkeit, meinen Kopf wegzudrehen und in der Sekunde, in der Toms Lippen meine Wange berührten, sah ich durch eine Lücke in der Menschenmenge. Zuerst sah ich Toni, die an einem Tisch saß und mit einem Jungen herumknutschte, der ganz offensichtlich Paul war. Als Nächstes sah ich vier unbekannte Gesichter, dann Maggie, meinen Bruder und schließlich Alex.

Alex schaute mich mit einem Blick an, der mich erstarren ließ. Verletzt und ziemlich sauer. Die Lücke schloss sich, Alex verschwand aus meinem Blickfeld und ich war wieder mit Tom allein. Mit Tom, der jetzt eine Hand hob, sie unter mein Kinn legte und es anhob, um mich dieses Mal auf die Lippen zu küssen.

Mit einem Ruck riss ich mich los. Tom war beleidigt, das sah ich ihm an, aber ich konnte mich jetzt nicht um ihn kümmern. Wortlos machte ich mich aus dem Staub. Ich wollte zu Alex, ihm alles erklären, aber als ich mich endlich durch die Menge gequetscht hatte, stand Alex mit dem Rücken zu mir neben Maggie. Ich konnte nicht zu ihm gehen und ihm erklären, was es mit Tom auf sich hatte. Nicht, wenn Maggie danebenstand.

Unschlüssig blieb ich stehen und als könnte er spüren, dass ich ihn ansah, drehte er sich zu mir um und erwiderte meinen Blick so kalt, dass mir ein Schauer über den Rücken lief. Dann wandte er sich wieder ab, legte Maggie demonstrativ einen Arm um die Taille und ich wusste, dass ich verloren hatte.

Ich wirbelte herum und stürmte aus dem Saal. Mein Herz hämmerte wie wild in meiner Brust. Das Atmen fiel mir so schwer, als wäre ich stundenlang gerannt. Ich musste hier weg. Toni war offenbar in bester Gesellschaft. Ich konnte sie allein lassen. Paul würde sie nach Hause bringen. Und wenn nicht er, dann würde mein Bruder das tun. Jetzt erst wurde mir klar, dass Toni das alles geplant hatte. Paul war mit Freunden verabredet, da hatte sie nicht gelogen. Sie hatte dummerweise nur vergessen zu erwähnen, dass sie sich hier treffen würden. Und dass Alex auch hier sein würde. Dass Alex hier sein und mich mit Tom sehen würde.

Wahrscheinlich hatte sie es gut gemeint. Sie hatte wohl gewollt, dass Alex eifersüchtig werden würde und es ihm so leichter fallen würde zu akzeptieren, dass ich nicht damit klarkommen würde.

Aber dass der Schuss nach hinten losgehen würde, hätte ich Toni vorher schon sagen können. Alex würde mit ziemlicher Sicherheit kein Wort mehr mit mir reden.

Ich holte meinen Mantel und verließ den Club. Die kalte Luft schnitt in meine erhitzte Haut. Suchend sah ich mich um, dann entdeckte ich ein Taxi und ließ mich nach Hause bringen.

Im Wohnzimmer brannte noch Licht. Ich versuchte, möglichst leise ins Haus zu schleichen, damit Mum und George mich nicht hörten. Doch es hatte keinen Zweck. Natürlich hörten sie mich. Mum trat in den Flur, um zu sehen, wer da nach Hause gekommen war.

»Vesper? Was machst du denn schon hier? Ich dachte, du wärst mit Toni feiern?«

Ich wusste nicht warum, aber als ich antworten wollte – eine Notlüge schon parat brach ich stattdessen in Tränen aus. Mum starrte mich einen Moment lang bestürzt an. Sie war es nicht gewohnt, dass ich weinte. Dann schien sie sich daran zu erinnern, wie es früher zwischen uns gewesen war und sie nahm mich in den Arm. Ich heulte und heulte, ließ den ganzen Frust der letzten Wochen raus und es war mir nur ein bisschen peinlich, dass George im Wohnzimmer saß und jeden meiner Schluchzer hören konnte.

Als ich mich wieder einigermaßen beruhigt hatte, strich Mum mir sanft die Tränen von der Wange. Bestimmt sah ich absolut grauenhaft aus, mit verschmierter Schminke und komplett verheult, aber Mum lächelte.

»Geh dich umziehen. Ich koche dir einen Tee.«

Ich nickte. Vom Weinen hatte ich Schluckauf bekommen. Ich ging nach oben, schälte mich aus dem Kleid und warf es wütend in die Ecke. Im Bad wusch ich mir die Schminke vom Gesicht und sah auf einmal wieder vier Jahre jünger und ganz gewöhnlich aus. Ziemlich verquollen, aber wieder wie ich. Ein siebzehnjähriges Mädchen, das niemals den Jungen bekommen würde, in den es sich Hals über Kopf verliebt hatte.

Kaum war der Gedanke in meinem Kopf aufgetaucht, fing ich schon wieder an zu weinen.

Zum ersten Mal konnte ich all die Mädchen in den Büchern und Filmen verstehen, denen das Herz gebrochen wurde und die sich danach nur noch verkriechen wollten, um zu weinen, sich selbst zu bemitleiden und haufenweise Eiscreme zu essen.

Unten rief Mum meinen Namen. Mein Tee war fertig. Sie saß neben George auf dem Sofa, über den Fernsehbildschirm flimmerte ein Film, den ich nicht kannte, aber die beiden achteten nicht darauf, sahen nur mich besorgt an. Mum streckte die Arme nach mir aus und so wie früher, als ich noch ein kleines Mädchen und die Welt noch in Ordnung gewesen war, setzte ich mich neben sie und ließ mich von ihr trösten.

Sie murmelte beruhigende Worte in mein Ohr und hatte mich einfach nur im Arm.

George sagte die ganze Zeit nichts. Nur einmal griff er beruhigend nach meiner Hand.

Neben meinem Herz, das mir unglaublich wehtat, quälte mich mein schlechtes Gewissen. Ich war die ganze Zeit so gemein zu George gewesen. Dabei hatte er das gar nicht verdient. Er war schließlich nicht der Grund, weshalb meine Eltern sich getrennt hatten. Nein, sie selbst waren der Grund. Weder George noch Hannah konnten etwas dafür und ich benahm mich ihnen gegenüber trotzdem so fürchterlich.

Ich war siebzehn. Man sollte doch annehmen, dass ich mich einigermaßen erwachsen verhalten könnte. Stattdessen führte ich mich auf wie eine total verzogene Göre und machte damit meine Eltern, meinen Bruder und mich selbst auch ziemlich unglücklich.

Ich musste etwas ändern. Das war mir jetzt klar. Ich musste eine ganze Menge ändern und das Erste war, aufzuhören an Alex zu denken. Schließlich würde es meinen Herzschmerz auch nicht besser machen, wenn er mir die ganze Zeit im Kopf herumspukte.

Irgendwann schlief ich ein. Ich spürte noch, wie jemand eine Decke über mich zog, dann war ich auch schon weg.

***

Ich wurde wach, als ich kichernde Stimmen hörte. Die eine gehörte ganz eindeutig Maggie, also musste die andere – männliche – Stimme Alex gehören.

Mein Herz zog sich schmerzhaft zusammen, als ich hörte, wie sie die Treppe hochliefen. Dann ging Maggies Zimmertür zu, nicht ganz so leise, wie sie es wohl gehofft hatten. Das war's.

Es kam niemand wieder runter. Alex blieb oben bei Maggie. In ihrem Zimmer. In ihrem Bett.

O Gott. Mir wurde übel.

KAPITEL 16

Am nächsten Tag fragte Mum mich, ob ich Lust hätte, mit ihr ein Hochzeitskleid auszusuchen. Es waren nicht einmal mehr ganz zwei Monate bis zur Hochzeit. Es wurde also höchste Zeit. Ich sagte zu, damit ich nicht zufällig Alex oder Maggie über den Weg lief.

Am Morgen hatte ich drei verpasste Anrufe von Toni, vier von Tom und insgesamt zwölf Nachrichten auf meinem Handy gesehen. Ich meldete mich bei keinem von beiden.

Tom war ein noch größerer Idiot, als ich gedacht hatte, wenn er glaubte, dass ich tatsächlich noch einmal etwas mit ihm anfangen würde, nachdem er mich betrogen hatte. Auf Toni war ich einfach nur sauer.

Sie hätte mir von ihrem Plan erzählen müssen. Dann hätte ich ihr gesagt, dass das nicht klappen würde.

Alex hatte mich dazu aufgefordert, mich zu entscheiden. Ich war am Zug gewesen. Es war klar, dass er jetzt glaubte, ich hätte mich gegen ihn entschieden. Hoffentlich glaubte er nicht, dass ich blöd genug war, mich noch ein weiteres Mal auf Tom einzulassen.

Ich überlegte, was ich tun konnte, um ihm alles zu erklären, wenn er mir die Gelegenheit dazu geben würde, aber ich war so durcheinander, dass mir nichts einfiel. Irgendwie hatte ich jedoch das Gefühl, dass er es gar nicht würde hören wollen.

Schließlich schrieb ich ihm eine Nachricht, in der ich ihn bat, sich mit mir zu treffen, damit wir miteinander reden und vielleicht alles klären könnten. Ich machte mir keine großen Hoffnungen, dass er mir antworten würde, aber ich wollte es wenigstens versucht haben. Ich ließ mein Handy zu Hause, als ich mich mit Mum auf den Weg zum Brautmodengeschäft machte. Ich wollte mich nicht noch mehr quälen als nötig. Und ständig auf mein Smartphone zu starren, ohne eine Nachricht zu bekommen, während Mum Hochzeitskleider anprobierte, *wäre* mehr Quälerei als nötig.

Wie sich herausstellte, hatte Mum schon diverse Kleider anprobiert und musste sich jetzt nur noch zwischen zwei Kleidern entscheiden, die ihr beide wie angegossen passten. Das erste Kleid hatte eine A-Linie, war ziemlich schlicht und schulterfrei. Eigentlich ganz schön, wenn der Stoff nicht gewesen wäre. Zu fest und zu steif. Es passte nicht richtig zu Mum. In das zweite Kleid dagegen verliebte ich mich sofort. Es war zauberhaft. Es hatte einen fließenden weiten Rock, der bei jeder Bewegung mitschwang, das Oberteil war trägerlos und mit winzigen Perlen besetzt. Ebenso wie der Gürtel.

»Ich finde, du solltest das nehmen, Mum. Du siehst toll aus.« Mum strahlte mich an. In ihren Augen standen Tränen, so gerührt war sie.

Sie räusperte sich. »Weißt du schon, was für ein Kleid du haben möchtest?«, fragte sie.

»Maggie und ich haben uns auf lang, hellblau und schulterfrei geeinigt.«

»Ihr müsst nicht das gleiche Kleid tragen, wenn ihr nicht wollt. Vielleicht magst du dich hier einmal ein bisschen umsehen.«

Aufmunternd lächelte Mum mich an und verschwand mit der Verkäuferin wieder in der Umkleide. Ich hatte nichts zu tun, also ließ ich meine Finger durch die Kleider gleiten.

Und dann fand ich tatsächlich das Kleid meiner Träume. Ein Kleid, das ich nicht nur zur Hochzeit, sondern in einem halben Jahr auch zu meinem Abschlussball würde anziehen können. Hellblau und lang war es tatsächlich. Aber das war es auch schon, was es mit dem geplanten Brautjungfernkleid gemeinsam hatte.

Der Rock bestand aus fließendem Chiffon, das Oberteil und die zarten Ärmel waren dagegen aus feiner Spitze und es hatte einen Rückenausschnitt, der bis zur Taille reichte, bevor die Haut wieder von Spitze verdeckt wurde.

»Und? Hast du was Schönes entdeckt?« Mums Stimme ließ mich herumfahren. Sie lächelte, als sie sah, welches Kleid ich mir anschaute. Ich konnte nur nicken.

»Willst du es anprobieren?«

Wieder nickte ich. Ich brachte kein Wort heraus und es wurde auch nicht besser, als ich das Kleid anhatte. Es passte perfekt und es war atemberaubend. Die Verkäuferin steckte meine Haare am Hinterkopf locker hoch, damit der Rückenausschnitt besser zu Geltung kam.

»Ich denke, dann sind wir mit der Kleidersuche fertig«, sagte Mum zufrieden, als ich mich zu ihr umdrehte. Sie strahlte übers ganze Gesicht und mir kam unwillkürlich der Gedanke, dass wir uns schon viel länger wieder hätten verstehen können, wenn ich nicht so stur gewesen wäre.

Nachdem ich mich wieder umgezogen hatte und Mum und ich den Brautmodenladen verlassen hatten, beschlossen wir auch noch Schuhe kaufen zu gehen.

Mum hatte sich bei mir untergehakt, ganz selbstverständlich, als wir die Bond Street hinunterliefen. Ich fragte mich, wie Mum das machte. Wie konnte sie so einfach vergessen, dass wir uns die letzten Jahre eigentlich nur gestritten hatten? Ich wünschte, ich könnte es auch, aber ich hatte immer noch ein schlechtes Gewissen. Dann wurde mir klar, dass sie einfach nur glücklich war. Glücklich darüber, dass sie wieder jemanden gefunden hatte, der sie liebte und den sie liebte, und glücklich darüber, dass ich zuließ, dass wir uns wieder einander annäherten.

Wenn man glücklich war, konnte man eine ganze Menge vergessen.

***

Auch Schuhe waren schnell gefunden, schneller als gedacht. Ich entschied mich für zarte, silberfarbene Riemchensandaletten, während Mum mit Perlen besetzte weiße Pumps kaufte, die zu ihrem Brautkleid passten. Anscheinend hatten wir heute einen guten Tag, zumindest was das Shopping betraf, und weil die Shoppingtour so gut gelaufen war, beschlossen wir, noch einen Kaffee trinken zu gehen.

Wir redeten über viele Dinge, ganz ungezwungen, vermieden Themen, die die gute Stimmung zerstört hätten (der gestrige Abend, Dad und das Baby, meine Zukunft). Während wir so dasaßen, stellte ich fest, wie sehr Mum sich verändert hatte, seit sie mit George zusammen war.

Sie war viel lockerer geworden, war nicht mehr so pedantisch wie früher und insgesamt wirkte sie viel fröhlicher. Zum ersten Mal konnte ich mir vorstellen, wie sie als junges Mädchen gewesen war; lebensfroh und unternehmungslustig, ganz einfach unbekümmert.

Ich fragte sie nach der Hochzeit, weil ich wusste, dass sie gerne mit mir darüber reden würde und weil ich zum ersten Mal seit langer Zeit auch wirklich wissen wollte, was in Mums Leben so vor sich ging.

Sie erzählte mir von dem Veranstaltungsort, von Blumen, Abendessen, Kirche und Gästen und ich hörte aufmerksam zu. Nicht nur, weil es mich wirklich interessierte, sondern auch weil ich mich ganz dringend davon abhalten musste, an Alex zu denken und daran, ob er mir wohl geantwortet hatte oder nicht.

»Ich wollte dich noch fragen, ob Toni bei der Hochzeit mit an unserem Tisch sitzen soll oder bei ihren Eltern? Immerhin ist sie deine beste Freundin und ...« Mum brach ab.

Irgendwas an meinem Gesichtsausdruck schien ihr sehr deutlich klarzumachen, dass Toni jetzt gerade niemand war, über den ich reden wollte.

»Na ja, du kannst es dir noch überlegen, wenn du willst.« Sie lächelte und wechselte schnell das Thema. »Hast du eigentlich schon Pläne für deinen Geburtstag? Immerhin sind es nur noch zwei Wochen bis dahin.«

Mein Geburtstag. Den hatte ich komplett vergessen. Dabei war es mein achtzehnter. Doch schon bei dem Gedanken an eine Party drehte sich mir der Magen um. Klar, ich könnte feiern. Ich könnte vermutlich meine ganze Stufe einladen. Aber mir wurde klar, dass ich mit keinem einzigen meiner Mitschüler meinen Geburtstag feiern wollte, auch wenn das meinen Status als eines der beliebtesten Mädchen der Schule empfindlich stören würde. Allerdings war mir das ziemlich egal. Die Einzige, mit der ich feiern wollte, war Toni, auch wenn ich immer noch sauer auf sie war.

»Ich dachte, wir könnten vielleicht einfach was bei euch machen? Vielleicht was zu essen bestellen oder kochen. Nur die Familie. Und Toni.«

»Bei uns?« Mum sah mich überrascht an.

Ich wurde rot, als ich mich daran erinnerte, dass ich schon wieder bei Dad wohnen würde, wenn ich Geburtstag haben würde. Ich hatte mich schneller bei Mum und George eingewöhnt, als ich gedacht hatte, und der Gedanke, wieder bei Dad zu wohnen, verursachte mir Übelkeit.

»Ja. Ich … ich weiß nicht … ich will nicht wieder bei Dad wohnen. Nicht mit Hannah und dem Baby!«, brach es aus mir heraus.

Einen Moment lang sah Mum etwas überfordert aus, aber auch erfreut. Dann sagte sie: »Du kannst bei uns wohnen. Ich würde mich freuen und George auch.«

»Musst du das nicht erst mit George besprechen?«, fragte ich verlegen. Ich hatte nicht vorgehabt, mit Mum über Dad zu sprechen und erst recht nicht über das Baby. Es schien mir nicht fair zu sein, mit ihr darüber zu sprechen. Aber was war schon fair?

Mum schüttelte den Kopf. »Wir wollen beide, dass du bei uns wohnst. Ich hätte dich schon längst selbst gefragt, wenn ich gedacht hätte, dass du es überhaupt in Erwägung ziehen würdest.«

»Danke! Es ist einfach so … ich weiß nicht, wie ich das mit Dad und Hannah machen soll. Ich weiß ja auch gar nicht, was die beiden gerade besprechen, welche Pläne sie haben, aber ich habe die ganze Zeit das Gefühl, dass ich nur im Weg sein würde, wenn ich bei ihnen wohnen würde, und Dad hat ohnehin schon so gut wie keine Zeit für mich und das wird wohl nicht besser werden und …« Ich brach ab, als ich merkte, was da alles aus mir heraussprudelte. Mum konnte mir kaum folgen, aber als ich verstummte, lächelte sie mich liebevoll an.

»Es ist alles gut, Vesper. Du kannst mit Richard reden, wenn er wieder da ist. Und wenn du das nicht willst, ist das auch okay. Es ist alleine deine Entscheidung, was du machen und wo du wohnen willst.«

Ich nickte zögerlich. Das dürfte ganz schön schwierig werden.

»Deinen Geburtstag können wir gerne bei uns feiern«, griff Mum das ursprüngliche Thema wieder auf und strahlte mich an. Mein Vorschlag war für sie ziemlich unerwartet gekommen, aber es war offensichtlich, dass sie sich umso mehr darüber freute.

Wir begannen also meinen Geburtstag zu planen, sprachen über das Essen und wen ich außer Toni einladen wollte. Dabei wurde mir klar, dass ich nicht darum herumkommen würde, auch Alex einzuladen. Offiziell war er immer noch Maggies Freund und es würde mehr als nur ein bisschen seltsam aussehen, wenn ich sagte, ich würde ihn nicht dabeihaben wollen. Zumal mir auch kein guter Grund dafür einfiel.

Allein bei dem Gedanken daran, dass ich Alex an meinem Geburtstag sehen würde, bekam ich Magenkrämpfe. Krämpfe, die auch dann nicht nachließen, als ich schließlich zu Hause mein Handy aus der Schublade kramte und sah, dass Alex mir nicht geantwortet hatte.

Ich musste an die letzte Nacht denken, als ich gehört hatte, wie Alex mit Maggie in ihrem Zimmer verschwunden war, und fragte mich, warum ich mir überhaupt die Mühe gemacht hatte, ihm zu schreiben.

KAPITEL 17

Als ich am Montag in die Schule kam, hatte ich mich weder bei Toni noch bei Tom zurückgemeldet, obwohl beide mehrfach versucht hatten, mich zu erreichen. Ich wusste, dass ich ihnen in der Schule nicht aus dem Weg gehen konnte, doch ich versuchte es trotzdem. Leider ohne Erfolg.

Tom erwischte mich zuerst. Er fing mich noch im Eingangsbereich ab, einen Ausdruck im Gesicht, der irgendwas zwischen beleidigt schmollend und freudig erregt war. Es sah ziemlich seltsam aus.

Ich wollte mich an ihm vorbeischieben, aber seine Hand schloss sich um meinen Unterarm.

»Was willst du?«, blaffte ich ihn an. Ich hatte keine Nerven, nett zu Tom zu sein und er hatte es auch nicht verdient.

»Du bist Freitag so plötzlich verschwunden und hast dich danach nicht bei mir gemeldet. Ich dachte, wir würden uns vertragen, aber ...«

»Spinnst du?! Willst du mich verarschen? Du hast mich betrogen und nur, weil Sonia jetzt mit dem nächsten Typen ins Bett geht, glaubst du ernsthaft, du könntest wieder bei mir landen?!« Tom zuckte unter meinem Fauchen zusammen. Er wollte etwas sagen, aber ich war noch nicht fertig. »Das mit Freitag war Tonis beschissene Idee. Aber wenn du wirklich glaubst, dass ein Abend in einer versifften Disco reichen würde, damit ich dir verzeihe, dann hast du echt den Verstand verloren!«

Ohne auf seine Antwort zu warten, rauschte ich davon. Ich kochte vor Wut. Und es wurde nicht besser, als ich Toni auf ihrem üblichen Platz neben meinem sitzen sah. Sie sah mich schuldbewusst an und normalerweise hätte ein Blick in ihr trauriges Gesicht gereicht, damit ich ihr nicht mehr so böse gewesen wäre, aber dieses Mal nicht. Dieses Mal hatte sie es echt versaut.

Ich warf meine Tasche vielleicht doch etwas zu heftig auf den Tisch, ignorierte, dass Toni genauso zusammenzuckte wie Tom gerade eben, und ließ mich auf meinen Stuhl fallen.

»Vesper, es tut mir leid!« Sie wollte nach meiner Hand greifen, aber ich schüttelte sie ab.

»Was tut dir leid? Dass du alles kaputtgemacht hast?«

»Ich wollte dir doch nur helfen. So war das nicht geplant!«

»Du hättest mir sagen sollen, was du vorhast! Dann hätte ich dir sagen können, dass das eine echte Scheißidee ist. Alex ist nicht so wie ... ach egal. Es wäre meine Entscheidung gewesen, weißt du? Er hat gesagt, ich soll mir überlegen, was ich will, und du glaubst doch nicht wirklich, dass er jetzt noch glaubt, dass ich mich für ihn entschieden hätte!« Am liebsten hätte ich sie angeschrien, aber der Klassenraum füllte sich langsam und es musste wirklich nicht sein, dass alle mitbekamen, worüber Toni und ich uns stritten.

»Dann sag ihm, dass es meine Schuld ist und dass du das gar nicht wolltest! Vesper, es tut mir echt leid!«

Ich seufzte und war auf einmal furchtbar müde. Ich hasste es, mich mit Toni zu streiten.

»Das geht nicht. Ich habe ihm geschrieben und er ignoriert mich. Ganz abgesehen davon, dass es ohnehin egal ist. Alex ist Freitagnacht mit Maggie nach Hause gekommen und wir wissen beide, was das bedeutet.«

Toni wurde blass und sah aus, als würde sie jeden Augenblick in Tränen ausbrechen. Was sie dann auch tatsächlich tat. Das war das Einzige, was ich noch mehr hasste, als mich mit ihr zu streiten. Sie weinen zu sehen, war schlimmer. Vor allem, wenn ich der Grund dafür war.

»Es tut mir leid. So ... so leid«, schluchzte sie und schlug die Hände vor ihr Gesicht. Überfordert sah ich sie an. Ich war eigentlich immer noch sauer auf sie, aber ich wusste, dass sie es nur gut gemeint hatte.

Ich spürte, wie unsere Klassenkameraden uns neugierig und ziemlich unverhohlen musterten. Sie begannen schon zu tuscheln. Dauernd fielen unsere Namen und ich warf ihnen einen giftigen Blick zu. Hatten sie alle nichts Besseres zu tun?!

Doch es gab jemanden, der wichtiger war als meine Mitschüler und das war meine beste Freundin. »Ach, Toni, hör auf zu weinen, bitte! Ist schon gut. Ich weiß ja, dass du es nicht böse gemeint hast. Du wolltest mir nur helfen. Du kannst ja nichts dafür, dass Alex so blöd ist und gleich wieder mit Maggie ins Bett geht.«

Jetzt traten auch mir Tränen in die Augen. Die Tatsache, dass ich wieder daran denken musste, dass Alex und Maggie miteinander im Bett gewesen waren, half auch nicht dabei, den Gefühlsausbruch zu verhindern.

Unsere Englischlehrerin Mrs Matson betrat den Klassenraum. Toni und ich warfen uns einen Blick zu, dann sprangen wir gleichzeitig auf und stürmten aus dem Raum. Im Moment kümmerte es uns nicht, ob wir deswegen Ärger bekommen würden oder nicht. Schlimmer wäre es, wenn wir vor der ganzen Klasse erklären müssten, warum wir beide weinten. Und das würde unweigerlich auf uns zukommen. Sie redeten ohnehin schon über uns. Aber es ging sie nichts an, was mit uns los war. Sollten sie spekulieren, wie sie wollten. Wahrscheinlich hatten sie sich schon Geschichten ausgedacht, aber das war mir egal. Wichtig war nur, dass Toni und ich uns aussprachen.

Wir verzogen uns in die Mädchentoilette am Ende des Gangs. Die Tür fiel mit einem leisen Geräusch hinter uns ins Schloss. Schweigend sahen wir uns an. Tonis Unterlippe zitterte bedenklich und mir ging es auch nicht besser. Einen Augenblick später fielen wir uns in die Arme.

»Es tut mir leid!«

»Vergiss es. Ist schon gut. Es hätte sowieso nicht funktioniert.« Heiße Tränen liefen mir übers Gesicht und ich wischte sie hastig weg.

»Doch das hätte es. Ihr beide seid perfekt füreinander und ich hab alles kaputtgemacht!«

Ich zuckte mit den Schultern. »Jetzt kann ich eh nichts mehr daran ändern. Vergessen wir es einfach.«

»Du bist nicht mehr wütend auf mich?« Toni rieb sich die Augen.

Ich seufzte. »Nein. Du bist die Einzige, mit der ich mich im Moment nicht streiten will. Echt, ich hab diese ganze Streiterei so satt. Dann wird das mit Alex und mir eben nichts. Was soll's. Das hätte sowieso nie im Leben funktioniert. Es gibt auch noch andere.« Ich wiederholte mich. Hauptsächlich um mich selbst davon zu überzeugen. Toni sah aus, als wollte sie mir widersprechen, aber ich schnitt ihr das Wort ab.

»Sag mal, was hattest du eigentlich vor mit diesem tollen Plan?«

Sie wand sich unbehaglich und wich meinem Blick aus. »Wir dachten, es wäre ein guter Plan. Paul hat mal erwähnt, dass Alex ziemlich auf dich steht, aber vielleicht einen Schubs in die richtige Richtung brauchen würde, damit er erkennt, dass du es nicht nötig hast, drei Monate auf ihn zu warten. Immerhin wussten wir, dass Alex absolut nichts davon hält, wie Tom sich dir gegenüber verhalten hat. Wenn er euch zusammen gesehen hätte, wäre er eifersüchtig geworden und hätte endlich eingesehen, dass ihr jetzt schon zusammengehört. Also so war der Plan. Aber es hat leider nicht funktioniert«, murmelte sie geknickt.

Fast musste ich lachen. Sie hatte es wirklich lieb gemeint, aber der Plan war einfach eine totale Katastrophe gewesen.

»Oh, Toni! Ich finde es echt klasse, dass du und Paul euch Gedanken über Alex und mich macht, aber ihr beide kennt uns doch am besten! Ihr hättet wissen müssen, dass das nicht klappt.«

»Ja, wenn ich so drüber nachdenke, war das abzusehen. Es tut mir echt leid, Vesper, und Paul auch, das soll ich dir ausrichten!«

»Ich glaube, wir müssen mal was zusammen machen, bevor Schlimmeres passiert. Ich möchte Paul kennenlernen, wenn er sich schon in mein Liebesleben einmischt. Sag ihm das. Und jetzt sollten wir zurückgehen, bevor Mrs Matson uns hier aufspürt. Sie wird sowieso nicht besonders begeistert sein, dass wir einfach abgehauen sind.«

Toni nickte. Ihre Augen blickte mich immer noch traurig und schuldbewusst an, aber zumindest lächelte sie wieder.

»Okay. Ich frage Paul, wann er Zeit hat, dann können wir uns gerne mal zu dritt treffen.«

»Das mit dem Doppeldate wird wohl erstmal nichts.« Ich schaffte ein Grinsen.

»Lernen wir später zusammen bei Onkel Marty?«, fragte sie.

»Ja, können wir machen. Ich muss mich davon ablenken, mich nicht mehr bei Alex zu melden. Und davon, dass er zu meinem Geburtstag kommen wird.«

»Warum sollte Alex zu deinem Geburtstag kommen?«, fragte Toni. Ihre Augen betrachteten mich neugierig und unser Streit war vergessen. Es gab jetzt Wichtigeres. Zum Beispiel wie ich die Begegnung mit Alex an meinem Geburtstag überleben sollte.

***

Am Mittwoch, zwei Tage bevor Dad wiederkommen würde, sah ich Alex wieder. Ich kam gerade von der Schule nach Hause, als ich ihn aus dem Haus kommen sah. Mit gerunzelter Stirn zog er die Haustür hinter sich zu. Seine blonden Haare waren zerzaust und allein sein Anblick reichte schon aus, um mir den Atem zu verschlagen und in mir den Wunsch zu wecken, mich in seine Arme zu werfen. Was ich nicht tun konnte. Er drehte sich um, um zu seinem Auto gehen und bevor ich wusste, was ich tat, hatte ich mich schon hinter einem Auto versteckt. Geduckt saß ich da und betete, dass Alex mich nicht entdeckt hatte und dass er es auch nicht mehr tun würde. Mein Herz schlug mir bis zum Hals und mein Gesicht war so knallrot, dass es förmlich brannte.

Ich wartete und wartete, hoffte auf das Geräusch eines startenden Motors, aber es kam nichts. Hatte ich es überhört? War ich so damit beschäftigt gewesen, mich darauf zu konzentrieren nicht entdeckt zu werden, dass ich es nicht mitbekommen hatte, wie Alex wegefahren war?

Es musste so sein, denn gesehen hatte er mich nicht, da war ich mir sicher.

Ich richtete mich auf und stieß einen spitzen Schrei aus, als ich Alex auf der anderen Seite des Autos stehen sah, hinter dem ich gerade eben noch gehockt hatte.

Er sah mich mit hochgezogenen Augenbrauen an. »Du hast dich jetzt nicht ernsthaft vor mir versteckt, oder?«, fragte er. Seine Stimme triefte vor Spott.

Ich strich meinen Rock glatt, bemüht, ihn nicht anzusehen. Als ich es dann doch tat, war ich froh, dass mein Gesicht wieder seine normale Farbe angenommen hatte. Ich versuchte einen arroganten Ausdruck auf mein Gesicht zu zaubern, damit er nicht merkte, wie sehr ich mich gerade schämte.

»Nein. Hab ich nicht.«, widersprach ich, obwohl es vollkommen hoffnungslos war. Natürlich hatte ich mich vor ihm versteckt und er hatte es gesehen. Mein Gott, der Boden sollte sich bitte auftun und mich verschlingen!

Alex zuckte mit den Schultern. Er grinste, doch es war kein Lächeln, das ich von ihm kannte. Es war ein zynisches Grinsen. Er blickte mich einen Moment lang so an, dann zuckte er mit den Schultern. »Na klar. Ist auch egal.« Er wandte sich ab und ließ mich einfach stehen. Ich starrte ihm hinterher, unfähig etwas zu sagen. Alex fuhr sich mit beiden Händen durch die Haare, drehte sich um und sah mich mit zusammengezogenen Augenbrauen an.

»Bist du jetzt wieder mit diesem Idioten zusammen? Vesper, er hat dich betrogen! Und du gehst wirklich wieder zu ihm zurück? Bin ich echt so schlimm?«

Sprachlos starrte ich ihn an. »Was?«, brachte ich hervor. Zu mehr war ich gerade nicht in der Lage.

Alex winkte ab. »Vergiss es. Es geht mich nichts an.« Er stieg in seinen Wagen und fuhr davon, bevor ich ihn aufhalten konnte. Fassungslos sah ich ihm nach. Was war das denn jetzt bitte gewesen?

***

Ich brauchte etliche Stunden, um über diese Begegnung hinwegzukommen. Vor allem deshalb, weil ich so unfassbar wütend war.

Was bildete Alex sich eigentlich ein? Es ging ihn tatsächlich nichts an, ob ich wieder mit Tom zusammen war oder nicht. Nicht nachdem er wieder mit Maggie geschlafen hatte. Und wieso interessierte es ihn überhaupt, wenn sie wieder zusammen waren?

Schließlich ging ich zum Ballett, um mich abzulenken. Es half allerdings nicht so gut wie beim letzten Mal und als ich wieder zu Hause ankam, war ich beinahe genauso aufgewühlt wie zuvor. Ich hatte mein Handy schon in der Hand, um Alex eine Nachricht zu schreiben, hielt mich aber in der letzten Sekunde noch davon ab. Es würde sowieso nichts nützen.

Also blieb mir nichts anderes übrig, als weiterhin verärgert über ihn zu sein. Oder ihn zu vergessen, was die andere Möglichkeit und ziemlich sicher das Beste wäre. Leider war ich mir bewusst, dass das ziemlich schwierig werden würde.

***

Freitagnachmittag saß ich nervös bei Mum im Wohnzimmer und wartete darauf, dass Dad kommen würde. Ich hatte seit zwei Wochen nicht mit ihm geredet. Er hatte sich nicht gemeldet, was ich ihm wirklich übel nahm. Ich hatte mich allerdings auch nicht bei ihm gemeldet, weil ich der Meinung war, er wäre an der Reihe, nachdem er mich bei Mum abgeladen hatte, um mit seiner Freundin wegzufahren. Ich wusste nicht, ob er heute mit Hannah kommen würde oder nicht, aber ich hoffte, er würde allein kommen.

»Alles in Ordnung?« Mum stellte eine Tasse Tee vor mich auf den Tisch und drückte aufmunternd meine Schulter. Ich wollte nicken, so tun, als wäre alles okay, doch stattdessen schüttelte ich den Kopf und spürte einen Kloß im Hals.

»Ich hasse das alles«, murmelte ich.

»Ich weiß.« Mum seufzte und setzte sich neben mich. »Aber es wird alles gut.«

Skeptisch sah ich sie an. So sicher war ich mir da nicht.

Es klingelte und ich zuckte unwillkürlich zusammen. Dad war da. Ich wusste immer noch nicht, wie ich ihm sagen sollte, dass ich bei Mum bleiben wollte.

George öffnete die Tür und ließ Dad rein. Sie kamen ins Wohnzimmer und ich stand auf. Dad umarmte mich unbeholfen und mir schossen Tränen in die Augen, als ich daran denken musste, wie gut wir uns immer verstanden hatten. Dad und ich waren ein Team gewesen. Jetzt hatte er sich ein neues Team gesucht und ich war nicht mehr mit eingeplant.

»Geht's dir gut?«, fragte er, als er sich von mir gelöst hatte und wir uns alle wieder gesetzt hatten. Dad saß in einem Sessel, Mum und George saßen beide neben mir.

Ich nickte. »Ja. Alles okay.«

»Wie läuft es in der Schule?« Dad lächelte mich unsicher an. War das sein Ernst?

»Ich will nicht über die Schule reden. Das willst du doch eigentlich gar nicht wissen. Kannst du mir nicht einfach sagen, was du zusammen mit Hannah geplant hast, damit ich mich darauf einstellen kann, wie es jetzt weitergeht?«

»Wollen wir das nicht zu Hause besprechen?« Er sah von Mum zu George. Mir war klar, dass es ihm unangenehm war, in Mums Gegenwart von Hannah und dem Baby zu sprechen, aber ich hatte keine Nerven, um darauf Rücksicht zu nehmen.

»Nein, eigentlich nicht.«

Dad seufzte. Dann straffte er sich und für einen kurzen Moment war ich fest davon überzeugt, dass ich gar nicht wissen wollte, was er mir sagen wollte. »Hannah und ich hatten viel zu besprechen. Die Schwangerschaft war nicht geplant und es gibt noch viele Dinge, die organisiert werden müssen, aber fürs Erste haben wir beschlossen, dass sie bei uns einzieht. Das Gästezimmer wollen wir zum Kinderzimmer umbauen.«

»Werdet ihr heiraten?«, fragte ich, für mich selbst völlig unerwartet. Das war eigentlich nicht das, was mich am meisten interessierte. Aber mein Unterbewusstsein fand die Frage anscheinend wichtig.

Dad wurde rot. »So weit sind wir noch nicht. Erst einmal geht es darum, was das Beste für das Baby ist.«

Ich starrte ihn schweigend an. Das war ja klar. Was das Beste für mich war, das kümmerte ihn nicht.

»Ich will bei Mum bleiben«, platzte es aus mir heraus. Es war nicht nett, dass ich ihm das so völlig unvorbereitet sagte, aber gerade war mir das ziemlich egal.

»Was?«, fragte er fassungslos.

»Ich will hierbleiben«, wiederholte ich extra langsam und extra deutlich, damit er mich auch auf jeden Fall richtig verstand.

»Warum? Wir sind doch so gut miteinander ausgekommen, Vesper. Uns ging es doch immer gut zusammen.«

Ich schnaubte. »Ja, bis du deine Freundin geschwängert hast. Dad, ich werde mit Sicherheit nicht das fünfte Rad am Wagen spielen. Du bist gerade dabei eine neue Familie zu gründen. Ich werde versuchen damit umzugehen, ein Geschwisterchen zu bekommen, aber ich werde nicht so tun, als wäre das vollkommen okay für mich. Du hast jetzt schon kaum Zeit für mich und ich weiß, das wird nicht besser werden, wenn das Baby da ist.«

Ich sah ihm an, dass er nach Worten suchte. Er war überfordert und wusste nicht, was er sagen sollte, vor allem weil Mum neben mir saß. Allerdings wusste ich, was er sagen *wollte*. Dass Mum mich zuerst abgeschoben hatte und dass er es gewesen war, der das letzte Jahr über für mich da gewesen war. Doch wir wussten beide, dass das nicht stimmte. Sie waren beide nicht für mich da gewesen. Sie waren zu sehr mit sich selbst beschäftigt gewesen.

»Okay«, sagte er schließlich. »Wenn du hierbleiben möchtest, dann mach das. Es ist deine Entscheidung. Aber du musst wissen, dass du bei uns immer willkommen bist. Hannah und ich wollen, dass du zu unserem Leben dazugehörst. Genau wie John. Wir wollen, dass wir eine Familie sind. Alle zusammen. Mit euch und dem Baby.«

Wieder merkte ich, dass mir Tränen in die Augen stiegen. Mein Gott, in letzter Zeit heulte ich wirklich verdammt nochmal viel zu viel. Ich brachte kein Wort heraus und nickte nur.

Dad stand auf, ich stand auf. Er würde jetzt gehen und ich würde mich verabschieden. Er nahm mich in den Arm und dieses Mal drückte er mich ganz fest an sich, nicht so unbeholfen. Ich spürte seinen Herzschlag und kuschelte mich in seine Umarmung, so wie früher als kleines Mädchen. Er war mein Dad. Mein Held. Ich hatte es geliebt, bei ihm zu wohnen, weil wir uns immer so gut verstanden hatten. Aber ich wusste, dass ich das jetzt nicht mehr konnte. Ich wollte nicht mit einem Baby um seine Aufmerksamkeit streiten müssen. Immerhin war es ein Baby. Babys bekamen automatisch mehr Aufmerksamkeit. Das lag vermutlich am vielen Schreien. Dagegen würde ich nicht ankommen.

»Ich hab dich lieb, Vesper«, flüsterte er mir ins Ohr.

»Ich weiß. Ich dich auch.«

Dann verabschiedete Dad sich auch von Mum und George und ging. Ich sah ihm nach und hatte endlich mal wieder das Gefühl, etwas richtig gemacht zu haben. Nicht für meine Eltern. Sondern für mich. Nach Mums Reise war ich bei Dad geblieben, weil ich sauer auf sie gewesen war und weil ich gewusst hatte, dass Dad mich gebraucht hatte. Jetzt war das anders. Meine Eltern hatten beide ihr eigenes Leben und es war Zeit, dass ich mich um meins kümmerte.

KAPITEL 18

Das Wochenende verbrachte ich damit, mein Zeug aus Dads Haus zu holen. Es war ein riesiges Durcheinander, denn während ich meine Sachen aus den Regalen holte, in Kartons verpackte und nach einem Jahr bei meinem Dad wieder auszog, zog Hannah ein.

Das Ganze war nicht schön, aber auch nicht so schlimm wie erwartet. Eigentlich waren wir alle ganz freundlich zueinander. Ich bemühte mich nett zu Hannah zu sein und sie nahm es mir nicht übel, wenn ich es zwischendurch einmal nicht war. Ich fühlte mich schlecht, weil ich auszog, vor allem weil ich Dad ansehen konnte, dass er mich bei sich behalten wollte. Aber ich konnte und wollte wie gesagt nicht das fünfte Rad am Wagen sein. Hannah verstand das.

»Du kannst immer zu uns kommen, wenn du willst«, meinte sie, als ich gerade eine Pause davon machte, meine Bücherkisten die Treppe hinunterzuschleppen. Sie stand im Türrahmen, ein zögerliches Lächeln auf den Lippen und die Hände schützend auf den Bauch gelegt.

»Ich weiß«, murmelte ich und wollte mich an ihr vorbeischieben.

Es war immer noch schwierig für mich. Ich wusste nicht so recht, wie ich mit Hannah umgehen sollte. Einerseits war ich immer noch sauer. Aber das war eher eine allgemeine Wut und bezog sich nicht unbedingt auf Hannah. Andererseits war ich es aber auch leid, ständig auf alles und jeden wütend zu sein. Ein bisschen Entspannung würde mir mal ganz guttun.

Ich hörte Hannah seufzen. Sie strengte sich an und ich stieß sie wieder einmal vor den Kopf. Bevor ich es mir anders überlegte, drehte ich mich zu ihr um und sagte: »Ich habe nächsten Freitag Geburtstag. Wir machen eigentlich nicht großartig etwas, nur zusammen essen und so, aber vielleicht wollt ihr auch kommen«, sprudelte es aus mir heraus. Hannahs Augen leuchteten auf und der Gedanke, dass diese Einladung vielleicht doch keine allzu gute Idee war, löste sich in Luft auf.

»Natürlich! Wir kommen gerne!«

Ich nickte ihr zu und machte mich aus dem Staub. Ich hatte Hannah und Dad eingeladen und fürs Erste sollte das reichen. Ein Schritt nach dem anderen. Das war ein guter Plan. Ich brauchte ja nicht alles auf einmal machen. Bloß nichts überstürzen.

***

Mein Geburtstag kam schnell. Für meinen Geschmack zu schnell. Ich war Alex seit unserer letzten Begegnung mehr oder weniger erfolgreich aus dem Weg gegangen. Wir hatten uns zweimal kurz gesehen, als er bei Maggie gewesen war. Mehr als einen eisigen Blick hatten wir allerdings nicht getauscht.

Unsere Gefühle füreinander waren im Moment zu kompliziert und ich befürchtete, dass wir uns in unserer Dickköpfigkeit etwas zu ähnlich waren, als dass einer von uns über seinen Schatten springen würde, um mit dem anderen zu reden. Ganz abgesehen davon war ich der Meinung, dass es wenn, dann an Alex lag, mit mir zu reden und sich als Erster zu entschuldigen. Immerhin war er wieder mit Maggie im Bett gewesen, während Tom und ich nur getanzt hatten.

Toni starrte mich nur verständnislos an, als ich ihr das sagte. Sie meinte, ich würde einen Knall haben und sei drauf und dran, endgültig den Verstand zu verlieren. Wahrscheinlich hatte sie damit sogar recht. Aber ich sah es einfach nicht ein, auf sie zu hören und mit Alex zu sprechen. Ich hatte mich bei ihm gemeldet, um die Sache zu klären, und er hatte mich ignoriert. Wenn er jetzt etwas von mir wollte, musste er anfangen.

Weil Alex und ich also nicht mehr miteinander redeten, uns an diesem Abend aber auch nicht aus dem Weg gehen konnten, saß ich an meinem Geburtstag mit einem mulmigen Gefühl im Bauch in der Schule und hoffte, dieser Tag würde ohne Katastrophen vorübergehen. Dabei mochte ich Geburtstage eigentlich. Warum auch nicht?

Toni saß neben mir und plapperte fröhlich vor sich hin. Sie erzählte mir tausend Dinge, die mich gerade überhaupt nicht interessierten, und ich hörte nicht besonders aufmerksam zu, obwohl ich wusste, dass sie nur deshalb so viel redete, um mich abzulenken.

»Du kommst doch nächste Woche auch zu der Weihnachtsfeier, oder?«, fragte Toni und riss mich aus meinen Gedanken.

»Welche Weihnachtsfeier?« Verwirrt sah ich sie an. Dunkel erinnerte ich mich daran, dass bei meinem ersten Abendessen bei George und Mum von einer Weihnachtsfeier die Rede gewesen war. Aber wer die Feier veranstaltete oder was es sonst damit auf sich hatte, wusste ich nicht.

Toni verdrehte die Augen. »Die Weihnachtsfeier von Georges Anwaltskanzlei!«

Ich tat so als würde ich mich daran erinnern. »Ach die. Ja, ich denke schon. Aber wieso kommst du dahin?«, fragte ich, noch immer ziemlich verwirrt.

Sie lächelte. »Weil Pauls Dad ein Klient von George ist. Paul begleitet seine Eltern und hat gefragt, ob ich mitkommen möchte. Und weil ich mir dachte, dass du bestimmt auch da sein wirst, habe ich zugesagt. Das wird bestimmt witzig.«

»Ja, bestimmt.« Ich zwang mich zu einem begeisterten Lächeln, obwohl ich gerade das Gefühl hatte, mich jeden Moment übergeben zu müssen.

Ich übersah etwas. Irgendwas Wichtiges. Aber mir fiel beim besten Willen nicht ein, was. Mein Kopf war zu voll mit Gedanken an diesen Abend. Die Weihnachtsfeier war im Vergleich dazu einfach noch viel zu weit weg.

Erst als ich nach der Schule nach Hause kam und Mum auf die Weihnachtsfeier ansprach, wurde mir klar, was ich vergessen hatte.

Die Weihnachtsfeier wurde tatsächlich von Georges Anwaltskanzlei veranstaltet. Sie hatten einen großen Saal in einem schicken Hotel gemietet und neben den Mitarbeitern und ihren Familien waren auch die wichtigsten Klienten eingeladen worden. Mum freute sich wahnsinnig, dass ich mitkommen wollte, und als sie mir sagte, dass Maggie und Alex auch dort sein würden und wir zusammen bestimmt viel Spaß hätten, begriff ich, dass es Alex war, den ich vergessen hatte. Oder vielmehr seinen Vater, der mit George zusammenarbeitete. Bedauerlicherweise konnte ich aber keinen Rückzieher mehr machen. Ich konnte Mum schlecht sagen, dass ich doch nicht kommen würde, nur weil Alex dort sein würde. Außerdem konnten wir uns auf der Feier wahrscheinlich gut aus dem Weg gehen. Es würden viele Leute dort sein. Wir mussten nicht miteinander reden. Wir mussten uns wahrscheinlich nicht einmal sehen. Ja. Es würde alles gut gehen.

***

Dad und Hannah kamen am Abend als Erste. Zuerst war es seltsam, mit den beiden und mit Mum und George im Wohnzimmer zu sitzen. John war noch nicht da, genauso wenig wie Toni. Was mit Alex war, wusste ich nicht. Eigentlich wollte ich es auch gar nicht wissen.

Dann merkte ich, dass es nicht seltsam war, weil wir alle zusammen hier waren, sondern weil die vier mir etwas verheimlichten. Sie warfen sich verschwörerische Blicke zu, lächelten beinahe ununterbrochen und ich verstand die Welt nicht mehr. Ich hatte ganz eindeutig verpasst, dass Mum und Dad wieder normal miteinander reden konnten. Ohne Vorwürfe und ohne Schreien.

»Leute, könnt ihr mir vielleicht sagen, was hier los ist? Das ist ganz schön gruselig.« Ich deutete zwischen ihnen hin und her und verzog das Gesicht. Hier ging etwas vor sich und ich wollte wissen, was, sonst würde ich noch durchdrehen.

»Sollen wir?«, fragte Mum, aber sie sprach mit Dad und Hannah, nicht mit mir. Dad nickte. Seine Augen leuchteten und er lächelte, als wäre er mit sich und der Welt vollkommen zufrieden.

Mum stand auf, verließ das Wohnzimmer und kam einen Augenblick später mit einem Umschlag in der Hand wieder zurück. Mein Geburtstagsgeschenk. Erleichtert seufzte ich auf. Es ging um mein Geschenk. Deshalb hatten sie sich zusammengetan.

»Alles Gute zum Geburtstag, Liebling«, sagte Mum und küsste mich. Dann reichte sie mir den Umschlag. Plötzlich war ich furchtbar nervös. Ungeschickt öffnete ich den Umschlag und zog ein Blatt Papier heraus. Ich las, was darauf stand, und stieß einen spitzen Schrei aus.

»Gefällt's dir?«, fragte Dad. Sein Lächeln war noch breiter geworden.

»Das ist der Wahnsinn!« Ich fiel ihnen der Reihe nach um den Hals. Sogar Hannah und George.

Ich würde durch Europa reisen können. Sobald ich meinen Schulabschluss in der Tasche hatte, würde ich mit dem Auto hinfahren können, wohin ich wollte. Drei Monate lang, und ich konnte mir ansehen, was ich wollte. Meine Eltern würden alles bezahlen. Das Auto, Benzin, Unterkünfte, Verpflegung und ich durfte mitnehmen, wen ich wollte. Das war wirklich das beste Geschenk aller Zeiten.

»Wir wollen, dass du Spaß hast. Du kannst machen, was du willst«, sagte Mum. In ihren Augen schimmerten Tränen, aber sie lächelte und ich wusste, dass es schwierig für sie war, mich gehen zu lassen. Wo sie mich gerade erst zurückbekommen hatte. Aber noch stand ein halbes Jahr zwischen mir und diesem Urlaub und ich wusste, dass wir bis dahin noch einige Dinge klären würden.

»Das ist wirklich toll! Danke!«

Es klingelte und ich war schon an der Tür, als mir einfiel, dass vielleicht Alex draußen stehen würde. Einen Rückzieher konnte ich allerdings nicht machen, also öffnete ich die Tür und stellte erleichtert fest, dass es Toni war und mich anstrahlte.

»Nochmal alles Liebe zum Geburtstag! Jetzt gibt es auch dein Geschenk.« Sie umarmte mich und drückte mir ein bunt verpacktes, kleines Paket in die Hand. Zusammen gingen wir zurück ins Wohnzimmer. Erstaunlicherweise lief alles gut. Toni stellte sich Hannah und George vor und war die Liebenswürdigkeit in Person, obwohl sie alles wusste, und, solidarisch wie sie war, in etwa das Gleiche für die beiden empfand wie ich. Obwohl ich zugeben musste, dass sich meine Gefühle für die beiden in den letzten zwei Wochen doch ziemlich geändert hatten.

Mein Bruder kam ein paar Minuten später. Jetzt fehlte nur noch Alex. Sobald ich an ihn dachte, kehrte das mulmige Gefühl in meinem Bauch zurück und ich versuchte hastig, ihn so lange zu vergessen, bis er hier war. Ich hörte Schritte auf der Treppe und Maggie kam hinunter. Ihr hübsches Gesicht war ärgerlich verzogen und ich fragte mich, was passiert war. Ich kam jedoch nicht dazu, sie zu fragen, denn als sie John sah, verschwand der Ärger aus ihrem Gesicht und wurde von einem strahlenden Lächeln ersetzt. Es war genau wie beim ersten Mal, als ich die beiden zusammen gesehen hatte. Als hätte jemand ein Licht angeknipst, das nur die beiden erleuchtete.

Fasziniert sah ich sie an. Vor allem, weil John einen derartig seltsamen und unbeschreiblichen Ausdruck auf dem Gesicht hatte, dass ich mir nur mit Mühe ein Grinsen verkneifen konnte. Was war denn hier los? Eine Ahnung breitete sich in mir aus, ein Gedanke, dass ich hier etwas ziemlich Wichtiges verpasste, aber bevor ich die Idee zu fassen bekam, rief Mum uns ins Esszimmer.

Von den Gesprächen während des Essens bekam ich nicht viel mit. Mein Körper war so angespannt, als stünde er unter Strom. Die ganze Zeit wartete ich darauf, dass Alex kommen würde. Doch er kam nicht und ich traute mich nicht, nach ihm zu fragen. Allerdings fiel es nicht weiter auf, dass ich nicht so viel redete. Toni sprach dafür umso mehr und Maggie erstaunlicherweise auch. Eigentlich war sie nicht der Typ Mädchen, der ununterbrochen redete, aber irgendwas war heute anders. Sie sah auch anders aus. Nicht ganz so akkurat wie sonst und ihre Wangen waren gerötet, als wäre sie die ganze Zeit verlegen.

Ich sah, wie sie und John mehrmals kurze Blicke tauschten, wie sie beide knallrot wurden und dann wegsahen. Erklären konnte ich mir das allerdings immer noch nicht.

Nach dem Essen verschwand John im Badezimmer und Maggie ging kurz nach oben, um zu telefonieren. Ich nutzte die Gelegenheit und folgte ihr. Alleine würde ich sie eher fragen können, ob Alex noch kommen würde oder nicht.

Maggies Tür stand offen. »Wir können das nicht tun«, hörte ich sie sagen und ich hätte im Leben nicht gelauscht, wenn ich nicht eine zweite Stimme gehört hätte. Eine Stimme, die nicht aus dem Telefon kam und die ganz eindeutig meinem Bruder gehörte. Wie angewurzelt blieb ich stehen. Ich durfte nicht lauschen, das war mir klar, aber meine Füße schienen am Boden festgewachsen zu sein. Mein Herz klopfte plötzlich ganz schnell, so als ahnte es etwas, was mein Kopf noch nicht mitbekommen hatte.

»Ich weiß, aber das ist mir egal! Ich ...«

»Ich weiß«, unterbrach sie ihn und dann hörte ich etwas, das ich schon vom Hören her ziemlich sicher als Kuss identifizieren konnte. Meine Füße machten ganz von selbst die letzten Schritte. Ich tippte die Tür nur mit dem Finger an und sie schwang so weit auf, dass ich sah, was ich vorher schon geahnt hatte.

John und Maggie – mein älterer Bruder und meine zukünftige Stiefschwester – standen in inniger Umarmung in Maggies Zimmer und knutschten.

Ich sollte abhauen, so tun, als hätte ich nichts gesehen, aber ich konnte einfach nur dastehen und die beiden mit offenem Mund anstarren. Das durfte doch nicht wahr sein!

Ich wusste nicht, wie lange ich so dastand, aber irgendwann kam ich wieder zu mir, wirbelte auf dem Absatz herum und lief die Treppe hinunter. Dabei musste ich allerdings ein Geräusch verursacht haben, denn ich hörte, wie Maggie hinter mir herrief. Hastig lief ich weiter und ignorierte sie.

O mein Gott, omeinGott, OMEINGOTT! Ich konnte einfach nicht glauben, was ich da gesehen hatte.

Meine Familie saß im Wohnzimmer, als ich hereinstürmte. Niemand achtete auf mich, nur Toni sah mich mit gerunzelter Stirn verwirrt an. Ich erhaschte einen Blick auf mein Gesicht, das sich im Fenster spiegelte. Es war blass, nur meine Wangen waren hektisch gerötet und meine Augen so groß wie Untertassen.

Hinter mir hörte ich hektische Schritte, aber es war schon zu spät. Ich war Maggie und John entwischt. Sie stolperten hinter mir ins Wohnzimmer, beide knallrot und außer Atem.

Ich ließ mich schnell zwischen Toni und Mum auf das Sofa fallen und setzte einen möglichst unbeteiligten Gesichtsausdruck auf. Ich musste nachdenken. Und zwar gründlich. Es gelang mir, Maggies flehentlichem Blick auszuweichen, aber John wusste, wie er mit mir umgehen musste. Ich spürte, dass er mich förmlich niederstarrte, und als ich dann doch zu ihm rüber schaute, fing ich seinen warnenden Blick auf. Er sah beschämt aus. Er wollte mit mir sprechen, das sah ich ihm an, aber zuerst musste ich nachdenken.

»Was ist los?«, flüsterte Toni mir zu. Ihre Augen blitzten neugierig. Sie spürte, dass hier etwas vor sich ging. Ich schüttelte nur den Kopf und blickte sie beschwörend an. *Später*, formte ich mit den Lippen. Leider wurde daraus nichts. Maggie und John ließen mich die ganze Zeit nicht aus den Augen und gaben mir keine Gelegenheit, Toni zu erzählen, was ich gesehen hatte.

Dafür hatte ich genug Zeit, um darüber nachzudenken.

John und Maggie hatten sich geküsst. Und nicht irgendwie. Sondern so richtig. Das hätte ich mir echt sparen können. Andererseits ... wer wusste schon, wofür das noch gut sein könnte, dass ich es gesehen hatte.

Ich versuchte, mich an Details zu erinnern. Maggie hatte gesagt, dass sie das nicht machen könnten. Was nicht, war klar. Und es war im Großen und Ganzen das Gleiche, was ich zu Alex gesagt hatte.

Alex.

Mein Kopf war so voll von Maggie und John, dass ich einen Augenblick lang gar nicht an ihn gedacht hatte. Ob er wusste, dass zwischen den beiden was lief? Und wenn ja, wieso hatte er mir nichts davon gesagt? Wenn nein, wieso wusste er nichts davon? Und wieso war es Maggie so superwichtig, dass alle glaubten, sie wäre noch mit Alex zusammen, wenn sie doch was mit meinem Bruder hatte? Wieso konnten nicht alle die Wahrheit wissen? Dann könnte ich mit Alex reden. Vielleicht könnten wir uns wieder vertragen und es würde alles gut werden. Dann würden Maggie und John zusammen sein und Alex und ich. Vielleicht. O Gott. Der Gedanke war so absurd, dass ich lachen musste. John warf mir erneut einen warnenden Blick zu, der mir deutlich sagte, dass ich bloß die Klappe halten sollte, aber es fiel mir wirklich schwer, mich zusammenzureißen.

So etwas Bescheuertes hatte ich noch nie erlebt. Maggie und John. Alex und ich. Das war ja schlimmer als in jeder Telenovela.

Aber okay, so was konnte schon mal passieren. Es war unwahrscheinlich, aber nicht unmöglich. Es stellte sich nur die Frage, wie wir aus dieser ganzen Geschichte wieder herauskommen sollten.

Noch etwas wurde mir klar. In der Nacht, als ich glaubte, Alex wäre mit Maggie nach Hause gekommen, war das mit ziemlich großer Wahrscheinlichkeit nicht Alex, sondern mein lieber Bruder gewesen.

Ich musste mit den beiden reden, um das herauszufinden. An diesem Abend bekamen wir jedoch keine Gelegenheit mehr dazu, denn es war geplant, dass Toni bei mir übernachten sollte. Und als es Zeit war, verabschiedeten sich Dad, Hannah und John von uns und gingen.

John gab mir noch einmal sehr deutlich zu verstehen, dass ich niemandem etwas erzählen sollte, bis wir nicht darüber geredet hatten. Woran ich mich vielleicht sogar gehalten hätte, wenn Toni nicht bei mir übernachtet hätte.

»Das ist doch nicht wahr!«, quietschte sie, als wir später in meinem Bett lagen. Mal ehrlich, wer hätte diese Geschichte auch vor seiner besten Freundin verheimlichen können? Über so etwas *musste* man einfach reden.

»Doch, ehrlich! Ich hab's gesehen.« Ich kicherte.

»Dann musst du Alex Bescheid sagen. Wenn er nichts davon weiß, könntest du ihn so vielleicht davon überzeugen, dass ihr zusammen sein könnt. Ohne darauf zu warten, dass die Hochzeit endlich stattfindet.«

Ich schüttelte den Kopf und wickelte mir eine Haarsträhne um die Finger. »Erst einmal muss ich Alex davon überzeugen, dass ich nicht wieder mit Tom zusammen bin. Und ich muss mit John und Maggie reden. Es kann doch nicht so schwierig sein, das zu klären.«

»Na hoffentlich! Ihr hattet wirklich genug Drama.«

»Stimmt. Mehr brauche ich auch nicht.«

Ich kuschelte mich unter meine Bettdecke. Meine Gedanken schweiften ab. Zu Alex. Wer hätte damit gerechnet?

Während ich darüber nachgrübelte, wie ich die Sache zwischen uns wieder in Ordnung bringen sollte, kam mir auch der Gedanke, dass ich Maggie und John nicht ewig würde aus dem Weg gehen können. Irgendwann würde einer von beiden mich erwischen und dann würde ich mir wohl ganz schön etwas anhören dürfen. Ich schauderte unwillkürlich. Das konnte ja heiter werden.

Ich wusste nicht, mit wem von beiden ich lieber sprechen würde. Am besten mit gar keinem. Vielleicht könnte ich mich aus dem Haus stehlen, bevor Maggie aufwachte, und dann könnte ich mich den ganzen Tag verstecken und ... nein, das war albern.

Aber vielleicht ... vielleicht konnte ich das Gespräch irgendwie dazu nutzen, um das mit Alex und mir wieder geradezubiegen.

KAPITEL 19

Sobald Toni am nächsten Tag gegangen war, wurde ich von einer sehr energischen Maggie gepackt und trotz meiner Gegenwehr in ihr Zimmer gezogen. Sie war sehr viel stärker, als sie aussah. Als sie die Tür hinter uns geschlossen hatte, ließ sie mich los (sie schloss sogar ab, als würde sie befürchten, dass ich abhauen würde, sobald sich mir die Gelegenheit bieten würde).

Ich rieb mir das Handgelenk und schaute sie ungehalten an.

»Das wäre echt nicht nötig gewesen«, maulte ich und setzte mich im Schneidersitz auf den Boden.

»Doch, das war es. Wem hast du erzählt, was du gesehen hast?« Maggie war stehen geblieben. Sie hatte die Hände in die Hüften gestemmt und sah mich durchdringend an.

»Niemandem«, antwortete ich hastig. Zu hastig. Wir wussten beide, dass ich log. »Nur Toni«, gab ich zu, als Maggie mich vorwurfsvoll anfunkelte, verschränkte aber trotzig die Arme vor der Brust, um ihr deutlich zu machen, dass es ja wohl nicht mein Problem war, dass sie mit meinem Bruder rummachte.

Sie seufzte. »Okay. Also, die ganze Sache ist ziemlich kompliziert. Ich weiß, dass das alles schwer zu verstehen ist, aber lass mich dir ein paar Sachen erklären, bevor du mich verurteilst, ja?«

»Was ist mit Alex? Weiß er, dass du mit John schläfst?«

Die Worte strömten einfach so aus mir heraus. Eigentlich hatte ich sie gar nicht nach Alex fragen wollen. Ich hatte sie eigentlich einfach reden lassen wollen und danach schauen, wie ich darauf reagieren sollte. Aber ich hatte mal wieder schneller geredet als gedacht.

Maggie lachte auf, klang dabei aber viel eher so, als würde sie jeden Moment in Tränen ausbrechen.

»Vesper, hör mal, es ist nicht so, wie es aussieht. Als würde ich Alex betrügen. So was würde ich nie machen.«

»Es sieht aber schon so aus.«

Ich war gemein. Gemein und herzlos. Immerhin kannte ich ja die Wahrheit. Aber irgendwie konnte ich nicht anders.

»Alex und ich sind nicht mehr zusammen.«

Ich musste gar nicht mal so tun, als wäre ich überrascht. Ich war es tatsächlich. Ich hätte nicht gedacht, dass sie mir die Wahrheit sagen würde.

»Und warum dann das ganze Theater?«

»Weil ich meinem Dad und deiner Mum nicht die Hochzeit versauen will. Ich weiß ganz genau, was mein Dad denken würde, wenn ich ihm erzähle, dass ich mich von Alex getrennt habe. Er würde sich Sorgen machen. Dad war immer davon überzeugt, dass Alex und ich irgendwann einmal heiraten würden. Und wenn er von der Trennung erfährt, wird er nicht glauben, dass das für mich vollkommen in Ordnung ist. Er wird glauben, ich drehe durch, vor allem wenn er erfährt, dass ich mit seinem Stiefsohn schlafe. Ich bin seine kleine Prinzessin, er macht sich immer Sorgen um mich und das kann er jetzt nicht gebrauchen. Ich will, dass er glücklich ist. Außerdem glaube ich auch nicht, dass deine Mum sonderlich begeistert davon sein wird, wenn das mit John und mir herauskommt. Die beiden sind davon überzeugt, dass wir eine große glückliche Familie werden, und es scheint mir nicht richtig zu sein, wenn er und ich ... na ja, du weißt schon.«

»Und deshalb tust du so, als wärst du noch mit Alex zusammen?«

»Nur bis die Hochzeit hinter uns liegt. Danach kann Dad sich von mir aus so viele Sorgen machen, wie er will. Er kann glauben, dass ich durchdrehe, und enttäuscht von mir sein, weil ich die Beziehung zu seinem Patensohn versaut habe. Aber jetzt möchte ich einfach nur, dass es ihm gut geht. Das ist doch wohl nicht zu viel verlangt, oder?«

»Und Alex ist damit einverstanden?« Ich versuchte, gleichgültig zu klingen, aber ich merkte selbst, dass ich mich atemlos anhörte. Atemlos und aufgeregt und total verknallt. Maggie schien davon nichts zu bemerken. Sie verzog das Gesicht und wirkte auf einmal ziemlich ungehalten.

»Eigentlich ja. Na ja, er weiß nichts von John und ich wäre dir sehr dankbar, wenn das so bleiben könnte. Aber ... hm ... ich weiß nicht so recht. In letzter

Zeit benimmt Alex sich sehr merkwürdig. Ich kann es nicht erklären und er will auch nicht darüber reden, aber …« Maggie brach ab und lachte verlegen auf. »Entschuldige. Das interessiert dich bestimmt gar nicht.«

»Doch, doch. Schon okay. Erzähl es mir ruhig«, erwiderte ich, vergeblich darum bemüht, nicht zu neugierig zu klingen.

Sie seufzte, schien zu überlegen und gab sich dann einen Ruck. »Na schön. Ich weiß nicht, was mit ihm los ist. Früher haben wir immer über alles geredet. Wirklich alles. Wir haben uns blind verstanden. Aber seit ein paar Wochen ist er so abweisend. Wir lernen nicht mehr zusammen und er redet auch kaum noch mit mir. Ich weiß, dass das nicht an der Trennung liegt, damit sind wir beide gut klargekommen und ich weiß auch, wenn er ein Problem damit hätte, würde er mit mir darüber reden. So machen wir das. So haben wir das immer gemacht. Aber jetzt … ich weiß nicht, was los ist. Aber ich möchte ihm so gerne helfen, wenn er ein Problem hat.«

»Vielleicht solltest du einfach nochmal versuchen mit ihm zu reden. Und vielleicht …« Ich zögerte. Das war gewagt, aber es war meine beste Chance. »Vielleicht solltest du ihm von John und dir erzählen.« Wenn Maggie Alex die Wahrheit sagte, könnte möglicherweise alles gut werden.

Doch Maggie schüttelte hektisch den Kopf. »Nein, das kann ich nicht. Er würde es verstehen. Er wäre supersüß und verständnisvoll, wie immer. Aber dann könnte ich das nicht so durchziehen, wie ich es tun muss, um meinen Dad glücklich zu machen. Dann würde ich ihn gehen lassen, eben weil er noch immer der Junge ist, in den ich mich mit fünfzehn verliebt habe. Ich muss diese letzten sechs Wochen noch durchhalten. Danach kann ich allen die Wahrheit sagen.«

Skeptisch musterte ich Maggie. War das wirklich ihr Ernst? Ich konnte es kaum glauben. Da saß die superperfekte Maggie vor mir; die rationale Maggie, die Jura studierte, und gab so etwas von sich, von dem ich gedacht hätte, dass nur ich so etwas sagen würde. Meine Chance zerplatzte wie eine Seifenblase. Ich wusste, ich konnte Alex nicht die Wahrheit sagen. Nicht wenn ich damit zuerst Maggie und meinen Bruder totunglücklich machen würde und dann George und Mum.

Ich stand auf. »Okay. An deiner Stelle würde ich darüber aber noch einmal nachdenken.«

Ich war schon halb aus dem Zimmer, als Maggie mich noch einmal aufhielt. »Du sagst es doch niemandem, oder?«

»Nein.« Ich wünschte, ich wäre so gemein und herzlos, dass ich es könnte. Aber ein Blick in Maggies Gesicht genügte, um zu wissen, dass ich das niemals könnte. »Ich sag's niemandem, keine Sorge.«

***

Wenn mir vorher jemand erzählt hätte, wie schwierig es sein würde, so ein Geheimnis für sich zu behalten, dann hätte ich vielleicht doch noch abgelehnt. Denn es war verdammt schwierig.

Es war nicht so, dass ich Alex unbedingt die Wahrheit erzählen wollte. Na ja gut, eigentlich wollte ich das schon, aber ich hielt mich krampfhaft davon ab. Deshalb war es vielleicht ganz gut, dass Alex mir immer noch nicht geantwortet hatte. Ich war mehrmals täglich drauf und dran, mir mein Handy zu schnappen und ihm erneut eine Nachricht zu schicken und zu schreiben, dass wir unbedingt miteinander reden müssten. Aber die Sache war die, dass ich einfach nicht wusste, was genau ich ihm sagen wollte, wenn wir uns dann doch wieder begegnen sollten.

Also vergrub ich mein Handy in den Tiefen meiner Sockenschublade und versuchte, irgendwie die nächste Woche bis zur Weihnachtsfeier zu überstehen.

Ich ging wieder laufen. Vermutlich wäre es das Beste gewesen, den Park, in dem ich mit Alex gewesen war, zu meiden, aber ich konnte nicht. Er zog mich wie magisch an. Es war eisig kalt draußen. Die Luft schnitt in meine Haut und ich spürte meine Hände kaum noch. Trotzdem war mir viel zu warm. Ich war aufgeregt. Richtig aufgedreht, weil ich die ganze Zeit fürchtete, Alex zu begegnen. Vielleicht hoffte ich auch darauf, dass wir uns zufällig träfen. Doch auch das würde mich kein Stück weiterbringen, weil ich immer noch keine Ahnung hatte, was ich dann tun sollte.

Im Endeffekt war es aber auch egal. Ich lief stundenlang durch den Park und Alex war nirgendwo zu sehen. Das war wieder typisch. Die ersten Male hatten wir uns so oft zufällig getroffen und das eine Mal, wenn man einen Zufall tatsächlich nötig gehabt hätte, passierte nichts.

Mir gelang es trotzdem irgendwie, die eine Woche herumzubekommen, die bis zu unserem unvermeidlichen Wiedersehen vergehen würde. Hauptsächlich deshalb, weil wir Klausuren schrieben und ich viel damit zu tun hatte, den Stoff so fest in meinem Kopf zu verankern, dass ich an kaum etwas anderes denken konnte.

Tom ging mir in dieser Woche ziemlich auf die Nerven. Immer wieder kam er an und versuchte, mich davon zu überzeugen, ihn doch noch zurückzunehmen. Er bat mich so oft um ein Date, dass ich die Absagen gar nicht mehr zählen konnte.

Ich hätte vermutet, dass John sich bei mir meldete, um mit mir über sich und Maggie zu reden, aber er tat nichts dergleichen.

Am Donnerstag, zwei Tage vor der Weihnachtsfeier, saß ich gelangweilt in meinem Zimmer und starrte auf mein Smartphone. Irgendwann hielt ich es nicht mehr aus, sprang auf, zog Jacke und Schuhe an und machte mich auf den Weg zu meinem Bruder.

John schien nicht besonders begeistert davon zu sein, dass ich unangemeldet bei ihm auftauchte, aber er ließ mich rein. »Was machst du hier?«

»Ich freu mich auch, dich zu sehen, Bruderherz«, erwiderte ich sarkastisch und ließ mich auf sein Sofa fallen.

John setzte sich neben mich und schnaubte. Mit hochgezogenen Augenbrauen musterte er mich. »Ach, komm schon, Vesper. Ich kenne dich. Du kommst, weil du etwas willst. Also spuck's schon aus.«

»Seit wann läuft das mit dir und Maggie?« Ich kam direkt zum Punkt. Es hätte sowieso nichts genützt, um den heißen Brei herumzureden. Ganz abgesehen davon, dass ich das auch nicht wollte. Dafür war ich viel zu neugierig.

»Ich dachte, Maggie hätte dir alles erzählt.«

»Nein. Sie hat mir nur erzählt, dass sie nicht mehr mit Alex zusammen ist und dass sie ihn dementsprechend nicht betrügt, was gut ist. Und dass ihr niemandem sagen könnt, dass ihr was miteinander habt, um Mum und George nicht die Vorfreude auf die Hochzeit zu nehmen.«

John nickte, legte den Kopf schief und sah mich nachdenklich an. »Seit zwei Monaten.«

»Seid ihr zusammen oder ist das nur …« Mit meinem großen Bruder über Sex zu reden, war ziemlich seltsam. Irgendwie gruselig. Aber meine Neugierde war größer als die Abneigung, etwas über Johns Sexleben zu erfahren.

Erstaunlicherweise wurde mein Bruder knallrot und er musste mir gar nicht antworten. Er hatte sich in Maggie verliebt.

»Glaubst du, dass es Alex gegenüber fair ist, dass ihr zwei zusammen seid und er noch immer so tun soll, als wäre er mit Maggie zusammen, ohne von euch zu wissen?«

John zuckte zusammen und ich wusste, dass ich seinen wunden Punkt getroffen hatte. »Nein, ist es nicht. Aber was soll ich tun? Alex die Wahrheit sagen? Dann bringt Maggie mich um und …«

»Ja, schon klar. Du bist hoffnungslos in Maggie verliebt und kannst nicht riskieren, sie zu verlieren.«

»Weißt du was? Für eine kleine Schwester hast du eine ganz schön große Klappe.« John knuffte mich spielerisch gegen die Schulter und grinste mich an.

»Das ist jetzt aber nichts Neues, oder?« Ich erwiderte sein Grinsen, obwohl mir eigentlich nicht danach zumute war.

Das alles war viel zu kompliziert geworden.

Ich hatte mich in den Ex-Freund meiner Stiefschwester verknallt, während mein Bruder sich in ebenjene Stiefschwester verliebt hatte. Und das Geheimnis würde frühestens dann rauskommen, wenn meine Mum Maggies Dad geheiratet hatte. Oder eben auch nicht. Ich wusste nicht, ob ich da viel Mitspracherecht hatte.

»Und wie geht's dir?«, wechselte John das Thema.

Mir war bewusst, dass er nicht mehr über sich und Maggie sprechen wollte.

»Ganz gut.« Ich wich seinem Blick aus, weil ich genau wusste, dass John mich zu gut kannte, um nicht zu bemerken, dass irgendwas nicht stimmte. Doch ich hätte wissen müssen, dass das nicht ausreichen würde.

»Was ist los, Vesper?«

»Gar nichts.« Ich warf ihm aus großen Augen einen unschuldigen Blick zu, aber das zog bei ihm eigentlich schon nicht mehr, seit ich in die Pubertät gekommen war. Er sah mich nur abwartend an und irgendwann gab ich nach. »Da ist dieser Kerl«, begann ich.

»Wusste ich es doch.« John grinste triumphierend und ich verdrehte die Augen. »Was ist mit dem Kerl?«

Ich seufzte. »Er ist ein Idiot. Nein, eigentlich ist er es nicht. Er ist sehr lieb und er mag mich. Na ja, er mochte mich. Aber jetzt glaubt er, ich wäre wieder mit Tom zusammen und er meldet sich nicht mehr bei mir. Ich habe ihm zwar geschrieben, aber er antwortet nicht und ich habe ja auch meinen Stolz. Vor allem weil das nicht unser einziges Problem ist. Über das andere Problem kann ich mit ihm aber nicht reden, weil ich ... einer Freundin versprochen habe, den Mund zu halten und ...«

»Rede mit ihm«, unterbrach John mich.

»Du bist ja witzig! Hörst du mir nicht zu? Ich hab's versucht.«

»Dann versuche es nochmal!« Er legte seinen Arm um meine Schulter, zog mich an sich und drückte mir einen Kuss auf die Stirn. »Wenn er wirklich so nett ist, wie du sagst, dann wird er dir zuhören.«

Dann hoffte ich mal, dass John recht hatte und Alex mir übermorgen wirklich zuhören würde. Wenn nicht, wüsste ich auch nicht, was ich noch tun sollte.

KAPITEL 20

»Ich weiß nicht, was ich anziehen soll!«, klagte ich und musterte die Kleider, die ausgebreitet vor mir auf dem Bett lagen.

»Was steht denn zur Auswahl?« Tonis Stimme aus den Lautsprechern meines Handys klang blechern.

»Eigentlich gar nichts.« Ich seufzte. »Die sind alle doof. Entweder zu kurz oder zu bunt. Es ist die Weihnachtsfeier von Georges Kanzlei, da kann ich nicht im Minikleid hingehen.«

»Was ist mit dem roten Kleid? Das ist doch schön.«

Ich verzog das Gesicht. Das rote Kleid hing noch im Schrank. Ich hatte es nicht einmal in Betracht gezogen. »Aber es ist rot! Und meine Haare sind auch rot.«

Toni lachte. »Schon klar. Aber das ist kein Grund. Es wird toll aussehen, das weiß ich. Immerhin haben wir das Kleid zusammen gekauft.«

»Ja, aber irgendwie hat es mir da besser gefallen.«

»Vesper! Jetzt hör mir mal zu! Ich weiß, du denkst die ganze Zeit nur daran, dass du Alex heute Abend siehst, und du willst gut aussehen und das verstehe ich! Aber das rote Kleid sieht wirklich fabelhaft aus und ich habe keine Ahnung, wie du auf die Idee kommst, dass es nicht mehr zu deinen Haaren passt. Zieh das Kleid an und gut ist! Wenn du mir nicht glaubst, dann frag deine Mum oder Maggie. Aber ich bin mir ziemlich sicher, dass sie dasselbe sagen werden wie ich!«

Tonis Ausbruch brachte mich zum Lächeln. »Okay, okay. Ich ziehe das rote Kleid an. Wir sehen uns dann später.«

»Bis später.«

Nachdem wir beide aufgelegt hatten, holte ich das Kleid aus dem Schrank. So richtig überzeugt war ich immer noch nicht. Ich zog es an, damit ich mich besser entscheiden konnte. Aber es war zu rot. Schön ja, aber zu rot. Es war so lang, dass es gerade eben so meine Knie bedeckte, es hatte einen herzförmigen Ausschnitt und kurze Ärmel. Der Glockenrock wirbelte um mich herum, wenn ich mich drehte.

Es klopfte an der Tür und Maggie streckte ihren Kopf in mein Zimmer.

»Oh, wow, du siehst toll aus. Wen willst du denn heute Abend verzaubern?«, fragte sie und sah mich mit großen Augen an.

Ich wurde rot. Na toll, wenn mir das heute Abend auch passieren würde, würde ich aussehen wie eine Tomate. »Niemanden. Ich ziehe das Kleid auch gar nicht an.«

Ich musste mich ziemlich verrenken, um den Reißverschluss wieder aufzubekommen.

»Warum nicht? Das Kleid ist umwerfend.«

»Ich sehe aus wie eine Tomate.«

»Gar nicht wahr. Komm mal mit.« Sie griff nach meiner Hand und zog mich in ihr Zimmer. Auf ihrem Bett lagen noch mehr Kleider als auf meinem und auf dem Boden waren unglaublich viele Paare Schuhe verstreut. Sie griff nach einem Paar schwarzer, spitzer Pumps, ganz klassisch.

»Probiere die mal an.« Sie drückte mir die Schuhe in die Hand und ihr Blick ließ mir keine andere Wahl.

»Was hast du vor?«, fragte ich, als Maggie anfing, an meinen Haaren herumzufummeln.

»Lass mich einfach machen.« Sie holte ein paar Haarklammern von ihrem Schminktisch und steckte meine vorderen Haarsträhnen an meinem Hinterkopf fest.

»Willst du mich etwa auch schminken?«

»Nein, ich denke, das kannst du ganz gut alleine. Aber ich finde, du solltest das Kleid wirklich anlassen, du siehst fantastisch aus.« Sie lächelte mich an und ich fragte mich unwillkürlich, ob sie mich immer noch so toll finden würde, wenn sie wüsste, dass ich an diesem Abend versuchen würde, ihren Ex-Freund davon zu überzeugen, eine wie auch immer geartete Beziehung mit mir einzugehen.

»Danke«, murmelte ich und ging zurück in mein Zimmer. Maggie musste sich schließlich auch noch fertig machen.

Ich schminkte mich und als ich schließlich in den großen Spiegel unten im Flur blickte, musste ich Maggie recht geben. Ich sah wirklich gut aus. Gar nicht wie eine Tomate. Dadurch, dass das Kleid wirklich feuerrot war, passte es doch ziemlich gut zu meinen kupferroten Haaren. Mein Make-up war deswegen etwas schlichter ausgefallen, nur ein klassischer Lidstrich und Wimperntusche. Das dürfte reichen.

***

Die Fahrt zu dem Hotel, in dem die Weihnachtsfeier stattfand, war einerseits viel zu lang, andererseits aber auch viel zu kurz. Ich konnte nicht stillsitzen, war ein einziges Nervenbündel und musste mich zwingen, nicht die ganze Zeit an meinem Kleid oder an meinen Haaren herum zu zupfen oder in meinem Handspiegel mein Make-up zu überprüfen. Ich konnte mich nicht daran erinnern, irgendwann in meinem Leben schon einmal so nervös gewesen zu sein. Nicht einmal als ich beim Schultheaterstück mitgespielt und auf der Bühne hatte singen müssen. Das hatte eigentlich sogar Spaß gemacht. Mehr als das jetzt auf jeden Fall.

Leider war nicht nur mir bewusst, dass ich gerade komplett durchdrehte. George warf mir im Rückspiegel einen amüsierten Blick zu. »Alles in Ordnung, Vesper?«

»Ja ja, alles okay«, murmelte ich und musste ganz bewusst meine Hände in meine Jackentaschen schieben, weil ich schon wieder Haarsträhnen um meine Finger drehte.

»Vielleicht findest du ja heute Abend deinen Traumprinzen. Viele meiner Kollegen und Klienten bringen ihre Kinder mit. Da dürften auch einige Jungen in deinem Alter dabei sein und ich bin mir sicher, dass du jedem von ihnen den Kopf verdrehen wirst. Vor allem in diesem Kleid.«

Er lachte und warf Mum einen verschwörerischen Blick zu. Und Mum – Mum *kicherte*. Ich hatte sie noch nie kichern hören. Irgendwie war es verstörend. George hatte wirklich einen faszinierenden Einfluss auf sie. Aber sie konnten kichern, wie sie wollten. Sie hatten überhaupt keine Ahnung.

John, der rechts von mir saß, knuffte mich in die Seite und grinste mich an. Er glaubte zu wissen, dass es mir vollkommen egal wäre, wen ich da auf der Weihnachtsfeier kennenlernen könnte. Er glaubte, ich hätte meinen Prinzen schon irgendwo anders gefunden. Er hatte genauso wenig Ahnung wie Mum und George.

Obwohl sie andererseits alle recht hatten. Auf der Weihnachtsfeier wartete tatsächlich jemand auf mich, nur dass ich bezweifelte, ihn wirklich von mir überzeugen zu können.

Maggie war die Einzige, die mir immer wieder prüfende Blicke zuwarf, so als würde sie ahnen, warum ich so aufgeregt war. Oder besser: Wer genau der Grund dafür war. Aber das konnte sie unmöglich wissen. Oder etwa doch?

Sie beugte sich zu mir rüber und flüsterte: »Hör auf, dir Sorgen zu machen. Du siehst wirklich umwerfend aus. Wer auch immer der Kerl ist, den du triffst, er wird hin und weg sein. Er hat überhaupt keine andere Wahl.« Sie griff nach meiner Hand, drückte sie und lächelte mich aufmunternd an. Ich lächelte gequält zurück. Das sollte sie mal Alex sagen.

Als George den Wagen auf dem Parkplatz abstellte, war ich absolut noch nicht bereit. Ich wollte nicht reingehen. Ich wollte Alex nicht sehen. Vor allem wollte ich nicht, dass Alex mich wieder so ansah wie beim letzten Mal. Aber um ihm klarzumachen, dass zwischen Tom und mir nichts lief und wir beide versuchen sollten, zusammen zu sein, musste ich reingehen und ihn treffen.

Ich hatte keine Wahl. Ich konnte nicht einfach im Auto sitzen bleiben. Obwohl mir diese Möglichkeit gerade viel zu verlockend erschien, um sie auszuschlagen.

Es war wieder Maggie, die nach meiner Hand griff und mich hinter sich her aus dem Auto und ins Hotel zog.

Das Hotel war riesig und es waren unfassbar viele Leute schon allein in der Eingangshalle. Ich fragte mich, ob sie alle zu unserer Weihnachtsfeier gehörten oder ob an diesem Abend mehrere Feiern stattfanden.

George nahm unsere Jacken und gab sie an der Garderobe ab. Dann führte er uns in den Saal, in dem die Weihnachtsfeier seiner Kanzlei stattfand. Er war ziemlich spektakulär geschmückt. Überall hingen Lichterketten. Auf den runden Tischen, die um die Tanzfläche herum aufgestellt worden waren, standen Weihnachtsgestecke mit dicken roten Kerzen. Das Licht, das sie und die Lichterketten abgaben, ließ alles funkeln und strahlen und irgendwie wirkte dadurch jeder im Saal mysteriös und elegant. Neben den Tischen, an denen gegessen werden konnte – es gab ein Buffet, also schien das alles recht zwanglos zu sein – gab es eine gut gefüllte Bar und den gefühlt größten Weihnachtsbaum der Welt, an dem so viele Kugeln hingen, dass ich mich wunderte, dass er überhaupt noch stand.

Wir waren nicht die ersten Gäste. Im ganzen Saal, aber vor allem an der Bar (wer hätte damit gerechnet?), hatten sich schon kleine Grüppchen aus Männern in schicken Anzügen und Frauen in eleganten Kleidern gebildet.

George wurde überschwänglich begrüßt. Er schien ziemlich beliebt zu sein. Und er hatte recht. Hier liefen tatsächlich viele Kinder herum. Obwohl »Kinder« vermutlich nicht der richtige Ausdruck war. Zwar huschten auch kichernde und kreischende Zehnjährige zwischen den Erwachsenen umher, aber der größte Teil der Anwaltsnachkommenschaft war entweder in meinem Alter oder ein paar Jahre älter, wie Maggie, John und Alex. Warum sie alle an einem Freitagabend nichts Besseres zu tun hatten, als auf einer Weihnachtsfeier der Anwaltskanzlei ihrer Eltern herumzustehen und Wein zu trinken, begriff ich allerdings nicht. Es sei denn, sie wollten alle selbst Anwälte werden.

Suchend sah ich mich um. Mein Magen hatte sich verkrampft und das Atmen fiel mir schwer, so nervös war ich. Ich sah mich ganz genau um, musterte jeden Einzelnen in diesem Saal, aber Alex war nicht zu entdecken. Wo steckte er bloß?

Dann kam mir ein Gedanke, bei dem ich abrupt stehen blieb. Ich merkte, wie ich blass wurde. Was, wenn Maggie ihm erzählt hatte, dass ich heute Abend hier sein würde und es ihm so zuwider war, mich zu sehen, dass er gar nicht kommen würde?! Mir wurde schwindelig. Ich taumelte und John, gegen den ich dabei stieß, warf mir einen irritierten Blick zu, bis er meine hohen Schuhe sah und grinste. Er glaubte, dass die Schuhe daran schuld wären.

»Vesper!« Die vertraute Stimme ließ mich herumwirbeln. Mein Herz machte einen Satz, aber es war nur Toni, die strahlend auf mich zukam. Ich schluckte die Enttäuschung herunter. Aber wenigstens war jemand da, bei dem ich mich ausheulen konnte, wenn Alex tatsächlich nicht auftauchte. Sie umarmte mich und ich wäre beinahe zu sehr in Gedanken gewesen, um mitzubekommen, was sie mir so leise zuflüsterte, dass es außer mir niemand hören konnte.

»Er kommt etwas später. Paul hat gerade noch mit ihm telefoniert.« Über ihre Schulter hinweg sah ich Paul, der mir zuprostete. Ich wusste sofort, dass Toni ihm alles erzählt hatte. Aber ich konnte ihr nicht einmal ein bisschen böse sein, so erleichtert war ich gerade.

»Komm, wir holen uns was zu trinken. Du siehst aus, als würdest du jeden Moment umkippen«, sagte Toni freundlich, als sie sich von mir löste. Ich verdrehte die Augen, musste aber lachen.

Wir verabschiedeten uns von Mum, George, Maggie und John, aber keiner merkte, dass wir gingen. Mum und George unterhielten sich angeregt mit einem anderen Pärchen und Maggie und John waren krampfhaft damit beschäftigt, sich nicht total verliebt in die Augen zu starren. Es wäre für alle Beteiligten so viel einfacher gewesen, wenn sie mit der Wahrheit herausrücken würden.

Toni besorgte uns an der Bar zwei Gläser Champagner und wir hatten gerade den ersten Schluck getrunken, als ich eine weitere vertraute Stimme meinen Namen rufen hörte. Ich zuckte zusammen. Das durfte nicht wahr sein!

Ganz langsam, um den Moment möglichst lange hinauszuzögern, drehte ich mich um und sah zu meinem Entsetzen, dass es tatsächlich Tom war, der sich freudestrahlend an den Gästen vorbeischob, um zu uns zu gelangen.

»Sag, dass das nicht deine Idee war«, sagte ich zu Toni, den Blick immer noch fest auf Tom geheftet. Er trug einen schwarzen Anzug und war sich der Blicke von pubertierenden Anwaltstöchtern und sogar von Anwaltsehefrauen, die ihm folgten, sehr bewusst. Er sah so aus, als würde er jeden Moment abheben.

Aus dem Augenwinkel sah ich, wie Toni heftig den Kopf schüttelte. Ihre kurzen Locken flogen wild umher. »Nein, ich hab seit der Katastrophe im Club nicht mehr mit Tom geredet. Er konnte von mir unmöglich von der Feier erfahren.«

»Woher weiß er es dann?«, zischte ich, doch Tom hatte uns inzwischen erreicht und Toni konnte nur noch hilflos mit den Schultern zucken.

»Was machst du hier?«, fragte ich unfreundlich und ohne Begrüßung. Tom brauchte gar nicht erst auf die Idee kommen, dass ich mich in irgendeiner Weise darüber freuen würde, dass er hier war.

»Dein Stiefvater ist der Anwalt von der Firma meines Dads und weil Dad ...«, erzählte Tom, aber ich hörte schon nicht mehr zu.

Was war das für ein verdammter Mist?! Das hier war London, nicht irgendein Provinznest, in dem jeder jeden kannte! Aber irgendwie schienen alle Menschen, die in meinem Leben eine mehr oder weniger große Bedeutung hatten, sich zu kennen und ich konnte mich bei niemandem vor den anderen verstecken.

Nur um es noch einmal zusammenzufassen:

1. Mum heiratete George
2. Georges Tochter war Maggie
3. Maggies Ex-Freund war Alex
4. Alex war der Mann, in den ich mich bis über beide Ohren verliebt hatte und der nicht mehr mit mir redete, weil er glaubte, ich hätte wieder was mit meinem Ex-Freund Tom
5. Tom war der Sohn von Georges Klient
6. Ach ja, und nicht zu vergessen, dass Maggie und mein Bruder sich ineinander verliebt hatten, um das Ganze so richtig schön kompliziert zu machen.

So etwas Abgedrehtes passierte sonst nur im Fernsehen oder in Büchern. Dort gab es das Happy End allerdings auch immer gratis dazu und davon waren wir hier leider noch weit entfernt.

Tom plapperte noch immer irgendwas vor sich hin, das ich nicht hören wollte und Alex war nirgendwo zu sehen. Vermutlich war es auch besser so. Für unser Gespräch wäre es vermutlich wenig förderlich, wenn er mich jetzt schon wieder neben Tom stehen sehen würde.

Ich leerte das Glas Champagner in einem Zug. Anders würde ich Toms Gerede nicht länger ertragen. Toni nahm mir das Glas ab, warf mir einen bedeutungsschweren Blick zu und reichte mir zwei Minuten später das nächste.

Die Zeit plätscherte dahin. Irgendwann setzten wir uns, um etwas zu essen. Das war auch dringend nötig, denn ich merkte, wie mir der Champagner zu Kopf stieg. Alkohol auf leeren Magen war eine miserable Idee. Alex tauchte einfach nicht auf. Ich sah mich etwa alle zwanzig Sekunden um, aber entdeckt hatte ich ihn bisher noch nicht. Dafür seine Schwester. Melanie, die bezaubernd und offensichtlich gelangweilt an der Bar stand. Sie wurde von einer Gruppe junger Männer umringt, die so bewundernd zu ihr aufblickten, dass es nur noch fehlte, dass sie anfingen zu sabbern. In ihrer Nähe standen ein Mann und eine Frau, die ziemlich sicher Alex' Eltern waren. Er sah seiner Mum sehr ähnlich. Melanie war dafür eine Mischung aus ihren Eltern. Sie ging zu ihnen hinüber, ohne ihre Verehrer auch nur eines Blickes zu würdigen und hakte sich bei ihrem Vater ein.

Hastig wandte ich den Blick ab, als ich merkte, dass ich sie anstarrte, als würde ich hoffen, dass Alex jede Sekunde auf magische Weise bei seiner Familie auftauchen würde.

Ich hatte gemerkt, dass auch Toni und ich oft angestarrt wurden. Es gab hier einen männlichen Überschuss. Die Anwälte schienen deutlich mehr Söhne als Töchter zu haben.

Aber weil Toni inzwischen eng umschlungen mit Paul auf der Tanzfläche stand und sie so taten, als würden sie tanzen, und weil ich immer noch Tom an der Backe kleben hatte, traute sich keiner, mich anzusprechen. Dabei wäre ich inzwischen für jeden noch so blöden Anmachspruch dankbar gewesen, wenn er mich nur von Tom befreit hätte.

»Komm, lass uns tanzen gehen.« Toms fröhliche und viel zu laute Stimme – weil er angetrunken war – riss mich aus meinen Gedanken. Er sprang auf, griff nach meiner Hand und zog mich mit sich. Ich war zu überrumpelt, um mich zu wehren, und so stolperte ich hinter ihm her auf die Tanzfläche und schaffte es erst wieder, gerade zu stehen, als Tom mir eine Hand in den Rücken legte, meine andere fest mit seiner umfasste und mich an sich zog.

»Tom, ich will nicht tanzen!« Ich versuchte mich von ihm zu lösen, aber sein Griff war zu fest.

»Komm schon, Vesper. Du gibst mir überhaupt keine Chance.«

»Weil du auch keine verdient hast«, erinnerte ich ihn.

»Aber du lässt es mich nicht einmal versuchen. Ich hab mich geändert.«

Mit hochgezogenen Augenbrauen sah ich zu ihm auf »In den letzten fünf Wochen? Das glaub ich kaum.«

»Ich hab einen Fehler gemacht. Ist das wirklich so schlimm?« Früher hätte mich sein leidender Hundeblick aus großen Augen vielleicht erweicht ... obwohl ... nein, eher nicht ... aber vor allem heute ging er mir damit nur furchtbar auf die Nerven.

»Du hast mit Sonia geschlafen, damit du einen Grund hattest, mich abzuservieren, nur weil du beleidigt warst, dass ich nicht direkt mit dir ins Bett gehen wollte«, zischte ich, plötzlich wieder genauso wütend wie an dem Tag, als wir uns getrennt hatten.

»Das stimmt doch gar nicht! Ich war nur ...«

Ich hörte nicht mehr zu. Denn als Tom uns zur Seite drehte, fiel mein Blick auf die Eingangstür und auf Alex, der dort wie angewurzelt stehen geblieben war und mich anstarrte.

Mein Herz schlug auf einmal so schnell, dass ich schon glaubte, es würde gleich aus meiner Brust springen und zu ihm rüberfliegen.

Er war blass, sein Gesicht gequält verzogen. Seine Augen sahen mich so traurig an, dass es mir fast das Herz brach.

Er trug einen Anzug, wie jedes männliche Wesen in diesem Saal (sogar einen kleinen fünfjährigen Jungen hatten seine Eltern in einen Anzug gesteckt), aber er trug den seinen mit einer Lässigkeit, als würde er sich darin wohlfühlen und nicht so, als würde er gleich arbeiten gehen, wie es bei vielen der hier anwesenden Männer der Fall zu sein schien. Nur seine Haare passten nicht ganz zu seiner Aufmachung. Sie waren wild zerzaust und nicht wirklich gestylt, aber irgendwie machte ihn das ziemlich sexy.

Und er wollte mich. Zumindest vor zwei Wochen noch. Mich, die achtzehnjährige Vesper. Das Mädchen mit dem absurden Leben.

Er starrte mich an. Erst als er sich abwandte und den Saal wieder verließ, wurde mir klar, dass ich immer noch in Toms Armen tanzte und dass Alex nicht wusste, dass auch ich ihn wollte. Nur ihn.

Also musste ich ihn schleunigst daran erinnern.

KAPITEL 21

Mit einem Ruck riss ich mich von Tom los, der empört hinter mir herrief, als ich aus dem Saal stürmte. Ich lief Alex hinterher, was dank der hohen Schuhe nicht so einfach war. Er war schon fast an seinem Auto, als ich ihn endlich einholte.

»Alex, jetzt warte doch mal!« Keuchend kam ich neben ihm zum Stehen. Er drehte sich zu mir um, der Blick aus seinen grünen Augen war genauso hart wie an dem Abend in der Disco und ich hätte am liebsten wieder einen Rückzieher gemacht, so unsicher war ich plötzlich.

»Was ist?«, fragte er scharf. Wäre es nicht schon eiskalt gewesen, würde ich spätestens jetzt frieren. Es fing an zu regnen. Großartig. Dicke Tropfen fielen auf meine nackten Arme und innerhalb von Sekunden waren wir beide bis auf die Haut durchnässt.

Mein Kopf war plötzlich wie leer gefegt. Statt irgendwas zu sagen, was die Situation vielleicht aufgeklärt hätte, machte ich zwei große Schritte auf ihn zu, und tat, was ich schon bei unserer zweiten Begegnung getan hatte, als ich nicht gewusst hatte, wie ich mich verabschieden sollte. Ich küsste ihn.

Alex zuckte zurück, als hätte ich ihn geschlagen, aber einen Sekundenbruchteil später schien er eine Entscheidung zu treffen. Seine Hände legten sich um meine Taille und mit einem Ruck zog er mich so eng an sich, dass nicht einmal ein Blatt Papier zwischen uns gepasst hätte. Der Kuss schmeckte nach Verzweiflung. Nach Verzweiflung und nach Liebe. Wenn ich nicht gerade in Flammen gestanden hätte, hätte ich anfangen können zu heulen, so weh tat dieses Gefühl, das sich gleichzeitig auch so unfassbar gut anfühlte. Die Kälte und den Regen spürte ich schon gar nicht mehr. Mir war heiß. Jede Faser meines Körpers stand in Flammen, jeder Muskel war bis aufs Äußerste gespannt und wenn ich sterben müsste, wäre dies der perfekte Zeitpunkt gewesen. Mein Herz hämmerte in meiner Brust, gab den Takt vor und Alex'

Herz folgte meinem. Ich spürte seinen Herzschlag, spürte, dass er genauso nach Atem rang wie ich, dass wir uns aber nicht voneinander lösen konnten. Weil wir es einfach nicht *konnten.*

Ich zog sein Hemd aus dem Bund seiner Hose und schob meine Finger darunter. Als sie, kalt wie sie nun einmal waren, auf seine Haut trafen, zuckte er zusammen und bekam am ganzen Körper eine Gänsehaut. Ich musste lächeln. Seine Hände wanderten meinen Rücken hinauf, wühlten sich durch meine nassen Haare und umfassten schließlich mein Gesicht. Die ganze Zeit lösten sich unsere Lippen nicht voneinander. Wir verschmolzen miteinander.

Ich hatte wieder das gleiche Gefühl wie bei unserem ersten Kuss. Ich wollte alles und ich wollte es mit ihm. Alex war der Richtige für mich.

Wir gingen einige Schritte zurück, ohne uns voneinander zu lösen, bis ich mit der Hüfte gegen ein Auto stieß. Alex hob mich hoch, setzte mich auf die Motorhaube und drängte sich zwischen meine Beine. Durch den Stoff seiner Hose spürte ich die Hitze seiner Haut. Ein Schauer kroch über meinen Rücken. Ich schlang meine Beine um seine Hüften und zog ihn enger an mich.

Ich wusste nicht, wie lange wir uns küssten, uns aneinander pressten und die Welt um uns herum vergaßen. Aber irgendwann löste Alex sich mit einem entschlossenen Ruck von mir und ich hörte seine leise, verzweifelte Stimme. »Hör auf! Bitte, hör auf!«

Erst konnte ich seine Worte nicht richtig verstehen, aber als sie dann doch zu mir durchdrangen, erstarrte ich. Alex stöhnte auf und ließ mich so abrupt los, dass ich von der regennassen Motorhaube rutschte und nur deswegen nicht stürzte, weil seine Hand sich um mein Handgelenk geschlossen hatte und mich festhielt. Meine Beine zitterten. Alex' Wangen waren rot, die Haare noch wilder zerzaust als zuvor und seine Lippen waren geschwollen. Ich wusste, dass ich nicht besser aussah. Er brachte ein paar Armlängen Abstand zwischen uns.

»Was tust du denn?« Die Verzweiflung in seiner Stimme ließ mich zusammenfahren.

»Ich … ich weiß nicht, ich …«, stammelte ich, doch dann platzte etwas in mir auf. Blut schoss mir ins Gesicht und ich ballte unwillkürlich die Hände zu

Fäusten, so aufgebracht war ich. »Du kannst mich nicht die ganze Zeit ignorieren! Ich versuche jetzt seit Wochen, mit dir zu reden.« Na ja, nicht die ganze Zeit, aber ich hatte es zumindest versucht, bis mein Stolz mir in die Quere gekommen war.

»Ja und? Ich muss mir das nicht antun, weißt du? Wenn du wieder mit deinem Ex zusammen sein willst, tu dir keinen Zwang an. Aber lass mich da raus. Ich muss mir echt nicht anhören, dass ich nett bin und dass du mich gernhast, aber dass das nicht reicht.«

»Was?!«, fragte ich völlig verdattert. »Das ist doch wohl nicht dein Ernst, oder? Ich versuche dir seit diesem beschissenen Abend in dem Club zu sagen, dass ich nicht wieder mit Tom zusammen bin. Ja, er hätte das zwar gerne, aber ich nicht! Dass Tom an dem Abend da war, war Tonis Schuld. Ich weiß bis heute nicht so recht, was sie sich dabei gedacht hat. Aber Tom und ich sind nicht wieder zusammen! Glaubst du, sonst wäre ich hinter dir hergelaufen und hätte dich geküsst?«

Alex runzelte die Stirn und sah dabei so anziehend aus, dass ich beinahe gelächelt hätte, wenn ich gerade nicht so unglaublich sauer gewesen wäre.

»Ihr seid nicht wieder zusammen?«

Ich schüttelte den Kopf.

»Das hättest du mir sagen sollen! Vielleicht bevor du mich küsst! Und ich glaube, du tust das nur, um dich bei mir zu entschuldigen.« Er fuhr sich mit der Hand durch die nassen Haare und sah genauso überfordert aus, wie ich mich gerade fühlte.

»Ja, ich hab's versucht. Aber dann ...« Ich stockte. Ich durfte ihm nichts von Maggie und John sagen. Das hatte ich Maggie versprochen. Nachdenklich kaute ich auf meiner Unterlippe, während Alex mich fragend musterte. »Was dann?«

Vermutlich hätte ich gründlicher nachdenken sollen, denn das, was ich dann sagte, war vermutlich auch nicht die beste Idee. »Weißt du, nach dem Abend, als wir mit dem Riesenrad gefahren sind ... als du mir gesagt hast, ich soll mich entscheiden, was ich eigentlich von dir will ... Ich hab ein bisschen gebraucht, aber irgendwann wusste ich dann, was ich will. Ich will nicht deine heimliche Freundin sein oder was immer dir sonst vorschwebt. Entweder ganz oder gar nicht. Und ich will nicht bis zur Hochzeit warten. Ich will auf der Hochzeit mit dir tanzen, ohne dass sich alle fragen, was ich von dem Freund meiner Stiefschwester will.« Ich musste einmal tief durchatmen. Das war sehr viel anstrengender, als es in Filmen immer aussah. »Und nach diesem katastrophalen Abend im Club, als du dachtest, ich wäre wieder mit Tom zusammen, da hab ich mich sogar bei dir gemeldet. Ich hab dir geschrieben, aber du hast nicht geantwortet und ...«, und ich hatte gedacht, er wäre wieder mit Maggie zusammen, was ich ihm allerdings nicht sagte, »... ich dachte, du wolltest nicht mehr mit mir reden, also hab ich es gelassen. Ich dachte auch, du würdest zu meinem Geburtstag kommen, aber du bist nicht aufgetaucht und heute ... da dachte ich auch schon, du würdest nicht mehr kommen.«

»Bin ich aber. Und schon wieder hing Tom an dir dran wie eine Klette.«

»Ja, aber das ist doch nicht meine Schuld! Versuch du mal bitte, ihn loszuwerden. Das ist schwieriger, als es aussieht!«, fauchte ich. Wenn er mir einfach mal vernünftig zuhören würde oder sich in den letzten Wochen zurückgemeldet hätte, hätten wir das schon viel eher klären können.

Ein Grinsen blitzte auf Alex' Gesicht auf. Ein Grinsen, das mir so vertraut war, als würde ich es schon seit Jahren jeden Tag auf seinen Lippen sehen. »Du hast mir gefehlt! Sonst ist niemand so zickig zu mir.«

Einen Moment lang starrte ich ihn überrumpelt an. »Ist ja schön für dich. Daran kann ich gerne weiterarbeiten«, gab ich schnippisch zurück. Das war doch nicht fair. So etwas durfte er nicht antworten, nicht nachdem ich ihm gerade mein Herz ausgeschüttet hatte. So nahm er mir doch allen Wind aus den Segeln.

Er machte einen Schritt auf mich zu und blieb so nah vor mir stehen, dass wir uns beinahe hätten berühren können. »Ich hab mein Handy gegen die Wand geschmissen. An dem Abend im Club.« Er blickte mich verlegen an und ich hätte schwören können, dass er rot wurde. »Ich war ziemlich sauer. Ich hab erst drei Tage später ein neues bekommen und darauf waren dann keine alten Nachrichten mehr drauf.« Er zuckte mit den Schultern.

»Du bist so ein Idiot!«, rief ich und versetzte ihm einen Stoß gegen die Brust. Er stolperte einen Schritt zurück, lachte aber. Mir wurde warm. »Das ist nicht witzig! Ist dir klar, wie schlecht es mir die letzten Wochen ging? Ich dachte wirklich, du würdest nie wieder mit mir reden!«

»Warum hast du es nicht nochmal versucht?« Er sagte das, als wäre es ganz leicht gewesen.

»Weil ich dir geschrieben habe und du nicht geantwortet hast und ich zu stolz war, es nochmal zu versuchen. Ein Mädchen kann nur eine bestimmte Anzahl unbeantworteter Nachrichten ertragen.«

Ich rümpfte die Nase und dieses Mal lachte Alex laut auf.

»Eine einzige?«

»Eine einzige!« Ich verschränkte trotzig die Arme vor der Brust. »Ganz abgesehen davon, hättest du dich auch bei mir melden können.«

»Aber ich dachte, du wärst wieder mit Tom zusammen.« Alex schüttelte den Kopf, als würde das alles erklären.

»Und ich dachte, du wärst wieder mit Maggie zusammen!«, brach es aus mir heraus und ich hätte mir in derselben Sekunde, in der ich es aussprach, am liebsten auf die Zunge gebissen. Toll, Vesper, ganz toll, gratulierte ich mir selbst. Das hatte ich ja wieder großartig hinbekommen.

»Warum um Himmels Willen hast du geglaubt, dass ich wieder mit Maggie zusammen bin?

»Ähm ... also ... ich ...« Ich druckste hilflos herum, verzweifelt auf der Suche nach einer Antwort, die nicht komplett gelogen, aber auch nicht die volle Wahrheit war.

»Vesper, jetzt sag schon!«

Ich seufzte und gab auf. »In der Nacht, als wir im Club waren, hab ich was gehört. Ich hab unten auf dem Sofa geschlafen und ich bin davon wach geworden, dass Maggie nach Hause gekommen ist. Sie war nicht allein. Ich dachte, du wärst es gewesen.«

Alex brauchte einen Moment, um diese neue Information zu verarbeiten.

»Diese blöde ... Das darf doch nicht wahr sein!« Er sah so verärgert aus, dass ich einen Moment brauchte, um zu verstehen, dass er nicht wütend auf

Maggie war, weil sie jemand anderen hatte, sondern weil sie jemand anderen hatte und trotzdem von ihm verlangte, ihren Freund zu spielen.

»Weißt du, wer es ist?«

Ich wand mich unbehaglich. Aber eigentlich spielte das jetzt auch keine Rolle mehr. Ich zog die Schultern hoch und blickte kleinlaut zu ihm hoch. »Mein Bruder.«

»Dein *Bruder*?!«

»Ich hab sie an meinem Geburtstag zusammen erwischt«, erklärte ich und schlang die Arme um meinen Körper. Ich fror erbärmlich. Aber ich würde jetzt mit Sicherheit nicht reingehen. Nicht, bis wir alles geklärt hatten.

»Das ist doch echt unglaublich. Los, komm mit.« Er griff nach meiner Hand, verschränkte unserer Finger und zog mich hinter sich her. Sobald unsere Haut sich berührte, wurde mir sofort wärmer.

»Was hast du vor?«, fragte ich alarmiert.

»Ich will die Sache mit Maggie klären. Jetzt.«

Ich blieb stehen und Alex' Hand rutschte aus meiner. »Das kannst du nicht machen.«

»Warum? Ich dachte, das wäre das, was du willst?«

»Ja, schon. Aber nicht hier. Nicht jetzt. Erstmal hätte ich ganz gerne geklärt, was zwischen uns überhaupt läuft.«

Alex trat auf mich zu, umfasste mein Gesicht mit beiden Händen und küsste mich sanft. Erst auf die Wangen, dann auf die Lippen. »Das ist einfach. Ich will mit dir zusammen sein. Ich will auch nicht bis zur Hochzeit warten.«

Mir stockte der Atem. »Aber eigentlich kennen wir uns doch gar nicht«, sagte ich und fragte mich in derselben Sekunde, was zum Teufel ich da tat. Ich hatte Alex endlich da, wo ich ihn seit Wochen haben wollte und dann sagte ich so etwas?! Außerdem stimmte es gar nicht. Ich wusste inzwischen ganz schön viel über ihn. Und er über mich.

»Was willst du denn noch über mich wissen, bevor wir weitermachen können? Einiges weißt du doch schon. Eine ganze Menge eigentlich, wenn ich so darüber nachdenke.« Alex grinste. Es war das Grinsen, in das ich mich sofort verliebt hatte, und wie immer wurden meine Knie weich.

»Das ist eine gute Frage. Was muss ich denn noch über dich wissen?«, antwortete ich, ebenfalls lächelnd.

»Hm, mal überlegen. Als Kind wollte ich unbedingt in einer Band spielen und Rockstar werden, wenn ich groß bin. Vielleicht hätte ich dafür, statt zu malen, lernen sollen, ein Instrument zu spielen. Dann hätte es möglicherweise klappen können.« Sein Grinsen wurde breiter. »In meinem Zimmer stehen viele Bücher, die ich noch lesen muss. Du weißt, wie viele. Du könntest mir dabei helfen, eine Auswahl zu treffen. Dass ich mein Studienfach wechseln möchte, weißt du schon. Ich mag Sommer lieber als Winter. Und meine neue Lieblingsfarbe ist Rot.« Sein Blick glitt vielsagend über meinen Körper. Von meinen roten Haaren über mein knallrotes Gesicht bis zum roten Kleid. Ich musste lachen. »Und ich denke seit Wochen nur noch an dieses eine Mädchen, in das ich mich Hals über Kopf verliebt habe, ohne allzu viel über sie zu wissen. Na ja, abgesehen davon, dass sie unbedingt üben sollte, mit ihrer Handtasche besser zu zielen.«

»Hey, ich kann toll zielen!«, gab ich zurück, bevor mir klar wurde, was genau Alex da gesagt hatte. »Moment mal.« Ich schüttelte verwirrt den Kopf. »Hast du gerade *verliebt* gesagt?«

Alex strich mir eine Haarsträhne hinter die Ohren. »Ich fürchte, ja.«

Als Antwort küsste ich ihn. Jetzt war das eine verdammt gute Idee.

Ich wusste nicht, wie viel Zeit verging, aber irgendwann löste Alex sich schwer atmend von mir. »Wir sollten rein gehen. Wenn du noch länger hier draußen stehst, holst du dir noch den Tod.«

Tatsächlich hatte ich die Kälte mehr oder weniger vergessen. Alex hatte aber recht. Es war viel zu kalt und wir waren klatschnass. Krank würden wir auf jeden Fall werden, wenn wir hier noch länger stehen würden.

»Dann los.« Ich verschränkte seine Finger mit meinen und gemeinsam machten wir uns auf den Weg zurück ins Hotel. Wir hatten gerade die Eingangshalle betreten, als ich an Maggie denken musste. Wieder blieb ich stehen, aber dieses Mal schien Alex damit gerechnet zu haben, denn er ließ mich nicht los und stoppte ebenfalls.

»Was ist los?«

»Wir können so unmöglich wieder auf die Party gehen. Mal ganz abgesehen davon, dass wir vollkommen durchnässt sind, können wir nicht Händchen haltend da reinspazieren. Sollten wir Maggie nicht vorwarnen?«

Alex zuckte nur mit den Schultern. Er schien nicht besonders begeistert von meinem Vorschlag zu sein. »Wenn Maggie mir einfach die Wahrheit erzählt hätte, hätten wir uns das ganze Drama sparen können. Im Moment bin ich, glaube ich, nicht bereit, auf sie Rücksicht zu nehmen.«

Ich streckte mich und drückte ihm einen Kuss auf die Wange. »Mag sein, dass du das jetzt so siehst, aber ich bin mir ziemlich sicher, dass du es bereuen wirst, wenn du die Sache so aufziehst. Immerhin ist Maggie doch immer noch deine beste Freundin. Du willst ihr nicht wehtun, auch wenn du glaubst, dass sie es gerade verdient.«

Alex' Blick war überrascht. Dann lächelte er. »Na, schau mal an, und du behauptest, du würdest mich gar nicht kennen.«

Er zog mich an sich und küsste mich. Küsste mich und küsste mich, bis eine entsetzte Stimme uns auseinanderspringen und herumwirbeln ließ.

»Vesper? Was tust du da?«

KAPITEL 22

Ich wurde blass. Alex sah auch nicht viel besser aus, denn es war meine Mum, die nur wenige Schritte von uns entfernt dastand und uns ansah, als hätte jemand ihr mit voller Wucht in den Magen geschlagen. Die Hände in die Hüften gestemmt, das Gesicht blass vor Zorn, musterte sie mich. Ich musste keine Gedanken lesen können, um zu wissen, was in ihr vorging. Ich, ihre Tochter, mit der sie gerade wieder eine harmonische Beziehung aufzubauen versuchte, küsste den Freund ihrer Stieftochter, der perfekten und jetzt so schändlich betrogenen Maggie. So ungefähr sah Mums Gesichtsausdruck aus.

Ich machte einen unsicheren Schritt auf sie zu. »Mum, lass mich erklären!«

»Was willst du erklären? Dass du alles kaputtmachst?«

»Ich mache gar nichts kaputt! Es ist nicht so, wie du denkst!«

»Für mich sieht das ziemlich eindeutig aus! Wie kannst du Maggie nur so etwas antun?«, zischte sie mich an.

Für einen Augenblick war ich verletzt. War ja klar, dass Mum auf Maggies Seite war! Auch wenn in dieser Situation wohl jeder auf Maggies Seite gewesen wäre.

Maggie, die wie aufs Stichwort, ebenfalls in die Eingangshalle kam. Sie musterte verwirrt jeden von uns und fragte dann: »Was ist hier los?«

Mum wandte sich ihr zu und griff nach ihrer Hand. Sie zerfloss förmlich vor Mitleid. Dann blickte sie mich an und ich konnte in ihrem Blick erkennen, dass sie Maggie nichts sagen würde. Mum wollte, dass ich es ihr selbst sagte, und auch wenn ich das anders sah, konnte ich es verstehen. So sehr sie mich auch liebte, sie konnte mein Verhalten nicht einfach akzeptieren, weil sie Maggie auch liebgewonnen hatte. Ich hatte wohl keine andere Wahl mehr. Immerhin würde Mum auch die Wahrheit erfahren, wenn ich sie Maggie sagte.

Ich war drauf und dran, alles zu erzählen, als Alex mir plötzlich zuvorkam.

»Maggie, du hast mich vor ein paar Tagen gefragt, was mit mir los sei, und ich habe die ganze Zeit gesagt, dass alles in Ordnung sei. War es aber nicht. Ich hab mich in Vesper verliebt und wir haben es endlich geschafft, uns auszusprechen.« Er kam ziemlich schnell auf den Punkt, redete nicht um den heißen Brei herum, und nicht nur ich war überrascht deswegen.

Es gab verschiedene Szenarien, was genau sich jetzt hätte abspielen können:

1. Maggie tut so, als wäre sie empört darüber, dass Alex mich küsst. Sie regt sich fürchterlich auf, obwohl es sie eigentlich nicht großartig interessiert.
2. Maggie ist tatsächlich empört darüber, dass Alex mich küsst. Sie regt sich fürchterlich auf, weil es sie doch noch interessiert.
3. Maggie bricht in Tränen aus, weil sie immer noch in Alex verliebt ist. Das wohl unwahrscheinlichste Szenario, wenn ich an sie und John dachte.

Womit ich nicht gerechnet hatte, war das, was nun tatsächlich passierte. Maggie fing schallend an zu lachen. Sie lachte so sehr, dass ihr Gesicht ganz rot wurde. Mum sah aus, als würde sie sich fragen, ob Maggie gerade einen Nervenzusammenbruch erleiden würde, und Alex und ich tauschten auch einen verwirrten Blick. Was sollte das jetzt?

»Ist das dein Ernst? Du hast dich also in Vesper verliebt?«, fragte Maggie kichernd. Zum Glück waren wir fast alleine in der Eingangshalle, aber schon die Mitarbeiter des Hotels schauten uns komisch an. Ich wollte gar nicht wissen, wie die Gäste uns angaffen würden.

Während Maggie noch immer vor sich hin kicherte, kamen jetzt John, George und Melanie aus dem Saal, in dem die Weihnachtsfeier stattfand. Sie waren auf der Suche nach uns.

Als Melanie mich und Alex sah, so klatschnass wie wir beide nun mal waren, stieß sie einen Schrei aus. »Ich hab's gewusst!« Sie grinste triumphierend, dann wirbelte sie auf dem Absatz herum und verschwand wieder im Saal. Ich hatte das ungute Gefühl, dass es hier gleich noch voller werden würde.

John sah mich fragend an, aber ich zuckte nur mit den Schultern. Was sollte ich auch großartig sagen. Er ging zu Maggie, fasste nach ihrer Hand und mit einem Schlag war sie wieder vollkommen ruhig.

»Meine Lieben, würdet ihr mir bitte erklären, was hier los ist und warum ihr die Party in die Eingangshalle verlegt habt?«, fragte George.

Er lächelte zwar, wirkte aber ziemlich durcheinander. Ich konnte es ihm nicht verdenken.

»Alex und Vesper haben sich ineinander verliebt«, erklärte Maggie. Ihr Gesicht war immer noch ganz rot und sie hatte einen Schluckauf vom Lachen.

Und George, der liebe, teddybärartige George, sah mich auf einmal so böse an, dass ich am liebsten im Boden versunken wäre.

»Dafür schläft Maggie mit John!«, entfuhr es mir. Ich schlug mir die Hände vor den Mund, aber es war schon zu spät. Ich hatte ein erstaunliches Talent dafür, in den unpassendsten Momenten die Wahrheit herauszusprudeln.

»Was?!« Es war die Stimme einer Frau, die jetzt die Stille durchschnitt. Alex stöhnte auf. Es waren seine Eltern, die jetzt noch dazukamen. Als wäre alles nicht schon schlimm genug. Hinter ihnen stand Melanie, die Arme vor der Brust verschränkt und ein schadenfrohes Grinsen auf den Lippen. Dieses Biest! Alex' Schwester war die Einzige, die Spaß an diesem Drama hatte. Es kümmerte sie herzlich wenig, dass Alex und ich sie beide böse anfunkelten.

»Mum, hör mal, eigentlich ist das alles ganz unkompliziert ...«, begann Alex.

»Inwiefern ist es unkompliziert, dass deine Freundin mit ihrem Stiefbruder ins Bett geht?«

Alex' Mum warf Maggie einen entrüsteten Blick zu und ich war froh, nicht in ihrer Haut zu stecken.

»Weil wir nicht mehr zusammen sind.«

»Was?!«

Das kam von allen anwesenden Eltern gleichzeitig im Chor. Zu meiner Freude erlosch Melanies Grinsen. Das hatte sie sich offensichtlich anders vorgestellt.

Ich spürte, dass Alex' Eltern mich misstrauisch und wenig begeistert musterten.

»Wie lange schon?«, fragte Alex' Vater.

»Schon seit ein paar Monaten. Und es lag nicht an Vesper«, erwiderte Alex.

Niemandem hier entging der warnende Ton in seiner Stimme. Er griff nach meiner Hand, verschränkte unsere Finger miteinander und drückte sie. Unwillkürlich musste ich lächeln.

»Und wie lange läuft das mit euch schon?« Die feindselige Stimme gehörte ausgerechnet meinem Bruder. Er sah genauso begeistert aus wie Alex' Eltern.

»Das geht dich nichts an, John!«, zischte ich.

Er ignorierte die Warnung in meinem Blick und sah Alex weiterhin ziemlich mürrisch an. Ich verdrehte die Augen. Das fehlte mir gerade noch, dass John jetzt den Beschützer raushängen ließ.

»Aber ...«

»John, hör auf!«, unterbrach Maggie seinen Protest. Ich warf ihr einen dankbaren Blick zu und zu meiner Überraschung lächelte Maggie. Sie schien die Einzige zu sein, die nicht sauer auf mich und Alex war. Oder überrascht.

»Du hast es gewusst, oder?«, fragte ich und ihr Lächeln wurde breiter.

»Ich hab's geahnt. Ihr habt euch beide so merkwürdig benommen. Schon seit du zum ersten Mal bei uns gegessen hast und ihr euch kennengelernt habt. Ihr kanntet euch vorher schon.«

»Seit ein paar Tagen, ja.«

Sie nickte und sah von einem zum anderen. »Nur damit das klar ist: Mich stört es überhaupt nicht, wenn Vesper und Alex zusammen sein wollen. Ich freue mich für die beiden. Also hört auf, die beiden so böse anzugucken. John und ich sind auch nicht viel besser.«

»Kann bitte einer mal von vorne erzählen, was genau los ist? Ich komme nicht mehr mit. Ist ja schön und gut, dass hier ein bisschen getauscht wurde«, George grinste, »aber ich verstehe nicht, warum ihr uns nicht einfach erzählt habt, dass ihr euch getrennt habt?«

Maggie und Alex wechselten einen Blick, dann zuckten beide gleichzeitig mit den Schultern und begannen zu erzählen.

Sie erzählten von der Trennung, warum sie beschlossen hatten, so zu tun, als wären sie noch zusammen und wie Alex und ich uns kennengelernt hatten. Jetzt erfuhr ich auch endlich, wie Maggie und John zueinander gefunden hatten. Durch Mum und George kannten sie sich jetzt schon etwas länger als ein Jahr. Sie hatten sich oft zum Lernen getroffen und kurze Zeit nachdem Maggie und Alex sich getrennt hatten, hatten sie sich noch öfter getroffen, nicht mehr nur zum Lernen. Irgendwann war das Unvermeidliche passiert und sie hatten sich ineinander verliebt.

»Und was jetzt?«, fragte Melanie, als die beiden geendet hatten. Man konnte ihr ansehen, dass sie immer noch darauf wartete, dass es knallte. Aber scheinbar hatte niemand Lust sich zu streiten. Warum auch? Was Alex und ich und Maggie und John taten, ging allein uns etwas an.

»Jetzt fahren Alex und Vesper nach Hause, ziehen sich um und sind in einer Stunde wieder hier«, entschied Mum resolut und klatschte in die Hände. »Und wir gehen zurück auf die Feier.«

Sie legte eine Hand in Georges Rücken und schob ihn Richtung Festsaal. Alex' Familie folgte ihnen, denn gegen Mums Entschlossenheit kam niemand an, und dann waren nur noch wir vier übrig.

»Also nächstes Mal sollten wir vielleicht erst miteinander reden«, schlug ich vor.

John stöhnte auf. »Ein nächstes Mal wird es hoffentlich nicht geben.«

»Jetzt geht schon, ihr zwei, und zieht euch um, bevor ihr euch noch den Tod holt.« Maggie griff nach Johns Hand und zog ihn hinter sich her in den Saal, allerdings nicht, ohne mir noch ein verschwörerisches Lächeln zu schenken.

»Wenn du ihr wehtust, gibt's Ärger!«, rief John Alex über die Schulter hinweg zu. Ich sah, wie Maggie die Augen verdrehte.

»Ja, und zwar von mir!«, fügte sie hinzu, dann waren die beiden verschwunden und Alex und ich wieder alleine.

»Du hast es gehört. Mum hat uns eine Stunde gegeben.«

»Es dürfte ziemlich knapp werden in einer Stunde zu dir und zu mir zu fahren, uns umzuziehen und wieder hierherzukommen«, sagte Alex, als wir uns auf den Weg zum Auto machten.

»Ich glaube, das war ihr Plan. Damit wir keine Zeit haben, etwas Unanständiges zu tun.«

Alex' Augen wurden groß, aber er fing sich schnell wieder. »Wäre ja nicht das erste Mal«, erwiderte er trocken.

Ich hauchte ihm einen Kuss auf die Wange und flüsterte in sein Ohr: »Du hast überhaupt keine Ahnung, worauf du dich einlässt.«

Von einer Sekunde auf die nächste stand Alex' Körper unter Strom. Ich spürte seine Anspannung.

»Weißt du, dafür, dass du in solchen Dingen eigentlich total unerfahren bist, bist du ganz schön frech.«

»Ich bin ein Naturtalent«, erwiderte ich und stieg ins Auto. Alex schloss lachend die Tür hinter mir und griff, nachdem er selbst eingestiegen war, nach einem Pulli, der auf dem Rücksitz lag.

»Hier, zieh den über, du Naturtalent. Dann wird dir gleich wieder warm.« Er drückte mir einen Kuss auf die Nase und den Pulli in die Hand.

»Danke.« Ich drehte ihm den Rücken zu. »Kannst du bitte den Reißverschluss von meinem Kleid aufmachen?«

»Vesper, was ...«

»Es ist kalt. Ich will das Kleid nur ausziehen, keine Sorge.«

Ich spürte, dass seine Hände zitterten, als er den Reißverschluss meines Kleides herunterzog, und musste lächeln. Um ihn nicht noch mehr zu ärgern, zog ich den Pulli so weit über, dass ich nur noch in die Ärmel schlüpfen musste und schälte mich dann umständlich aus dem Kleid.

»Du weißt aber schon, dass es ziemlich unfair von dir ist, dich nur in diesem Pulli in mein Auto zu setzen und von mir zu verlangen, dass ich anständig bleibe, oder?«

»Ja, ich weiß, aber weißt du was? Das hab ich nie von dir verlangt.« Ich beugte mich zu ihm rüber und küsste ihn.

Alex hatte mehr Selbstbeherrschung, als ich gedacht hatte, denn er löste sich ziemlich schnell von mir. »Stimmt. Hast du nicht. Musst du auch nicht. Ich denke, wir haben beide etwas Besseres verdient als einen Quickie im Auto. Wir haben alle Zeit der Welt, auch wenn es wahnsinnig schwierig werden wird.«

»Und was, wenn ich gar nicht will, dass wir uns Zeit lassen?«

»Dann sage ich dir, dass ich es möchte. Ich will es richtig machen, Vesper. Nicht so. Nicht hier. Ich möchte nicht, dass du es bereust.«

Mir fehlten die Worte. Mein Herz quoll förmlich über vor Liebe und auch wenn mein Körper gerade etwas ganz anderes sagte, wusste mein Kopf, dass Alex recht hatte. Im Auto wäre es nicht richtig. Später gerne mal. Aber so wollte ich meine Jungfräulichkeit wirklich nicht verlieren. Alex hatte das noch vor mir gewusst und dafür liebte ich ihn gleich noch ein bisschen mehr.

»Du bist echt liebenswert«, murmelte ich und musste mich räuspern, weil meine Stimme plötzlich furchtbar erstickt klang.

»Ja, das stimmt. Aber wir sollten langsam los, sonst schaffen wir es nie, pünktlich wieder hier zu sein.«

»Sag das nicht mir, du bist der Fahrer.«

»Ich glaube, ich muss mir mal etwas überlegen, um dir deine vorlaute Klappe auszutreiben.«

»Na, dann viel Glück«, erwiderte ich und lachte.

Alex startete den Motor und fuhr los. Ich kuschelte mich in seinen Pulli. Er war weich und roch nach ihm. Lächelnd sah ich zu ihm rüber. Manchmal, ja manchmal war eben doch alles ganz einfach.

***

Wir schafften es tatsächlich, eine Stunde später wieder auf der Weihnachtsfeier zu sein. Es war noch nicht allzu spät, erst elf Uhr, aber die Gäste waren inzwischen alle so angetrunken, dass sich tatsächlich mehr als ein Paar auf der Tanzfläche herumtrieb.

Mum tanzte eng umschlungen mit George und auch Maggie und John tanzten, mehr schlecht als recht, weil John kein Talent zum Tanzen hatte. Nur Toni merkte, dass wir wieder da waren, und fiel mir freudestrahlend um den Hals, als ich Hand in Hand mit Alex den Saal betrat. Paul folgte ihr, langsamer, aber genauso breit lächelnd.

»Na endlich. Das hat ja lange genug gedauert. So wie es aussieht, hat es ja endlich geklappt«, sagte sie. Über ihre Schulter sah ich, wie Paul Alex freundschaftlich auf den Rücken klopfte.

»Ich erzähl dir alles morgen, okay?«, fragte ich, als sie mich schließlich wieder losließ.

»Klar. Ich bringe Eis und Filme mit.«

»Sehr gut.« Sie tänzelte zu Paul hinüber und Alex kam zurück zu mir. Er legte seinen Arm um meine Taille und schob mich bestimmt auf die Tanzfläche.

»Ich kann nicht tanzen«, protestierte ich schwach.

»Stimmt nicht. Ich weiß, dass du tanzen kannst.«

»Ja, Ballett. Aber das hier ist etwas vollkommen anderes.«

»Egal. Ich will mit dir tanzen. Und du wirst mit mir tanzen, weil du wissen willst, welche Überraschung für dich in meiner Tasche wartet.«

»Das ist unfair«, beschwerte ich mich halbherzig, ließ mich aber widerstandlos von Alex auf die Tanzfläche führen.

»Ich weiß. Aber es macht Spaß.« Alex legte beide Arme um mich und ich schlang meine um seinen Hals.

»Dein Ex-Freund starrt mich böse an«, sagte er nach einer Weile. Instinktiv zog er mich näher an sich.

»Lass ihn doch.« Ich streckte mich und küsste ihn.

»Willst du wissen, was ich für dich habe?«

Ich nickte. Alex löste sich von mir und zog etwas aus seiner Hosentasche, das ich erst auf den zweiten Blick als glitzerndes silbernes Armband erkannte. Fünf Anhänger hingen an den filigranen Gliedern. Eine Handtasche, ein Buch, ein Fußball, ein Riesenrad und ein Herz. Ich starrte Alex sprachlos an, als er das Armband um mein Handgelenk legte. Es gab für jedes unserer Treffen einen Anhänger.

»Das ist einfach unglaublich!«, wisperte ich.

»Ehrlich gesagt trage ich das schon seit einer ganzen Weile mit mir herum.« Alex kratzte sich verlegen am Kopf und ich küsste ihn.

»Seit wann?«

»Einen Tag, nachdem wir mit dem Riesenrad gefahren sind. Ich konnte ja nicht ahnen, dass du so lange brauchst, um dich zu entscheiden.«

Ich knuffte ihn empört in die Seite. »Also das war ja wohl nicht meine Schuld.«

Er umfasste meine Faust mit seiner Hand. »Eigentlich wollte ich dir das Armband zum Geburtstag schenken.« Er hatte uns wieder in Tanzposition gebracht und wiegte uns langsam im Takt der Musik hin und her.

»Das ist wirklich süß von dir.«

»Ja, ich weiß«, erwiderte Alex zufrieden.

»Weißt du noch, dass du vor etwa einer Stunde gesagt hast, du hättest dich in mich verliebt?«

Er nickte.

»Ich hatte da so eine Liste, wo ich all meine Probleme aufgeschrieben habe. Und ein Problem war, dass ich mich auch in dich verliebt habe.«

Sein Blick war weich und warm. Sein typisches Lächeln spielte um seine Lippen und ließ mein Herz höher schlagen. »Ist das jetzt immer noch ein Problem?«

»Nein. Nicht mehr. Jetzt ist es okay, dass ich mich Herz über Kopf in dich verliebt habe.«

Er lachte. »Herz über Kopf?«

»Ja. Mein Kopf wusste, dass ich das eigentlich nicht tun sollte, aber mein Herz dachte sich wohl, dass es das Beste wäre, was es machen könnte.«

»Na, da hab ich ja nochmal Glück gehabt.«

»Ich glaube, wir haben beide Glück gehabt«, erwiderte ich und legte meinen Kopf an seine Brust. Ich lauschte dem Schlag seines klopfenden Herzens und lächelte.

Meine Mum tanzte mit ihrem Verlobten, mein Bruder war glücklich verliebt, meine beste Freundin auch und ich erst recht. Zum ersten Mal, seit ich ein kleines Mädchen gewesen war, war ich rundum glücklich und zufrieden.

EPILOG

Wir tanzten zum zweiten Mal auf einer großen Feier. Dieses Mal war es die Hochzeit von Mum und George. Alex und ich hatten für die Hochzeit fleißig geübt und konnten inzwischen etwas mehr als uns nur im Takt der Musik hin und her zu wiegen.

Ich sah zu Mum rüber, die mit George tanzte und in ihrem Hochzeitskleid wunderschön aussah. Wunderschön und unendlich glücklich.

Genau wie Maggie, die sich schließlich für ein dunkelblaues Kleid entschieden hatte, und als sie mit John an ihrer Seite, mir und Alex den Gang zum Altar hinuntergefolgt war, hatte es in den Bänken ein Raunen gegeben.

Mein Blick wanderte zu Dad und Hannah. Ich war überrascht gewesen, dass Mum sie eingeladen hatte, aber ich war auch froh. In den letzten Wochen hatten Dad und ich uns einander wieder angenähert und auch Hannah und ich verstanden uns ganz gut. Man konnte ihr inzwischen ansehen, dass sie schwanger war, und manchmal ertappte ich mich dabei, dass ich mich darauf freute, noch eine kleine Schwester zu bekommen. Ich würde allerdings den Teufel tun und das irgendwem verraten. Außer Alex. Er wusste Bescheid.

Das lag daran, dass ich ihm kaum etwas verheimlichen konnte. Wir waren zwar erst seit fünf Wochen ein Paar, aber er kannte mich jetzt schon viel zu gut. Wir hatten auch schon unseren ersten Streit hinter uns, über irgendeine Kleinigkeit, an die ich mich kaum noch erinnern konnte. Wir hatten uns jedoch schnell wieder vertragen und das hatte sogar ziemlich Spaß gemacht.

Toni und Paul waren immer noch glücklich miteinander und ich wagte langsam doch daran zu glauben, dass sie den Richtigen gefunden hatte. Es war auf jeden Fall ihre Idee gewesen, Paul und Alex zu fragen, ob sie uns auf unsere Tour durch Europa begleiten wollten.

Was danach kommen würde, wusste ich immer noch nicht so genau. Ich würde mir ein Jahr Zeit nehmen, um es herauszufinden. Mum wusste es noch nicht, aber ich würde sie fragen, ob ich ein Praktikum bei ihr im Krankenhaus machen könnte. Natürlich nur, um sicherzugehen, dass Medizin tatsächlich nichts für mich war. Und dann ... tja, dann konnte ich mich immer noch entscheiden. Und später wieder umentscheiden. Schließlich hatte ich keine Ahnung, was im nächsten Jahr noch alles passieren würde.

»Vesper?«, fragte Alex leise, dicht an meinem Ohr. Ein angenehmer Schauer kroch über meinen Rücken, als sein Atem meine nackte Haut streifte.

Fragend sah ich zu ihm hoch.

Er grinste so breit, dass ich die Grübchen in seinen Wangen sehen konnte. »Ich weiß, dass es ein ziemliches Klischee ist, so etwas auf einer Hochzeit zu sagen, aber ...« Er sah mir tief in die Augen. Mir stockte der Atem und meine Kniewurden weich. »Ich liebe dich.«

Ohne dass ich wusste warum und obwohl ich mich dagegen wehrte, schossen mir Tränen in die Augen.

Alex lachte unsicher auf. »Weißt du, es ist nicht gerade gut für mein Selbstwertgefühl, wenn ich dir ein Liebesgeständnis mache und du anfängst zu weinen.«

»Tut mir leid.« Ich schniefte und wischte mir hastig die Tränen von den Wangen. »Es ist nur so, dass ich dich auch liebe.« Ich lächelte zittrig.

Erleichterung zeichnete sich auf Alex' Gesicht ab. »Dann ist ja gut. Du hast mir schon Angst gemacht.«

Ich schüttelte den Kopf. Als ob ich etwas anderes für ihn empfinden könnte!

Als Antwort zog ich ihn an mich und küsste ihn. Ich spürte, wie Alex unter meinen Lippen lächelte, bevor er meinen Kuss so leidenschaftlich erwiderte, dass wir uns nach einigen kurzen Augenblicken aus dem Festsaal stahlen und uns einen ruhigen Ort suchten.

Lachend rannten Alex und ich durch die Flure, auf dem Weg in unser Hotelzimmer. Das war auch so etwas, was uns beiden nicht gelang. Wir konnten einfach nicht die Finger voneinander lassen.

Es fiel mir manchmal immer noch schwer, daran zu glauben, dass ich tatsächlich mein Happy End bekommen hatte. Oder vielmehr einen Anfang.

Aber während ich Hand in Hand mit Alex durch das Hotel rannte, wusste ich, dass wir mehr als nur einen Anfang haben würden. Wenn wir wollten, konnten wir beide alles haben.

Tauch ein in romantische Geschichten.
Hol Dir
Bittersüsse
Stimmung
auf Deinen
e-Reader!
E-Books von impress hier:
carlsen.de/impress
im.
pre
ss
impress ist das digitale Label des Carlsen Verlags für gefühlvolle
und mitreissende Geschichten aus der geheimnisvollen Welt der Fantasy.

Impress
Tauch ein in romantische Geschichten.

Impress
Ein Imprint der CARLSEN Verlag GmbH
Februar 2018

Lektorat: Christiane Geldmacher
Umschlagbild: shutterstock.com / © InnervisionArt
Umschlaggestaltung: formlabor
Satz und Umsetzung: readbox publishing, Dortmund
Druck und Bindung: CPI Books GmbH, Birkach
ISBN 978-3-551-30109-3
Printed in Germany
www.carlsen.de/impress

Alle Bücher im Internet: www.carlsen.de